等待的母亲

丁燕 著

花城出版社
中国·广州

图书在版编目（CIP）数据

等待的母亲 / 丁燕著. -- 广州：花城出版社，2023.10
ISBN 978-7-5749-0003-5

Ⅰ．①等… Ⅱ．①丁… Ⅲ．①纪实文学－中国－当代 Ⅳ．①I25

中国国家版本馆CIP数据核字(2023)第167086号

出版人：张 懿
责任编辑：李 谓 安 然
责任校对：李道学 袁君英
技术编辑：凌春梅
封面设计：朱明月 刘冰儿

书　　名	等待的母亲 DENGDAI DE MUQIN
出版发行	花城出版社 （广州市环市东路水荫路11号）
经　　销	全国新华书店
印　　刷	佛山市浩文彩色印刷有限公司 （广东省佛山市南海区狮山科技工业园A区）
开　　本	880毫米×1230毫米　32开
印　　张	7.25　1插页
字　　数	230,000字
版　　次	2023年10月第1版　2023年10月第1次印刷
定　　价	58.80元

如发现印装质量问题，请直接与印刷厂联系调换。
购书热线：020-37604658　37602954
花城出版社网站：http://www.fcph.com.cn

目录

第一章　周家有女初长成 / 001

第二章　中年丧夫 / 012

第三章　"剪娘伞"和"竖像" / 024

第四章　罢课又复课 / 038

第五章　暑假前后 / 049

第六章　出任教育局长 / 061

第七章　母亲的眼泪 / 075

第八章　六人农会和火烧田契 / 087

第九章　海丰总农会 / 101

第十章　营救农友 / 117

第十一章　贵客登门 / 131

第十二章　儿子回家 / 145

第十三章　海丰失守 / 160

第十四章　痛失儿媳 / 174

第十五章　儿子遇难 / 187

第十六章　士禄的"小学" / 200

第十七章　贵客来访 / 211

尾声：革命母亲 / 222

主要参考书目 / 227

第一章　周家有女初长成

这片土地充满了悲伤。

悲伤就像风，渗透这里的每一条缝隙。

这片土地非常奇怪：一侧是陡峭的高山，另一侧是浩瀚的大海。

虽然从远山吹来的风里，混合着稻谷的馨香和竹林的清甜；虽然从海面吹来的风里，混合着盐分的咸涩和鱼虾的腥膻；然而，生活在这里人们却因饥饿而显得格外阴郁。这里的人们就像蛹被困在茧里，徒劳地抗争着。当然，也不能说他们完全在独立作战，因为高山上的树木也参与了进来，还有海湾里的渔船、墙壁灰暗的祠堂、古老的石拱桥以及镰刀、斧头和尖串……它们都参与到了这场抗争中。

生活在这里就是生活在海角天涯。

这里的人一出门就要爬山，一抬脚就要过海，身心皆处于孤独而悬空的状态。所以，这里的人既热情天真，又冷漠世故。大多数时候，人们像被施了麻醉药般迟钝而木讷。然而，如果有一点愤怒的火星滴落，这片土地便开始冒烟。当它奋力燃烧时，世界上没有任何力量可以阻止。

这就是这片土地的风格。

这里的人们似乎喜欢诉诸暴力，喜欢用决绝的方式释放感情。不，即便意识到危险，人们也会奋不顾身，发狂地打破那些貌似牢不可破的规则。所以，这片土地以神秘代码的方式存在着，和中国的大部分地区迥异。在这里，无论是欢欣还是疼痛，都以强过别人十倍的状态出现。

"你从哪里来？"

"海丰！"

"海丰？！"

从19世纪至20世纪,"海丰"这个词像一块巨石投入湖面,会扩散出一层层涟漪;这个词能引得他人耸肩、抬眉、瞪眼、张嘴,好像那里是地球之外的地方。然而,它当然属于地球!就像一个不合群的男生,总是拒绝成为众人中的一员,但在拍毕业照时,却又绝对不能少!

在这个谜团般的土地上有一个小小的村庄,名叫下军田村。

看起来,它和岭南的任何一个乡村都一模一样——蓝天空空荡荡,墨黑的竹林旁是几棵榕树,红土地被田埂切成一块又一块,渠沟两侧的草丛里攒动着几条黑狗,土屋前的公鸡不识时务地啼叫着——可是,它的名字却在后来被牢牢地记住了。

1871年2月23日,在这个小村的犬吠鸡鸣中,传来了一阵婴儿的啼哭声。

得知是个女婴后,那位姓周的男人脸色阴沉,眉头紧锁,陷入尴尬之境地。

虽然他深邃的眸子里透着良善之气,但他的嘴角依旧无法绽开一丝笑意。原本,他就是话不多的沉闷男人。现在,他已彻底地沉浸到悲伤之中。

是的,他并没有获得可以传宗接代的儿子。然而,他却不敢责问老天爷。毕竟,每一个女婴的诞生都有理由,只是这个理由孩子的父亲不得而知罢了。

现在,这个男人走向那个女婴。他看到那孩子的皮肤上散发着一种柔和的光芒,像金黄色的蜂蜜。然而,他的嘴唇依旧闭得严严实实,好像他的身体是一块粗糙的木桩。

他要的不多,只需要一个儿子就好。必须是一个男孩——没有其他的可能性。所以现在,他极力掩饰着自己的不满,以防那不满会触犯了老天爷。然而,他隐忍得那样困难,连脊背都一阵阵发凉。

虽然下军田村是海丰县公平镇的一个小村庄,然而这里的人们和海丰城的人们都过着差不多的生活,有着差不多的想法。海丰人认为只有男婴才能延续香火,顶门立户,女婴都是赔钱货,长大了总要嫁人,养了也是白养。所以,这个男人为女儿随随便便地起了个乳名叫"大妹"。他期待妻子在诞下男婴后,再起一个讲究的名字。当大妹三岁时,母亲又生下了另一个女婴,父亲为她起名为"细妹"(在粤语中,"细"便是"小"的意思)。

这些诞生在岭南乡村的女孩,就像长在地埂边的野草,没有人会多看一眼。父母总是很忙,干完了这个活又要干那个活——总有各种各样的活儿在等着他们。春去秋来,寒暑交替,这些女孩们挣扎着活命,自生自灭。她们默默地长大,默默地出嫁,默默地生儿育女。她们如果嫁给好男人,那就过心平气和的日子;如果嫁给坏男人,那就过挨打受气的日子。这就是女人的命运,没有人会觉得不妥。因为她们的妈妈、奶奶、奶奶的妈妈、奶奶的奶奶,就是这样度过一生的。

可是,偏偏有一些人就是例外。

五岁的大妹站在田埂上,就像春天里新长出的幼苗,总是尽力拥抱着阳光和水分。她的脑袋很灵光,常将听来的童谣一字不落地唱出来:"隆阿隆,隆阿隆,骑马去海丰……""月姑姑,照南湖……"妈妈不在家时,大妹会煮粥或搅米糊来喂细妹。有时,她会抱着细妹去村前或村后,央求那些有乳汁的女人喂一下妹妹。哄细妹睡觉时,她还会唱自己编的童谣:"细妹乖乖不要哭,若要哭,收租的叔叔爷爷就要来,抱你去抵爹爹的租数……"

大妹的母亲种了很多大白菜,每天早晚都要给菜浇水,忙得脚不沾地;有时,母亲还要挑着木柴到县城去卖,一走就是一整天。等母亲回家点火做饭时,天早已黑透了。

有一天,大妹抱着细妹玩时,听到有几个人站在菜地旁聊天。有人说:"到了年边,十斤青菜的价格也换不来一斤菜干。"晚上,大妹对母亲说:"妈,你把大白菜晒成菜干卖,挣得钱肯定更多!"母亲试着干了起来,果然挣了不少钱。

当村里人知道晒菜干是大妹的主意时,惊得张大了嘴巴。再看她时,总感觉这小姑娘不一般。梳着短辫的女孩温婉秀气,新月般的眉毛里有颗"眉心痣"。老人说,有这样痣的人不得了,出嫁了必有大福气,能益夫、兴家、荫子。

五岁时，大妹被送到公平镇米街的黄家当婢女。

让年幼的女儿到富人家当婢女，并非大妹的父母格外狠心，而是此地的一种陋习。在这里，女婴生下后经常被偷偷溺死；即便让她活下来，不是送到有钱人家当婢女，便是送给人家当童养媳。

一进黄家，大妹便挽起袖子开始干活。这一干，就干了十二年。"当婢女要十分当心！"母亲曾这样警告过大妹。但是，母亲并没有细说要当心什么。大妹每天都辛苦劳作，等到夜里好不容易躺下，却因全身酸痛而睡不着觉。到了第二天，各种活计照样满满当当。

日复一日，大妹在劳动中逐渐长大。

实际上，在厨房帮佣并不是件容易的事，因为所有的食材都需要采摘、清洗、整理、熬煮；她还要擦桌子上的灰尘、拖地板、整理床铺、清洗衣衫；有时，她还得当个跑腿的去送信，或到街上哪个店铺去采买。

虽然富人的生活非常奇怪，但大妹还是慢慢地掌握了规律。

当她用手淘米时，全世界的稻谷都会渗透进她的血管，让她变得更为有力；当她炒鸡烧鱼时，那些动物的灵魂便会和她说话，告诉她如何烹饪才算尊重；当她拿着针线开始缝补时，动作必须十分轻柔，才能让那些敞开的缝隙慢慢弥合。

长大后的大妹，总能引起别人的注意。

她不是那种绝对漂亮的人，也不是那种绝顶聪慧的人。有时，人们似乎不知该把她分到哪种类型中。然而，这个女子所散发的魅力，却让人过目难忘。虽然她的嘴唇像樱桃般柔嫩，但手指却像钳子般有力；虽然她的面孔呈橄榄色，但头发却浓密乌黑，闪着光泽；虽然她的眼睛灵活而清亮，但眼皮总是低垂着，显得端庄娴雅；虽然她衣着朴素，但气色却鲜朗得像初春的田野。在她的体内，跃动着一种特别的生机和活力，会让人没来由地喜欢。

1888年是个很平常的一年，但下军田村的人却记得清清楚楚。

十七岁的大妹嫁给了海丰城内的"桥东彭"家。

如果说海丰城是一座城市，倒不如说它是一艘船。

在船上，由于空间和时间都处于浓缩状态，所以苦恼、争夺和反抗都会以放大的形式出现。人们若想从这条船上走下来，便要付出比平原人更大的代价。所以，这里的人们显得焦躁而恼怒。每一个人都是这里的过客，脚步匆匆忙忙。没有人能长久地占据这里，就像没有人能彻底地理解这里一样。

幸亏这座城里还有一条河流：龙津河。

这条河挥舞着软滑的丝带，让海丰城及周边的高山和大海都有了联系。春天的清晨，淅淅沥沥的小雨像轻烟，会柔柔地罩在河面上；河畔里的青蛙会"呱呱"地聒噪着，苦初鱼会像一道道闪电，倏地穿过黄绿色的水草不见踪影；傍晚时分，女人们会站在河畔边，用棒槌一记记捶打衣裳，而孩子们会用簸箕筛取河蚬；那些小木盆会被手腕上绑定的细绳所牵引，人走到哪里，盆就跟到哪里。

在龙津河畔，矗立着一栋白色的两层小楼，外表显得简朴而典雅，一点都不张扬。然而，这栋楼却赫赫有名。这可是数一数二的富户，人称"桥东彭"的彭家。每一个看到这栋屋子的人都会心生向往。哎呀，这屋子难道不适合我住吗？简直太适合了！有朝一日，我一定要住进这样的屋子中去！是的，有朝一日！

而下军田村的农家女大妹，居然真的住进了这栋屋子中。

虽然嫁到彭家是件风风光光的事，可惜大妹的身份是妾，低人一等。若过上三五年，她能为男人开枝散叶，生个儿子，那也可以母凭子贵，在家族中占一席之地；若生的是女儿，她便只能站在墙角，小心翼翼地看别人脸色过活。

婆婆用精明的黑眼睛上下打量着新嫁娘，想要考验一下她。

婆婆眉尖紧蹙，以断然的态度对儿媳说："天亮后，水缸要满！"

大妹思忖自己个子不高，若只挑一次水，缸哪里能满！怎么办？她摇摇头，闭闭眼，努力让自己平静下来。到了半夜两点，她便起身去挑水。往返几次后，见水已满了大半缸才去睡觉。凌晨醒来后，她又去挑水。天亮时，婆婆来察看——缸里的水是满满的！那个瞬刻，婆婆的脸像罗网般收紧了。当婆婆一声不吭地离开时，身形像一张沉稳的八仙桌,而那佝下颈子垂下睫毛的新媳妇,则像一头温厚的母牛。

这就是大妹出嫁后的生活:一切都是新的,一切都是烫的。

哭泣是大妹极为厌恶的一件事。

从五岁开始,她便对哭哭啼啼的女人怀有深刻的蔑视。她不许自己变成一个走到哪儿都抛洒眼泪的女人,因为在她周围,这样的人实在太多了。每一次,当泪水像涨潮的海水漫过堤坝时,她便深吸一口气,将下巴抬起,让眼眶里的液体倒着流回去。

不久,彭家人便发现,这个新嫁娘与众不同。虽然她的个头不高,但双手却极为灵活,双腿相当强健,肩膀宽而有力,天生适合做繁重的体力活。别看她出身农家,但因在富人家长大,见过世面,说起话来落落大方。她拾掇出的屋子,各种物件锃光发亮;她烹饪的饭食,味道奇美;她做出来的女红,美观而实用。她不是一个健谈的人,但却是一个出色的听众。她总会把别人放在第一位。当别人在说话时,她总是恰如其分地微笑。

一开始,彭家人以为这个女子是柔弱的;然而,大家很快就发现,在她的那种柔弱里有一种坚韧不拔的力量。虽然那种力量忽隐忽现,但却确实存在。

很快,大家便接纳了她。

当人们获悉她的大名叫"周凤"时,大吃一惊:一位农家女取名为"凤",倒也新鲜。

像成千上万个妇女那样,周凤过起了井井有条的家庭生活。最终,这个健壮而结实的女人成为彭汉垣、彭湃、彭述、彭素华、彭娟、彭妹的母亲。

1896年10月22日,二十五岁的周凤诞下了她的第二个儿子:彭湃。

彭湃既非长子,也非嫡出,所以他的出生并未引起长辈的太多关注。可是,当母亲凝视这个手指粉嫩、皮肤透明的孩子时,却感慨万千。虽然女人早已知道,没有痛苦,婴儿之生命便就不会开启,可这个孩子的降临过程,却着实可怕。

当母亲的肚腩微微隆起来时,她的体形便显得有些笨拙。她的脸庞和手脚都浮肿了起来，额头上常冒出一层细汗。后来，她的腹部变得又大又结实，就像倒扣了一口锅；等到分娩时，因胎儿太大，且头冲着错误的位置，所以几个小时过去了，产妇还在哀号中。

产妇的时间是别样的时间：他人所经历的一秒，对产妇来说就是经历了一年。那种长久的煎熬，一般人根本无法想象。可是，那女人依旧在使着劲。虽然她已筋疲力尽，但嘶哑的尖叫声一直没有止歇。接生婆从产妇的眼里看到了恐惧。产妇因失血过多而变得极为虚弱，脸色已呈铁青。在那个瞬间，神和鬼都吓得沉默不语。

陡然间，一声啼哭炸响在半空。

经过了可怕的宫缩、羊水的破裂和痛苦的分娩，产妇和婴儿全都活了下来。

当母亲看到那个男婴时，瞬间就爱上了他。他的眼睛像两颗黑色的鹅卵石，浑身柔软得像白棉花。虽然母亲浑身疼得火烧火燎，但她依旧伸开手臂，将婴儿揽在怀里。这个新生儿样样正常，样样完美。母亲用嘴唇贴着孩子的额头检查他的体温，又把手放在他的手腕上，把着他的脉。啊，这个小小的身体就是一个小小的迷宫。

当母亲开始哺乳时，苍白的脸颊上透出一抹绯红。

看起来，她不像母亲，倒更像是姐姐。婴儿狼吞虎咽地吸吮着，嘴唇贪馋。这个小人儿紧紧地攥住母亲，生怕她会离开。潜藏的母性在撞击着母亲，让她的眼里看不到世上的一切，除了这孩子。

一股甜蜜而舒缓的奶香味充满了整个房间。

从现在开始，这个孩子便成为她的宝贝。这个奇迹般降生的男孩，将是她在人世间最疼爱的至宝。虽然联系她和他之间的脐带已被剪断，可还有一根细如蛛丝的带子，牵扯在她和孩子之间。这之后的许多个夜晚，母亲都无法彻底安眠。她总是聆听着孩子的呼吸声，以此来确定他还活着。从孩子鼻孔传出来的气息，短促而有力；但有时，那气息也会短暂地停顿下来。然而很快，那停顿便会过去。

这个女人热爱做母亲远甚于其他。这是她的使命和骄傲，她唯一的财富。

这孩子就像一团火焰，一直热乎乎地燃烧着。他的皮肤是温暖的乳白色，头发又黑又密，牙齿像珍珠一般。他总是笑容灿烂，对任何事物都充满好奇。最初，母亲是这个孩子的老师；可是很快，母亲便没有任何东西可以教他，反倒是要受教于他。在这个孩子身上，有一种罕见的特质：一种追根究底的能力。他的模仿和学习能力很强。别的孩子得花几个月，甚至几年才能学会的事，他只要几周或几天就明白了。因为这过人的领悟力，所以他说起话来率真而尖锐，有时还显得有些鲁莽。

看母亲在厨房忙着洗菜切菜，儿子便来帮忙烧火。可是，在这个男孩的小脑袋里，充满了一大堆问题："妈，什么是'桥东彭'？""妈，什么是'彭名合'？"母亲讲述的时候，语速很缓慢，态度很谨慎，好像大声说话会刮起一阵风把孩子吹跑。

最早出现在故事中的男人叫彭魁。

在清朝道光年间，他做了一个大胆的举动：将彭家从陆丰县吉康区搬到海丰县桥东社。最初，这户人家显得十分平常，并没有引起别人的关注。然而，彭魁很聪明——他从来往行人的密度中窥伺到了商机。他发现龙津桥上总是人流不断，熙熙攘攘，原来乡下农民进城赶圩都要经过此桥。于是，他便在桥的侧面开了家杂货店，取名"彭名合"。当这家店日益兴隆后，人们便把住在桥东社的彭家称为"桥东彭"。

当彭魁的儿子彭藩接手"彭名合"时，它只是个小小的杂货店，但彭藩凭机敏和魄力，不仅办起了榨油坊、木柴店等四十多家铺面，还经营着三个鱼塭，又购买了大片良田坐地收租，还放高利贷，让彭家一跃成为海丰数一数二的富户。那时的彭家，虽然不到三十口人，却雇了十七八个工人，还聘了管家、警卫、看门人、木工等来服务。

儿子似乎明白了什么。

但是，另一个问题又冒了出来："妈，为什么他们总叫我四少爷？"

母亲的眼睛变小之后又变大，弯在嘴角的曲线也消失了。她将一绺黑发捋到耳后，试图让自己变得更理智一点。为了避免尴尬，母亲决定把答案缩短。她用平淡的语调说了起来："你祖父彭藩有两个儿子，就是你大伯彭清，你父亲彭魁哲。"

儿子点头道："这个我知道。"

母亲又缓声道："你大伯没有后裔，祖父便给他过继了一个儿子，就是你大哥彭银。你爸爸娶了大妈王氏，又娶了我。大妈和我一共生了十个孩子，其中六个是男孩。你爷爷便将长房长孙彭银和你们兄弟依次排下来，你便是老四，所以别人叫你'四少爷'。"

"原来是这样啊！"当儿子获得了答案后，便出门去玩了。

母亲发现，公公对阿湃是越来越喜欢。

他认为这个男孩的诞生与彭家的发迹有某种神秘的联系——当阿湃尚未出生时，彭家只是海丰城里的小户人家；而阿湃出生后，彭家的运气便挡都挡不住。所以，阿湃在彭家的位置越来越重要。他的衣食住行无不精细，任何要求都能获得满足。

整个童年时期，阿湃都在严厉的父亲和宽厚的母亲之间挣扎。

父亲是个身材魁梧之人，虽然对待孩子很温和，可那挺直的身姿却充满威严。哪怕他一声不吭，儿子也会战战兢兢。然而在母亲面前，儿子会感觉无拘无束。父母之间的差别就像冬天和夏天。父亲总是给儿子立下各种规矩，试图对他进行训诫；而母亲总像流水样，让他轻松与舒适。有时候，他会模仿父亲的行为举止。但更多的时候，他却依偎在母亲的怀里。父亲想把他锻造成一把钢铁之剑，而母亲却想让他变成一只飞翔的鸟儿。和父亲在一起时，他总是小心翼翼，努力屏住呼吸，注意每一个用词，生怕会发生一些可怕的事。但他在母亲面前随意扭动身子，随便说话和大笑，母亲从不会斥责。

母亲发现，阿湃特别喜欢听故事。

当她说到自己五岁时，已被送到另一个人家开始干活时，儿子的脸上充满歉意，因为他没能给予母亲帮助。儿子不是内向的人，但他也不粗糙。母亲常在厨房里默默流泪。当儿子看到这一幕后，常常会感觉不安。他想要快些长大，有足够的力量护佑母亲。

一个十七岁的少女，陡然来到一个大家庭做妾，生活在一个上下两层的楼房里，日子是艰难的。先不说丈夫的正妻王氏，单说那心思缜密的婆婆，就能让母亲的心整日悬着。打她踏入彭家的那刻起，她和婆婆及王氏之间就形成了一种无形的冷战。母亲当然处于弱势位置，只能默默忍受一切。母亲知道，在她和婆婆及王氏之间有一条鸿沟，那就是"穷"和"富"的鸿沟。

她从未抱怨自己的父母让她当婢女，因为还有很多父母直接将女婴溺死，或者送人，或者卖掉。父母虽忙忙碌碌，但收入极不稳定，家里经常没钱买米，靠借贷度日。父亲虽然东奔西走，但借来的钱总是很少，因为他认识的人里没几个富人。全家人能喝上番薯粥的日子，都算是好日子，谁也不敢想吃干饭的美事。母亲总是吃不饱饭，感觉肚子瘪瘪的。她觉得自己的皮肤是透明的，肌肉是透明的，甚至连骨头也是透明的。她实在是太瘦了，所以眼睛变得越来越大，连颧骨也突了出来。

母亲知道穷人的日子既紧张又拮据，他们好像生活在深井里，自己根本没能力爬上来。所以她总对儿子说："穷人也是人，穷人的日子不好过。"若有穷亲戚上门，她便热络地招呼人家来吃饭；等人家走时，她还会给对方手里塞点吃食。母亲并非想扮演观音菩萨，她的同情心完全基于她纯良的天性。

母亲的行为举止深深地影响了儿子。

每当看到有乞丐来"彭名合"门口要饭，阿湃便请家人送饭给乞丐；如果家人忙，他便亲自动手。他从来不拿自己当少爷，反而喜欢和穷人家的孩子交朋友。表兄徐有植因家贫无法读书，便到县城帮舅父晒牛皮。阿湃只要一有时间，便主动来帮忙。看到四少爷在林祖祠前的旷地上收晒牛皮时，舅父连连赞扬："这孩子心真善，肯帮助人家！"

阿湃五岁时，跟着兄弟们一起去念私塾。

私塾位于七圣宫，先生马紫卿既是彭家的一位亲戚，也是远近闻名的文化人。

阿湃喜欢画画，常在白纸上画些小狗、小猫。虽然寥寥数笔，但却形神兼备。可有的同学却不服气，说他画的小狗小猫一点也不像真的，因为狗的腿太长，而猫的尾巴又太短！教室里出现了短暂的骚动。孩子们彼此讨论，私下里提出了两种答案：一种认为阿湃画得好；另一种恰恰相反。

"你为什么要这样画呢?"马先生询问。

男孩用力地咽了口口水,这才找到声音。他将自己的想法坦白地说了出来:"先生,画得太真反而不好看,我画的是我眼里看到的东西,和真的东西不一样,和别人看到的也不一样。"

马先生微笑着点点头。

没过多久,公公便特别叮嘱儿媳:"阿湃是我家的千里驹,须善教养,我家以后的兴旺,完全和他一人大有关系。"原来,马先生预言阿湃将来会是个有出息的孩子。

儿子进私塾不到两年,便认识了好几百个字,能背诵许多古诗,而《三字经》《百家姓》之类的名篇,更是背得滚瓜烂熟,一字不落。儿子的墨笔大字也写得有模有样。每天放学后,他便搬出块红方砖,用指头蘸着水练习。到九岁时,阿湃已能为家里书写春联。

儿子不仅口齿伶俐,还极具表演天赋。每天放学回家,他便跟着祖父跑前跑后,有时还模仿祖父写字记账的模样。等吃过晚饭,他便开始讲述学堂里发生的事:哪个同学字写得好,受到老师表扬;哪个同学书背不出,被老师用戒尺打;哪个同学在课堂上淘气,被老师罚站。他总是边讲边演,模仿那些同学的不同模样,惹得祖父和母亲嘿嘿直笑。

第二章　中年丧夫

1903年，七岁的儿子成为林祖祠小学的学生。

看着孩子远去的背影，母亲始终有种隐隐的担忧。

此时的母亲刚刚步入壮年，但却像处于青春期的少女，对一切事物都充满天真的善意。她是那种既容易被看透，但又难以理解的人——一种几乎没有年龄感的人。她如蓝天般清澈平静，又如大海般混沌壮阔。

等从大门口回到一片寂静的厨房后，她坐在窗边，觉得有点累。

这个孩子浑身上下都散发着异于常人的气质。母亲希望儿子能沉默一些。如果他能减少一点激情、雄心和好奇，也许他就不会显得太过出众。他应该学会掩藏自己的才能，变得和大家一样普通，才不致置身于风口浪尖。

小学的大门朝着西南，正对着那条龙津河。天热的时候，掠过水面的凉风会让周围的空气变得异常舒适。那棵老榕树将树根深深地扎在地下，将树枝伸向半空，撑起了一个硕大的绿伞。整个夏季，那把大伞下都坐满谈天说地的人。

母亲发现，"文天祥"这个名字反复出现在儿子的嘴里。

原来，这个人是儿子的偶像。他特别喜欢背诵《正气歌》，还把"人生自古谁无死，留取丹心照汗青"这句诗抄录下来，视为自己的座右铭。

说起来，文天祥和海丰城的缘分确实不浅——这位南宋右丞相兼枢密使，曾率宋兵抗元。后来，宋兵辗转苦战于闽浙一带。到1278年，文天祥率战败的残部退至海丰县。当他们在城郊的五岭坡准备开饭时，遭到元军的突袭。最终，文天祥被俘，解赴燕京，禁闭三年，作《正气歌》。元世祖不忍杀他，劝他投降，但他哪里肯从！最终，英勇就义。

第二章 中年丧夫

为了纪念文天祥，海丰人在五岭坡上建起了一座"方饭亭"，并在亭柱上刻了对联："热血腔中只有宋；孤忠岭外更何人？"在"方饭亭"的下侧，人们还建起了一座"表忠祠"。那祠堂正中央的石碑上，就刻着文天祥的肖像。

母亲还发现，"林晋亭老师"这个称谓也频繁出现在儿子口中。

林晋亭是个前清秀才，不参与政事，两袖清风，为人正派，人称"正气秀才"。这位老师体格壮实，长眉细眼，不仅学识渊博，还具有资产阶级民主主义思想。因不满清政府的腐败无能，他秘密地加入了反清组织"同盟会"。在课堂上，林老师常向学生讲述文天祥如何以身殉国、林则徐如何虎门销烟、洪秀全如何领导农民起义之类的故事。这些炽烈而滚烫的话语，在小彭湃的心中播下民主思想的种子。

母亲还发现，儿子的性格太率真。

当孩子笑起来时，总是露出一口洁白的牙齿，毫无保留；当孩子出门时，总是兴冲冲的，从来不知道脆弱和沮丧。因为天资聪颖，他的各科成绩都很优异，很快就成为班里的佼佼者。儿子具有极强的书写能力——作文总是被当成范文贴在墙上；儿子的绘画在全校力拔头筹——无论是飞鸟还是鸡鸭，他都能画得惟妙惟肖；儿子开朗而热情，很快就有了一帮好朋友——有一次学校举行猜谜游戏，同学们被"川伸反复看"给难住了。儿子站在一旁略加思索后便说："这是个'海'字，你们去领奖吧！"同学中奖后要把奖品给他，他却坚决不要。

然而，七岁的儿子却遭到了丈夫的训斥。

那天发生的事，深深地烙在了母亲的记忆中。

那一天，母亲正在厨房做饭。在这个大家庭里，母亲最喜欢的地方就是厨房。她从来不会厌烦剥蒜头、切白菜、往锅里倒油、给汤里放盐、将白花花的米饭盛到碗里……一旦置身在灶火和碗盘间，她便能将一切不快摒除在外，而让事物按照自己的想法去发展。

那是初秋的上午，天气酷热，一群佃户挑着沉甸甸的谷子来彭家交租。虽然这些人已经汗流浃背，气喘吁吁，但丈夫彭魁哲却对他们诸多挑剔。丈夫硬要让这些佃户当场将谷子再用风车扬一遍，否则便不收。

佃户们无奈，只好按田主的意见办。他们将一袋袋谷子倒了出来，弄得又饥又渴。有位佃户口干舌燥，忍不住向彭家人讨碗生水喝。儿子听到后，赶忙进厨房倒了一碗热茶送过去。

父亲的脸上浮出一抹嘲讽的冷笑。

他连掩饰都觉得麻烦，大声说："这里没你什么事！回屋去！"

佃户忙把茶碗递给孩子："四少爷，多谢了！"

儿子拿着茶碗后惊诧地看着父亲："啊？！"

他像一只突然目盲的兔子，不知该往哪条山路走。

父亲的回应是冷漠而严厉的。他用一种儿子从未听到过的声音说："快回屋去！这里没你什么事！"此刻的父亲就像变了一个人。他那冷冰冰的眼神，是儿子从没看到过的。

回到厨房后，儿子的嘴唇好像冻僵了，再也无法张开。这时，他能听到父亲在外面大声说话，虽然那些词语的音调是高亢的，但口气却极不友好。儿子感觉浑身不自在。母亲正系着围裙清洗碗盘，便顺手把儿子拿来的茶碗也洗了。

看到儿子垂头丧气，她忍不住说："唉，穷人也是人啊。"

儿子突然睁大了眼睛："妈，您是这么想的？"

当母亲认真地点头时，好像有一股旭日的光芒投射到了儿子身上，让他能从那个黑暗甬道里走出来。然而，母亲又接着说："你父亲整天早出晚归地忙碌，待人也算和气。可今天是收租，他不能不威严。"

儿子一脸迷惑："为啥收租时要威严？"

母亲轻声解释："田主和佃户不是朋友，所以要把脸绷起来。"

儿子追问："为啥不是朋友？"

母亲道："一个想多收点，另一个想少交点，哪能成朋友。"

儿子若有所思："如果所有的人都成了朋友，那该有多好！"

母亲"扑哧"一声笑了出来："要想让所有的人都成朋友，那你可得多努力啊！"

儿子的目光亮了起来，举起小拳头："只要去干，就有可能实现！"

原本，彭家人已过上了人上人的日子。可是，不知从哪里冒出了一

第二章 中年丧夫

块大石头，猛然掷入这家人平静的生活，溅起了一圈圈猛烈的水纹。

母亲万万没有想到，自己才三十五岁，却已成了寡妇。

1906年3月，王氏因染霍乱而去世。一个月后，彭魁哲亦染上了霍乱。

听闻丈夫患病的消息后，母亲忍不住倒退一步，感觉一股寒流从脊柱一路往下直蹿。即使是遭到雷击，母亲也不会比这时更神志昏蒙。她甚至连走路的力气都没有了。她站在窗前，远远地眺望着病人，心里十分害怕。躺在床上的男人和平时一模一样，只是他无法移动自己的身体。他一点点地僵硬了起来，像一尊石头刻出来的雕像。他比原来更苍白、更虚弱，好像身上的能量已荡然无存。她希望自己的男人能动一动手指，动一动脚趾，然后翻身从床上下来，开始走动和说话。

女人不明白丈夫是从何时变成这样的，等她意识到严重性时，一切都已无法挽回。

阿湃才十岁，但已经没有了父亲。母亲注视着儿子，眼神是直愣愣的。她充满抱歉地看着这个孩子，感觉是因为自己没做好，才让儿子陷入如此不堪之境地。为了表示坚强，母亲强颜一笑，但却没有笑出来。那笑，就咽在了喉咙里。她被迫叹了一口气。

丈夫去世后的另一个结果，令母亲大为惊诧。

她嫁到彭家后，总感觉自己低人一等，像个外人；而现在，她感觉自己和这家人已牢牢地粘在了一起。母亲紧紧地拥抱着孩子，浑身都在发抖。在母亲的拥抱里，有一种令人窒息的东西、一种病态的恐慌。她的呼吸那么紧促，像是被架在一场隐秘的大火上炙烤。儿子拼命地想挣脱母亲的怀抱。他终于逃开了，像一阵旋风般刮走了。

孤独的母亲陷入悲伤。

虽然每个人都会经历从出生到死亡的过程，但如果能顺利地走完孩童期、青春期、青壮年期直至老年，也算是画上了一个圆满的圈；可是，壮年染疫而亡，实在是一件不幸的事。母亲抬起下巴，试图让眼眶里的液体倒着流回去。她发现此时此刻，她非常想念丈夫。虽然她和他已阴阳两隔，但她在精神和感情上仍然依附于他——这多么可怕。

015

等待的母亲 <<……

"你咋走得那么早……"母亲喃喃自语。

实际上，自丈夫去世后，母亲便经常喃喃自语。她体内的痛苦聚集得太多了，需要一个出口，于是，她便喃喃自语起来。

让全家人惊诧的是，母亲烹饪的任何菜肴，都带着一股苦涩的味道。虽然母亲依旧是按原来的步骤进行操作，但她总是能将菜肴变得无法下口。

"这是什么味……"孩子们赤裸裸地抱怨起来。

"哎呀……哎呀……"母亲一脸困惑，不知是哪个步骤弄错了。

离开厨房的母亲木木地躺在床上。她看着天花板发呆。当丈夫入土时，她的心在胸膛里跳得好厉害。那一刻，她只想逃回厨房。可现在她却明白了：厨房也不是避难所。她不明白老天爷为什么要带走她的男人？虽然她充满困惑，但却不敢质问。一想到今后她将一个人独自行走，她便不寒而栗。一个家庭，哪怕钱再多，如果失去了男主人，也便不再完美。残缺就像空气，会弥漫在这个空间，永远无法消失。

后来，后来人们都说母亲很能干，可有谁知道，这种能干是被逼出来的！

躺在床上的母亲沉浸在悲痛中，根本无力说话。

到了夜深人静时，她的痛苦才像山洪般爆发了出来——她号啕大哭的样子像遭到了电击，心脏拧绞，面孔通红，身体蜷缩成团。那哭泣声不像人类发出的，倒像是受到致命重伤的野兽。当她哭到眼睛发干、喉头哽咽、面孔赤红、全身瘫软后，陡然清醒了过来。

无论自己怎样难受，她都必须面对这个现实——属于自己的一段生活结束了！

虽然生活中没有了丈夫，但生活不会中止，必须继续。

孩子们已经失去了父亲，难道还要让他们没有了母亲？只有加倍地宠爱他们、补偿他们，才能让他们忘记自己失去了什么东西。从床上起身后，母亲洗了把脸，又进入了厨房。当她把手放进水盆时，感觉到了一种踏实。现在，她既是母亲也是父亲，她必须担负起这个双重角色。

当饭菜的味道恢复正常后，家人们发现母亲也变得平静起来。

和出嫁时相比，母亲的身体更加强壮，表情更加笃定，举止更加果决。

家人们慢慢意识到，母亲在这个大家庭中的位置变得重要了起来。这个出乎意料的结果是命运的安排，而不是命运的玩笑。

其实，母亲能在丧夫的打击中得以自愈的真正原因，是她那天真而良善的本性。她顺其自然地接受了命运的安排。看起来，她像是很软弱，但其实，恰恰相反。母亲以坦然的姿态接受了宇宙万物，其中也包括那些她无法理解的事情。

因为她没有抱怨，所以她很快便获得了释然。

1907年的夏天到来了。

岭南的仲夏，即便是天刚亮的凌晨，也燠热难忍。知了"吱吱"地叫着，阳光像火焰在燃烧。即便到了夜晚，那热气也不见消散。天和地组成了一个大蒸笼，让人的身上总是黏糊糊的。

办完丧事的彭家，一直笼罩在凄苦的氛围中。

母亲已不再哭泣。白天，一大家子人的日常起居、饮食出行都要打理，她忙忙碌碌；晚上，看着儿子翻来覆去睡不着，她的心像被铁丝绞住，但却强忍着不流泪。儿子勉强睡着后，会突然惊醒。他说，自己只要一上闭眼，就能看到高高挑起的白幡、门框上贴着的白对联、院子里的灵棚、吵吵嚷嚷的人群、直挺挺躺着的父亲……

"阿妈，我真的看到了阿爸……"

母亲咬紧嘴唇，浑身轻颤："哦，真的吗？"

儿子说："本来，阿爸直挺挺地躺着，后来他便起了身，走到我面前，睁大眼睛看着我，可他什么都没说，就又转身走了回去，还是躺在床上，还是直挺挺的。"

直挺挺的父亲……走路的父亲……转身的父亲……睁大眼睛的父亲……

父亲一步一步地走向他，离他越来越近。他以为父亲会像原来那样斥责他。可是，父亲只是深深地看了他一眼，便又转身离去。虽然周围都是哀号和哭泣的人们，可父亲却安静地躺着，像是一根长长的木头。

"阿爸到底要给我说什么？"

母亲试图给儿子提供一些安慰："阿爸不放心你，所以想来看你一眼，你不要害怕，他是好心的……"

儿子陷入内疚："可我不想让他变得直直的……"

母亲抹了一把脸上的液体，轻声说："我也不想……可我们得接受这个现实……"

儿子扭动着身体："阿妈，我不想接受……"

母亲压低声音说："老天爷就是这样安排的……"

母亲用手掌轻拍儿子的腰肢，以期他能尽快入眠。那种力度很轻很柔，但又很笃定。

事实上，母亲比儿子更恐慌——在长幼尊卑皆有序的封建社会，失去父亲便意味着失去了保护。况且，这位父亲正值壮年，而他的孩子尚未成年。

母亲惊诧地发现，儿子的性情发生了很大的变化。

每次当家人说起贪官污吏和土豪劣绅横行霸道的事时，他都会大声痛骂，直骂到面红耳赤；每次上街走到中心区，他都不愿从那些官员和贵族的家门口经过。如果不得不路过，他便加快脚步跑了起来；每次说起乡下和农民的事，他都充满兴趣，问了又问。

儿子长成一个我行我素的精灵，不愿奉承任何人，不愿屈尊任何人。虽然人们还称呼他为"四少爷"，可这个词的含义却发生了异变。

那天一早，天气依旧燠热，阳光依旧灼烫，可院子里却响起了杂沓的脚步声。小彭湃发现，原来大哥彭银正带着几个仆人在拾掇风柜、谷箩和谷围。他们准备坐船去二十里外的平岗约乡下收租。

儿子即刻跑来找母亲，嘴里嚷着："阿妈，阿妈，我也要去乡下！"

这孩子虽然个头不高，但肩膀很宽，手臂和腿部的肌肉都很发达，显得很有男子气概。自父亲去世后，他对什么事都提不起兴趣，总显得恍恍惚惚。母亲心有所动。她轻声说："你先别急，我去问问你祖父的意思。"

公公彭藩的头发越发花白，嘴唇越发凹陷，身体越发瘦削。他正遭

第二章　中年丧夫

受着一种无形的折磨——虽然家中资产丰厚，但大儿子没有亲生子嗣，二儿子又染病去世。这场"白发人送黑发人"的悲剧，令他筋疲力尽，心力交瘁。现在，儿媳请求他让孙子到乡下去散散心。

儿媳说："阿湃不能老是闷在家里，他睡得很不好，总是半夜就惊醒了。"

彭藩艰难地吞了口唾沫，嘴巴感觉很干燥。他发现自己正陷入一场困局——眼瞅着自己越来越老，但儿子却无法接班，偌大的家业怎么办？听到儿媳的请求后，他的脑袋里突然产生了电光石火般的碰撞：如今，振兴彭家只能靠孙辈来完成。而在七个孙子里，老四最为聪颖。现在好生培养，将来就能派上大用场。看公公沉思不语，儿媳柔声说："让阿湃出门散散心，既能学学收租，回来后还能多吃饭，晚上也能睡得踏实……"

彭藩终于点头："嗯，让老大注意安全！"

看到兄弟俩兴奋地出门后，母亲便在厨房里忙碌起来。这一整天，她都处于等待之中。傍晚时分，听到院子里响起杂沓声，母亲赶忙从厨房走出。没想到，忙着擦汗的彭银却气哼哼地说："四弟太可笑了！哎呀呀！实在是太可笑了！"

母亲惊诧地询问："发生了什么事？"

老大的语调漠然而尖锐："你让四弟自己说吧！哎呀！真是太可笑了！"

当他摇着脑袋走了后，母亲涨红了脸，像被人甩了一记耳光。她感到胃里一阵翻搅，有呕吐的感觉，但她却努力地控制着，试图让自己保持平衡。她不知儿子在乡下到底看到了什么，引得彭银如此恼火。

看到儿子的身影后，她便把他拽进了屋里。

坐在小凳上，儿子说起了自己在乡下的见闻。母亲的面孔发生了奇怪的改变：从紧张恼火变成柔和的微笑，最终变成公然的赞许。母亲不断地点着头，嘴角居然浮动出笑意。

当运谷船靠岸后，儿子意识到母亲对乡下的记忆是有选择性的。

在母亲的描述里，乡下的空气清新，视野开阔，稻谷金黄，蔬菜碧绿，路边长着一棵又一棵大榕树。可是此刻，虽然晚稻已收割完毕，田野变得平展，但田埂边晃动着的乱七八糟的枯草。偶尔能看到一片竹林和几株芭蕉树，但都长得歪歪扭扭。水塘里是肮脏而昏暗的积水，看不到一只鸭子。一群流浪狗在塘边晒太阳，黄褐色的皮毛上粘着泥点，眼睛红红的。

儿子还看到了几个和他差不多大的男孩，他们各个面黄肌瘦，愁眉不展，穿着"老裘婆"（祖宗留下来的衣服，补了一次又一次，已变得有十余斤重）。这些孩子对他视而不见，因为他们不是忙着去掘田，就是准备去锄草，或要去放牛。最让儿子惊诧的，还是那些又黑又矮的破房子。它们好像是用最便宜的材料建起来的，看起来摇摇晃晃，很不协调地分布在村子各处。这些废墟般松散的屋子，经不起任何一阵风的吹拂。偶尔能看到一扇擦拭干净的门窗，但大部分都年久失修，摇摇欲坠。很多屋子的墙壁都裂开了缝，里面塞着鹅卵石，屋顶的瓦片都起了青苔。

进入院门后，儿子变得犹豫起来：到底是往前走，还是后退出来？

农民在院子里不是养猪就是养鸡，所以这里弥漫着一股浓烈的臭味。这味道甚至比厕所的味道还要强烈。儿子闻着这种刺鼻的味道，怔住了。母亲给他讲了那么多乡下生活的细节，但却没有告诉他这味道如此可怕。他咬着牙穿过院子，进入屋内。那些房子就像一个个黑箱子，里面是发霉和陈旧的破桌、破椅、破床。饭桌上，除了番薯汤和糙米粥外，就是一碟咸菜、几条咸鱼。现在，庄稼已收割完毕，为什么不吃白米饭呢？原来，收下来的稻谷要留着交租。

当儿子从那些黑屋里走出后，发现路边站着一群衣衫褴褛的妇女。看到这个衣着精致的少爷走来，这些女人睨着他，眼神并不友好。原来，彭银大哥正逼着一位佃户交租。那佃户大约六十开外，浑身精瘦，皱纹如刀刻，衣衫破旧。

他说："今年收成不好，没有攒下稻谷，求彭老爷能放宽几日……"

说这些话时，他的声音哽咽，喉结在剧烈跳动。由于极度羞耻，他浑身颤抖，干瘪的脸上浮出一波又一波的红晕，连耳根也变得赤红。最后，蓄在眼眶里的泪水止不住地淌了下来。

他哆嗦着说:"老爷……再放宽几日……就几日……"

听闻此话，大哥恼火万分:"你放宽几日，他放宽几日，这租还怎么收！"

儿子觉得那佃户实在可怜——若他家真有米，何苦面红耳赤到流出眼泪？那佃户的样子，就像走山路时跌了下去，急于抓住根树枝。那一刻，这少年完全忘记自己是来什么的。他像被一个按钮驱动，情不自禁地放开喉咙高喊:"不要交租了！不要交租了！"

他的嘴唇用力地翕动着，挺直的身姿传达着力量。

喊声让空气凝结成一块固体。

佃户瞪大眼，变得手足无措起来。

"不要交租了！不要交租了！"

又一波声音从少年嘴里传来，好像在画一个又一个的圆圈。

这声音就像麻醉剂，让佃户浑身瘫软，甚至连手脚都动弹不得。

大哥不能相信自己的耳朵。他恨不能举起拳头，一下子砸到那小子身上。他挺直肩膀，下巴抬起，拧着眉毛，把一张扭曲的脸面对着男孩。他火冒三丈地吼道:"四弟，你吃错药了吗？！"

一个大男人面对着一个小男人，大哥面对着四弟，两个人怒视对方，面面相觑。

最后，还是大哥移开了眼睛。他清楚自己虽然是大哥，但到底是过继来的，而这个臭小子，是祖父最疼爱的人。大哥低声嘶吼:"你发什么癫！这里轮得到你说话吗？！"

四弟不明白，自己脱口而出的这句话，为何能搅起大哥的滔天怒火。

大哥转头朝那佃户嘶吼:"快交租！晚了有你好看！"

少年陡然一惊。他感觉大哥的声调似乎在哪里听到过。他想起自己七岁时，自己给来家里交租的佃户端了一碗茶后，父亲便是用这种口气说话的。他陷入迷惑:为什么待他极好的父亲和大哥，面对佃户时就像换了一个人？

返程的路上，大哥没和他多说一句话。少年陷入一种紧张的难堪中。因为必须面对那无言的空虚，所以他浑身难受。他的脑袋里翻江倒海：大哥怎么会这样？难道他看不出那人已苦到那种程度？就这样，兄弟俩沉默着回到了家。

大哥气不过，自然要对母亲发发火。而母亲在听完儿子讲述后，讶异地张大了嘴巴，好像下巴快要掉了下来。最后，母亲禁不住从凳子上站起身，在地上来回走动。虽然离开乡下已多年，但贫穷造成的伤害，却牢牢印刻在母亲心头。想起自己和妹妹那时整日没饭吃，想起自己五岁就到富人家当婢女，想起自己以妾的身份出嫁后干什么都要小心翼翼，想起自己三十五岁便守寡……她的眼底便汪出了两团泪。

母亲哽咽了起来："唉，穷人也是人，穷人的日子不好过！"

儿子用力地点点头："阿妈，这次我是真的知道了，什么叫穷人的日子不好过！"

母亲摸了摸儿子的脑袋："下次去收租，可不敢乱喊了。"

儿子一脸困惑："那个人真的没米交租，他都急得哭了，为什么不能宽几日呢？"

母亲叹息道："交租的日子是约定好的，如果给他宽了，别人看着都要宽，那租子就没法收了。"

儿子皱起眉头："为什么他们种地没米吃，我们家不种地倒有米吃？"

母亲道："他们种的地是租我们家的，所以要交租。"

儿子陷入迷惑："即便是我们的地给他们种，也不能把他们逼得那么狠，他们也是人啊！"

听闻此话，母亲倒抽一口凉气，感觉继续交谈下去很危险，便赶忙转移话题："你快到祖父那里请个安，就说自己是随口一说，闹着玩的，要不然祖父会伤心的。"

儿子噘起嘴："祖父为什么会伤心？"

母亲惊讶地发现，自己再也不能拿儿子当孩子看待。虽然这个发现让她有些难以接受，但她却清楚地意识到，这个少年想知道关于世界的一切秘密。当他在不断追问答案时，他已变成了一个思考者。在这个孩子身上，有一部分母亲的基因，然而现在那些独属于他的元素正不断地涌现出来。此后，他将越来越像他自己——那个他注定要成为的人。

母亲柔声说："这几日，你祖父咳嗽得厉害，说胸腔痛……"

儿子决定不再打破砂锅问到底，但关于交租的疑问却不会像云朵般消失，而像一粒种子般被藏了起来。

第三章 "剪娘伞"和"竖像"

1910年,当十四岁的儿子去海丰中学读书时,母亲的眼里满是暖意。

在儿子那张长条脸上,有一双清澈润泽的大眼睛。他生性活泼,言语幽默,体格健壮,举止敏捷。由于喜欢思考,他的心智成熟较早,思想已大大超过了同龄人。

这一天,公公彭藩从外面回家后,脸色铁青,眼神焦虑。他的不安是那么强烈,以致整个房间的空气都变得灼烫起来。

他对儿媳说:"阿湃就是一匹没笼头的马驹,非得好好教育一下才行!"

原来,儿子带着几个同学把娘伞给剪了。

当母亲找到儿子后,婉转地说起了祖父的不易:"阿湃,彭家先人挣下这份家业不易,你看祖父日夜操劳,头发全白了,你要多理解他!"

儿子当然知道母亲的心思,但他却倔强地说:"阿妈,祖父操劳我是知道的,可这次'剪娘伞',实在是迫不得已!"

母亲不解:"为何一定要剪娘伞?"

儿子皱起了眉头:"那伞是送给唐汝梅的!"

"啊?"母亲惊诧至极。

娘伞是一种用五彩丝线织成的圆顶伞,四面绣着"福禄寿""八仙八骑"之类的彩画。最初,娘伞是皇帝赐给清廉官吏的一种高贵礼品;后来,民间也沿用了这种形式,将娘伞送给离任的清官。可是,这一年离任的海丰知县唐汝梅,却是个臭名昭著的赃官。坊间传说他"禁赌又包赌,禁烟又包烟,禁嫖又开娼馆"!只要能弄到钱,他什么坏事都敢

第三章 "剪娘伞"和"竖像"

干。当他准备卸任时,海丰人暗自庆幸:"瘟神"开走吧!可是,却有人要特制一把娘伞送给他,以表彰他的"德政"。当彭湃得知送娘伞的商户名单里不仅有祖父的名字,而且名字还列在第一位时,又羞又气。

他找到了祖父劝说:"唐汝梅哪里配得娘伞!海丰人都知道他是个大赃官,做娘伞送他,还列个头名,多丢脸!"

听到孙子这番话,祖父的心里很不痛快。他知道阿湃聪慧机敏,但他到底才十四岁,年少不谙世事,不懂得为人处世要周全才能自保的道理。他有他的打算:彭家虽富但却无势,加上儿子去世,孙辈尚未成年,故为长远打算,他要和官府搞好关系。

祖父皱起眉头:"你快去上学,别管大人的事。"

孙子不甘心:"您不能送娘伞啊!"

祖父横了孙子一眼,没有回答。

孙子知道自己劝说无用,便想去找母亲帮忙。可当他朝母亲房间走去时,又止住了脚步。母亲一向尊重祖父,绝不敢干忤逆祖父的事,所以还是不要为难母亲了。到了学校后,彭湃便找来三个要好的同学商量。他们一起来到头盔店,发现娘伞端端正正地摆在桌上。

彭湃灵机一动,想出一计。

到了中午时,日头正烈,蝉声吱吱,头盔店里没有顾客,店员们都躲在阴凉处打盹。当彭湃蹑手蹑脚走进店里时,其余三个男生便站岗放哨。只见少年轻轻一跃,便站在了凳子上。他拿出早已备在裤袋里的剪刀,"唰唰"几下便将祖父的名字剪掉。之后,他一招手,那三个男生轮流前来,各自剪去了自己长辈的名字。

娘伞虽然还端端正正地摆在桌上,但却左边一个窟窿,右边一个窟窿,像一盏千疮百孔的破灯笼。当四位男生撤离现场后,打盹的店员根本没有察觉。后来,当他们发现娘伞被剪后,想重新制作一把,但时间已来不及。听说唐汝梅愤怒地离开了海丰后,人们拍手称快,都说彭家四少爷真聪明。

现在,当母亲凝视着儿子,眼里既闪烁着骄傲的光芒,又带有一丝忧虑。

"阿湃,阿妈知道你为什么这样做。"

儿子喘了一口气,不吭声。

母亲又说:"可这样做,让祖父很没面子……"

儿子瞪大眼睛:"好妈妈,那把娘伞要是送出去了,祖父的面子会丢得更大!"

母亲停顿了一下,意识到儿子的坚决,而这坚决让她有些尴尬,但她依旧要把后面的话说完:"阿湃,你可知祖父为什么会这样做?"

儿子说:"想巴结官府。"

母亲叹了一口气:"祖父的头发都白了,巴结官府是为了啥?如果你父亲还活着,祖父也不用这么操心。咱们彭家无权无势,总是被迫交纳各种税赋,祖父心里着急啊。"

儿子感觉有些心烦意乱。他反驳说:"那也不能送娘伞啊!"

母亲面色沉重地说:"孩子,你长大了,有自己的想法是好的,但你要知道,祖父的所作所为,是为了彭家考虑,你要成为祖父的帮手,不能给他老人家添乱……"

母亲的心情是复杂的。前半生的经历告诉她,生活中会遇到各种各样的事情,无论是好事还是坏事,躲是躲不过去的,必须习惯接受随时到来的变化。现在,处于青春期的儿子就像一把火炬,浑身上下都在燃烧。然而,她还是得把话说完:"好孩子,你想想看,咱们家虽然不愁吃不愁喝,可日子过得也是战战兢兢。祖父一个人操持一大家子很不容易……"

儿子点点头:"好妈妈,我懂了,剪娘伞的目的是对的,但做法有些激进!"

听到儿子这么说,母亲的心里像涌出了一眼清泉,泛起一层又一层的涟漪。一种从未有过的温暖裹挟着她,让她浑身舒适。

进入1912年时,儿子已是十六岁。

这一天,母亲正在院子里晾晒衣衫。傍晚时分,儿子放学回家后,在院子里大喊:"革命了!革命了!"

母亲的手定格在晾衣绳上:"革谁的命?"

第三章 "剪娘伞"和"竖像"

儿子的眼里有两颗熠熠发亮的黑石子:"妈,以后再也没有皇帝了!"

听到此话,母亲的心在胸膛里狂跳:"啊?!"

"妈,省内外已经发生了的惊天巨变!"

儿子的脸上露出了奇怪的笑容。他既兴奋又愤慨,既不满又苦涩,就像一个受伤的孩子。他的眼神是火热的,但语气又是冷静的:"去年10月10日,武昌爆发了起义。在不到一个月的时间内,全国有十多个省份宣布脱离清朝而独立。"

母亲愣怔:"独立?"

儿子道:"今年年初,孙中山当了中华民国的临时大总统,可又冒出来个袁世凯,当了大总统。这场革命就像台风,刮得惊天动地!"

母亲更加不明白:"革命?台风?"

儿子说:"好妈妈,您知道吗?现在同盟会的活跃会员都有上万了!我们林晋亭老师就是会员,他经常给我们讲孙中山的事迹和同盟会的政治主张。"

虽然儿子谈得兴致勃勃,但母亲听得却糊里糊涂。

祖父看到这一幕后,不觉暗自摇头。想到不久前发生的"剪娘伞"事件,他的心里越发不安。他在屋里来回踱步:走一步,顿一下;再走一步,再顿一下。唉,这匹没笼头的马驹,非给他拴上个笼头不行。于是,公公对儿媳说:"阿湃已成人,不如给他说门亲吧!"

儿媳连忙回答:"好是好,不知要说哪家的姑娘?"

原来,祖父看上了鹿镜乡一位富商家的女孩,名叫蔡素屏,既貌美又贤惠,可谓门当户对。

在彭家,母亲对公公一向言听计从,所以听到彭藩的建议后,她只是沉默地点点头。然而,她的心里却有些担心。她了解自己的儿子,怕这种行为会激怒他。儿子活泼好动,桀骜不驯,已经接受了很多新思想,充满反叛精神。现在要让他接受包办婚姻,可不是件容易的事。若要劝说成功,必要想出个好办法。

母亲对儿子说:"祖父给你定了一门亲。"

027

儿子皱起了眉头。听说那女子没上过学，也不识字时，他的态度很强硬："不行不行！她受的是'三从四德'的教育，和我没有共同语言！"

母亲赶忙劝解："我都打听过了，媒人说这是个难得的好女子。她虽然不识字，你可以教她啊！"

儿子摇头捏拳："不行不行！我要退婚！否则，我就一走了之！"

母亲即刻摆手："阿湃，你可万万不能退婚，因为这可是牵扯到人命的事！"

儿子不觉愣怔："退婚就退婚，怎么会扯上人命？"

母亲道："你若退婚，那就毁了这女子的一生！"

儿子道："哪有那么严重！我不娶她，她还可嫁给别人啊！"

母亲的语调低沉了起来："阿湃，事情可没你想得那么简单。彭家和蔡家都是大户人家，一举一动都有人盯着看。退婚的消息一旦传出，人们便会说这个女子有问题才会被彭家退婚。这样一来，哪还会有人再上门提亲？若一生不能出嫁，这女子不就毁了？"

彭湃听闻，沉默不语。这对母子，一老一少，各揣心事，四目相望。

儿子的愤怒是明显的："妈，她不识字，我们说不到一起怎么办？"

母亲道："你可以教她识字啊！如果将来有女校，她还可以去上学啊！"

见儿子不好强力反抗，母亲低声道："你祖父是很要面子的……"

儿子听闻，皱起眉头说："我再考虑一下。"

夜里，彭湃躺在床上，脑海里浮动的全是祖父的模样。祖父对他不仅是疼爱，几乎算得上溺爱。正是有了这份关爱，让他感觉父亲的严厉算不得什么。自父亲去世后，祖父的头发日渐花白，背亦驼得厉害，走路时脚底发出沙沙声，面孔也有了枯槁的衰败气。想到这些，他的心便像被荆棘扎着般疼痛。为守住彭家的产业，祖父已殚精竭虑。若在此事上忤逆祖父，那就是让他离死期更近。

他还想起了父亲。

此时此刻，他特别需要父亲的指点，然而父亲之位已经空缺。在父亲身上，总有一种让他既迷惑又害怕的东西——好像，父亲就是另一个版本的自己。他还想到了母亲。母亲像空气一样，虽然四处环绕，但却无形无色。母亲总是闪着亮光，让他感到格外温暖。在这个夜晚，年轻人的脑海里不断涌现出祖父、父亲和母亲的形象。他们三个人来回穿梭，用各自不同的方式与他交流，但最终的目的只有一个——娶她吧！娶她吧！

思来想去，这个年轻人终于选择了妥协。

儿子一脸严肃地说母亲说："既然我已经答应了婚事，便会好好待她，您就放心吧！"

1912年，十六岁的彭湃与十五岁的蔡素屏成了亲。

新娘子虽然出身大户人家，但结婚时却是一派旧式打扮，小脚上还穿着绣花鞋。然而，揭开盖头后，新娘的面容却让彭家人大吃一惊。此前，虽然媒人说过这女子长相俊美，但百闻不如一见。这张面孔只要看见一次，便会永生难忘：白皮肤，鹅蛋脸，双眼皮深如刀刻，睫毛翻翘如蝶翅，葱管鼻下一张花瓣唇，柳叶眉下一双波光粼粼的大眼睛。

婚后第二天，新娘子站在门口，既胆怯又忸怩。

丈夫让她不要梳高髻，把缠了十多年的小脚放开，丢掉缠足布和绣花鞋。现在，新娘子梳着普通发式，穿着丈夫买来的新皮鞋，站在门口局促不安。她不知自己这一脚迈出后，会听到怎样的闲言碎语。

丈夫的眼神上下打量着她，像在审视一幅画："真好看！"

妻子的脸噌地一下就红了。她小声嘀咕："别那么大声，让别人听到了。"

"走吧！"丈夫鼓励她。

可她依旧处在犹豫之中。

"怕什么！有我呢！"丈夫的态度很平静，声音很柔和。他的眼里闪着愉快的光芒，整个人充满活力。

他拽住新娘子的手："你要是不敢出门，咱们就一起走？"

"哎呀！"新娘子赶忙将他的手甩开，"不行，不行，那我就更不敢走了！"

男人语气坚定地说:"走吧!有我撑腰呢!"

原本,这女子满心恐惧。嫁到这样一个陌生的大家庭,孤独感便即刻袭来。现在,看到丈夫脸上的笑容,她的心变得笃定起来。

那双新皮鞋,终于跨过了门槛。

一石激起千层浪,各种声音不断冒出。当彭家的姑姑婶婶议论"新娘子穿的是皮鞋"时,母亲的脸色却异常平静。她像没听见那些叽叽喳喳的议论般,只顾在厨房忙碌。而彭家那些年轻的姑娘则兴奋至极,在暗地里拍手叫好。

按海丰旧例,新娘子过门后要在十天内给丈夫缝一条裤子。听说素屏不会,母亲便悄悄对儿子说:"你可以教她啊!"在丈夫手把手的教导下,妻子做出了一条新式的西装裤。这一下,那些等着说闲话的人便成了哑巴。

虽说结了婚,可男人的功课不能耽误。几天后,他便照常去了学校。放学回来吃过晚饭,丈夫便教妻子学写字,还向她讲述妇女要争取解放的新思想。两颗年轻人的心,便越靠越近。

当儿子和儿媳手拉手在街上走过时,县城那些"老古董"瞪大眼啧啧称奇。有个好事的老头来到龙津桥畔的小二楼,对母亲说:"哎呀,你家儿媳妇伤风败俗!居然和男人手拉手走在日头底下!"

母亲态度淡然地说:"哦,是吗?"

那老头翘起了山羊胡子:"你不打算管管吗?"

母亲斩钉截铁地回答:"我的儿媳妇我自然会管!"

老头气得发抖:"你是说我多管闲事?"

母亲一改温和的行事作风,态度坚定地说:"你说呢?!"

老头气得走出了彭家大门,嘴里还嘟嘟囔囔的。

母亲打心眼里心疼这个儿媳妇。

母亲一眼就看透了那张惨白面孔后的恐惧,因为她也经受过同样的恐惧。自己出嫁时已十七岁,可她才十五岁。母亲知道,新嫁娘最初的道路都是黑暗无光的。必须要跌跌撞撞,一步步向前,咬着牙才能走出甬道。然而身处其中时,她一定会感到脊背发凉,头皮发麻。

母亲想当另一种婆婆——为人不精明，但脾气却很好。

她不想用挑剔的眼神看待儿媳妇，而希望她能尽快走出动荡期，适应新生活。

这女子要应付的事情实在是太多了。

海丰虽偏安一隅，文化和教育都较为落后，但思想界的斗争却异常厉害。

这与海丰特殊的地理位置有关：此地接近香港，水陆交通便利。

当辛亥革命发生后，海丰人出现了两种极端对立的态度——一派坚决拥护，另一派坚决反对。反对派的头领便是陈月波。他的父亲是个前清贡生，两个弟弟长期混迹官场。他在政府虽没捞到一官半职，但也算清末的一名秀才。他能说会道、逢迎拍马，倚仗着陈炯明的余威，在海丰城耀武扬威。

陈月波等人千方百计阻挠新思想在海丰的传播。对海丰的最高学府海丰中学，他们当然力求控制。然而，当他们试图把那些顽固守旧的"老朽"安插到学校当老师时，引起师生的极大不满。彭湃和他的同学们便发起了一个"择师运动"，公开抵制"老朽"，欢迎有新学识、新思想的老师。经过这场运动，民主思想在海丰中学得到进一步传播。

在林晋亭等老师的支持下，彭湃和他的同学陈魁亚、陈复等人组织了"群进会"。这是个以"相互切磋、共同进步"为宗旨的群众组织，主要宣传资产阶级的民主革命和社会政治学说，传播新书刊，关注时事发展。"群进会"逐渐成为海丰中学进步学生的核心，对民主运动的开展起到了促进作用。

此时的彭湃，已成为学校的活跃分子。他对时事十分关注，常参加社会活动，在学校后山的"方饭亭"和"表忠祠"里与同学讨论国家大事。有时，为鼓舞大家的士气，他会大声地诵读文天祥的《正气歌》。

1915年5月7日，日本帝国主义提出了旨在灭亡中国的所谓《二十一条》，而袁世凯居然承认了这个卖国条约。这一行径，令全国人民群情激奋，遂将5月7日定为"国耻纪念日"。1916年5月7日，"群进会"发动海丰的青年学生举行反日爱国大游行，以此纪念"五七"国耻一周年。

这是海丰学生第一次掀起的群众性反帝反封建爱国热潮。

就在这段时间,海丰城里出现了一件怪事。

为讨好驻军统领林干材,陈月波等人居然异想天开,为林雕刻了一尊石像,准备在林的生日时在"表忠祠"举行落成典礼,妄图将林干材与文天祥并列供祀。

彭湃闻讯勃然大怒——文天祥是他的偶像,在他的心中占据着神圣的位置。现在,一个双手沾满人民鲜血的刽子手要站在文天祥身旁,这对民族英雄来说是个莫大的侮辱!

原来,林干材是桂系军阀龙济光的爪牙,靠"清剿"反袁的革命党人和海陆丰地区的"三合会"会员起家。他曾把几百名农民当成革命党加以屠杀,以此向主子邀功。林干材还和陈月波等地主豪绅勾结,在海丰城欺压百姓,赚得盆满钵满。

为反对给林干材立"生祠",林晋亭老师写下了《告海丰父老书》,彭湃又发动同学以"海丰中学学生"的名义贴"墙红"(指贴在墙上的告示),痛诉林干材的罪状,坚决反对为其立像。当这些墙红贴满海丰的大街小巷后,群众便一传十、十传百地知道了。全城人都议论"陈月波为林干材竖像"的丑事,痛骂陈月波是个老混蛋。彭湃还创作了一幅名为《群丑图》的漫画:一群地主豪绅像孝子一样,吃力地抬着林干材的石像。他将画贴在街头最显眼的地方,引得众人哈哈大笑。

穿着长衫马褂、戴着瓜皮帽的陈月波用手杖将地面敲得"噗噗"响。他大声诅咒"那条该死的天蛇"(彭湃的乳名叫"天泉",当海丰土话发"泉"音时,和"蛇"音很相似)。在陈月波看来,这条"天蛇"就像他的克星,总和他过不去。

陈月波命狗腿子把墙红撕下来。可第二天,大街小巷又变成了一片红。接下来的几天,海丰城就像演戏一般:这边撕,那边贴;贴了撕,撕了贴。陈月波发现撕墙红的办法实在不妙,便心生一条毒计——他让狗腿子们放出狠话,"谁贴墙红就打断谁的腿"。

当彭家人听到这个传言后,赶忙让母亲提醒阿湃要小心。

母亲闻讯,忧心忡忡地劝说:"阿湃,你别再做那些惹是生非的事啦！你万一遭人毒手怎么办？你祖父为你日夜担忧，吃不下饭，睡不着觉，我也操碎了心！"

可儿子却毫无畏惧："这件事是儿子发起的，不应祸及同学。再说，此次反对行径，名正言顺，生死何足挂怀！"

他请母亲不要担忧，说自己自有妙计。见儿子如此坚决，母亲只好作罢。

陈月波等人纠集了一帮地痞流氓，硬是将石像抬到了五岭坡，准备第二天举行典礼。"群进会"会员立即发动海丰中学的全校师生，赶到五岭坡与陈月波等人进行说理。师生群情沸腾，口号声此起彼伏，就像汹涌的怒潮。陈月波见师生人数众多，便悄悄地溜走了。他当然不会就此罢休。他派豪绅黄同去彭家威胁彭藩，让他劝孙子不要反对竖像。

彭湃义正词严地对黄同说："林干材有何功德，能与民族英雄文天祥并列共祀？你来劝说我祖父，你就是林干材的狗腿子！"

听闻此言，黄同的脸即刻变得赤红，像被撕掉了一层皮。他无言以对，狼狈地走了。

这天晚上，"表忠祠"十分安静，只有两个家丁来回走动。到了半夜，北风呼呼地吹了起来，家丁困倦至极，便躲到房里去睡觉。于是，从侧旁树林里钻出三条黑影，轻手轻脚地来到石像旁——原来是彭湃、陈复和陈魁亚。他们亮出斧头、铁锤和凿子，对准石像便动作起来。

当当当！当当当！

原本，他们想砸掉石像的头颅，可石块太硬，凿子接触到石头后，只是擦出了几点火星，却损伤不了它。彭湃皱起眉头："难道就这样作罢？不行！绝对不行！"

借着月色，他将石像从头到脚巡视一番。看到那高挺的鼻子后，他便笑了起来。他说："这里最容易敲，就敲这里！"

当当当！当当当！

在三个人的努力下，石鼻子被敲飞了，只剩下一个大窟窿。没有鼻子的脸庞看起来十分诡异，就像一具骷髅头。等家丁发现石像的鼻子被敲掉后，彭湃他们早已离开了现场。第二天早晨，当林干材看到这个无鼻雕像后,恨得咬牙切齿,跺脚咒骂:"混账!混账!"陈月波讨个没趣,赶忙派人将那尊丑八怪连夜运到陆丰县碣石港,推进了大海深处。

就像把一口大焖锅的盖子突然掀开,陈月波的新仇旧恨全都跟着蒸汽冒了出来。他不断用手杖戳着地面,越想越气。他指使地痞流氓去揍青年学生。那帮气势汹汹的家伙没有找到彭湃,却把陈复、陈魁亚等人打得头破血流。流氓们又赶到彭家,让彭藩将彭湃交出来。看到打手吵吵嚷嚷,母亲不由得皱起眉头,替儿子担忧起来。

陈月波等人的暴行,激起了海丰中学师生的愤怒。

彭湃拿着青年学生联名写的信,直奔广州"告状"。广东当局不仅将林干材革职,还将打人凶手捉拿严惩。这场反对"竖像"的斗争,以青年学生的胜利宣告结束。这次斗争,是彭湃第一次领导的反对统治阶级的斗争。由于他在此次斗争中的出众表现——不畏强权,英勇机智,善于发动民众,从不轻言失败,他已被青年学生视为榜样。

母亲没想到,"竖像"风波还导致了另一个结果——留学。

当儿子从广州回家后,母亲的高兴是遮掩不住的。她马上就到厨房做起了咸茶。儿子喝了两口茶后,便求母亲帮忙。他想去日本留学,希望母亲能说服祖父予以资助,因为留学的费用高昂。母亲听到儿子的想法后,心里涌起了一股绝望感。在已经失去了丈夫之后,她无法忍受和儿子长时间分离。

她变得自艾自怜起来:"留学有那么重要?"

于是,儿子便耐心地解释了起来。在儿子看来,原来的日本只是一个小小的岛国,被称为"扶桑"。在秦汉以前,这个地方还是"荒凉"和"落后"的代名词。可是经过明治维新,日本的政治和经济、科学和文化等已遥遥领先,成为世界强国之一。日本改良的秘方是什么?他们的经验是否值得借鉴?中国和日本的差距在哪里?这些问题都强烈地吸引着他。

"现在的日本,早已不是过去的小岛国,可现在的中国,却积贫积弱……"

母亲凝视着儿子:"你决心已定?"

看到儿子的眼神如金刚钻般晶莹时，母亲只好点点头："我去试一试。"

母亲并没有贸然找公公商量，而是先回到自己的房间里静思。

她知道，公公彭藩一向思想保守，反对新学；况且，他一直视阿湃为掌上明珠，一定舍不得他去国外。怎样才能说服公公呢？母亲左思右想。公公精明强干，能言善辩，做事总希望滴水不漏。然而，彭家却面临着一个最大的问题：虽富不贵，有钱无势。所以，处于被"迫勒"地位的彭藩总是憋着一股窝囊气。若阿湃留学归来能在政府做事，彭家不仅可以免遭欺负，还能发扬光大。

第二天，见公公心情尚好，母亲便乘机说出湃儿想去留学之事。

彭藩初听，自是断然拒绝："不行！不行！"

自二子彭魁哲染病去世后，彭藩对亲人的离别便极为敏感。母亲见状，便将昨日的思考和盘托出。

她坦言，虽然彭家的田已多到连"乌鸦都飞不过"的程度，但彭家依旧不是海丰最有势力的人家。当征收军饷时，彭家也会遭到官府的反复迫勒。若孙子留学归来后能有个一官半职，对彭家也是一种庇护。

看到公公的脸色逐渐缓和下来，母亲又缓声说："您是看着阿湃长大的，知道他天资聪慧，善于学习，毕业是没有问题的，只是留学费用高昂，想来颇为心疼。可是，若为长远计，这笔钱还是值得投资的。"

公公终于点了头。

留学后，儿子不断地写来家信。

正是通过那一封封鸿雁传书，母亲才知晓了儿子在海外的行踪。

儿子就像一条奔腾的河流，能到达那些母亲无法涉足的地方。虽然母亲总是为他担惊受怕，但他却总能化险为夷——

1917年6月，儿子乘坐的"皇后号"巨轮从香港起航。

经过台湾海峡后，这艘巨轮在海上漂泊了五天五夜，最终驶入日本的神户港。

等待的母亲 <<……

下船后，儿子搭乘火车又行驶了一天一夜，最终在凌晨时分到达东京。走出火车站后，一股新鲜的气息扑面而来。东京是一座奇妙的城市，充满了东方情调。街道两侧皆为整齐的两三层小楼；路上行人穿着和服踩着木屐，走路时发出"啪嗒啪嗒"的声响；店铺门头挂着各色纸灯笼，有的是黑底上写着红色的"寿"字，有的是白底上写着黑色的"烧"字；店铺门口挂着各种颜色的短幔，橱窗里摆着美酒和鲜花。

儿子落脚的地方，是神田区神保町十番地的中华留日基督教青年会馆。在会馆工作的都是中国人，饮食起居也都依照国内的习惯，所以儿子很快便适应了这里的生活。9月，儿子考入东京成城学校预科进行补习。到1918年5月3日毕业时，他已掌握了日语，可熟练地听、说、读、写。

儿子和儿媳的感情甚好。中秋节时，儿子和一群广东留学生去"中原舍"（一间专门做中国菜的饭馆）会餐。当炒面端出来时，儿子却匆匆离去，令众人面面相觑。事后大家才知道，原来，他和妻子相约在中秋节晚上八点，同时举头望月，让两个人的视线在皎洁的圆月中交织，以寄托相思之情。每晚临睡前，儿子都要吻一下妻子的照片。有一天，他拿着装在玻璃相框中的照片睡着了。当玻璃被无意间碰碎后，还戳穿了他的手掌，流了不少血。

因住在基督教青年会馆，他便不免会受基督教的影响。

他心存疑惑："基督教能不能救中国？""博爱能不能解决中国的社会问题？"

每天午饭后，儿子都打开《圣经》仔细研读。他还热心地动员同学陈卓凡一起来钻研。陈卓凡不信教，所以午饭后即刻回房睡觉，可儿子总是很有耐心地劝他参加："你未入门，所以无兴趣。"陈说自己还是不参加了。可儿子还是坚持劝说："你就来听二十分钟好不好？要不，十分钟？"然而，当儿子接触到社会主义思想后，便认为基督教是不现实的，《圣经》是不可能提供任何救国方案的。于是，他不再相信基督教。

虽然儿子穿和服、吃寿司，用流利的日语和教授交谈，但他对日本的感觉却极为复杂。那时的日本像个水晶球，处处散发着璀璨的亮光；

而中国则像块腐朽的木头，处处散发着衰败的气息。这种对比的强烈，让儿子的内心常处于刺痛状态。儿子在信上说，正是因为知道日本的现代化程度很高，才远渡重洋来学习。然而，在敌对国学习，处处感受到敌对国的强大，是一件多么痛苦和分裂的事！因为对儿子来说，"爱国"不是写在书本上的词语，而是融汇到血液里的真情。

在日本，他时时能体察到这个岛国对中国虎视眈眈，充满狼子野心，这让他既为积贫积弱的祖国感到痛心，又激发了他想要救国救民的斗志。

那段时间，当一伙日本军国主义者煽起一股偏狭的爱国狂潮后，生活在日本的中国人备受歧视，而留日学生则被诬蔑成"支那马鹿"——"愚蠢的中国人"。儿子既感到震惊又感到愤怒，常彻夜不眠地读书，以期能找到救国的答案。那时，他一腔热血，认为中国人要救国就要排日。到1918年年末时，他一直都是热烈的排日人物，名字被记在东京警署的"黑表"上。

1918年5月16日，儿子主动邀约同学黄霖生、路精治一起去拍合影。

这一天，日本帝国主义与段祺瑞政府签订了侵犯中国主权的《中日陆军共同防敌协定》。根据这一约定，日本军队可以在中国境内的所谓"军事行动区域"自由行动。

儿子获讯后义愤填膺——真是岂有此理！

黄、陆两位同学听到邀请后不由得疑惑："在大家心情极为沉重之际偏偏去照相，岂不怪哉？"儿子见状，沉痛地说："两位有所不明，今日三人留影，旨在纪念'国耻'，走吧！"事后，他们还在这张具有历史意义的照片上写道："民七年中国军事亡国协定被迫签订之日，特合摄此'国丧纪念'照片，以示国仇之不忘。"

三位青年端坐在三把椅子上，皆穿学生装，面色冷峻，目视前方。位于右侧的儿子，一头浓密的黑发三七开，左右手分别搭在微微分开的腿上，手指捏成拳头状；左侧的黄霖生跷着二郎腿，中间的陆精治将左右手重叠着放在两腿间。

第四章　罢课又复课

自从离开了祖国，儿子身上的一部分便无可挽回地发生了改变。

表面上，留学生过的是统一的集体生活，每个人都在相同的时间吃饭、喝水和学习；但私底下，每个人都行走在自己的道路上。

留日学生为了更有效地进行反对密约的斗争，于5月上旬组成了"救国团"。

在"五七"国耻三周年纪念日前夕，儿子和"救国团"代表共四十六人，在东京神田区的中国饭馆"维新号"召开秘密会议，商讨挽救国难的办法。突然，日本警察手拿枪支，闯入室内，不问情由，将在座诸人一顿乱打。在刀砍足踢、掀桌倒台之后，他们还不容分说，将所有人捉去。警察对其中的代表进行了审讯和辱骂，整整折磨了一夜才释放。

彭湃和一些代表被警察打伤。

这次事件使留日学生群情激愤：日本准许本国人结社集会，也准许居住在日本的欧美人结社集会，唯独不允许中国留学生结社集会，并由干涉而驱逐，而逮捕，而侮辱。

三千留日学生忍无可忍，决定罢学回国，以示抗议。

当儿子回国内后，并没有直接回家。他先是在上海成立了"救国团"总事务所，在《国民日报》上发表《归国学生泣告同胞书》，号召士、农、工、商界人士奋起协力，共同反日救国。当他回到广州后，和归国学生一起成立了"救国团"广州分团事务所，发出了《留日广东学生同乡会宣言书》。

陆精治也回到了他在广州的家里。

这一天夜里十二点，他听到了敲门声。开门一看，吓了一跳。原来，是他的好同学彭湃。那乌黑的头发乱蓬蓬的，两个眼膜布满了血丝，身上的学生装不仅发出难闻的汗臭味，还沾了许多油污，简直像一套工作服。如果不是那双炯炯有神的眼睛和那双宽厚含蓄的大嘴，他一定会把彭湃当成一个乞丐。

彭湃看到陆同学愕然地打量他，便说："有什么吃的，请拿来，我快饿昏了。"

陆同学急忙到厨房去找。不巧得很，除了一点冷稀粥，连点剩菜也没有，这让他十分为难。彭湃却笑着说："你忘了我是潮汕人，那里的老百姓，哪家不是喝稀粥的？"

于是，他狼吞虎咽地喝了起来。不一会儿，便把三大碗冷稀粥全都喝了个精光。洗完澡，他又借了套陆同学的学生装穿在了身上。

他一边系纽扣一边风趣地说："我那套给你作'抵押'，再不够，那裤袋里还有一包'宝贝'，让我先'孝敬'你了。"说完，他就要走。

陆精治见他累成这样，不忍心让他走。但彭湃却说："还有人在等我开会，不然，明天就没戏唱了。"他坚定地推门而去，身影很快湮没在幽深曲折的街巷中。

第二天，当陆精治想把彭湃的衣服洗干净时，感觉裤兜里确实有包东西。他小心地取出来后，发现是一份油印的《留日广东学生同乡会宣言书》。太好了！写一份宣言书是广东留日学生开会时一致通过的，但是没想到这么快就出来了！

陆同学迫不及待地读了起来。

《留日广东学生同乡会宣言书》以《中日陆军共同防敌协定》的二十条为事实根据，深刻地揭露了日本亡我的狼子野心，同时以"国家兴亡，匹夫有责"的爱国热情，激励人们奋起抵抗。《留日广东学生同乡会宣言书》说中日密约是"直举吾国领土奉送之"的亡国条约；《留日广东学生同乡会宣言书》还说，"学生等远学敌国，年虽弱冠，刺激殊深，闻此凶事，岂能静然……乃倭寇视吾国已若掌中之物，视吾辈亦犹无国之民"；《留日广东学生同乡会宣言书》又说："大祸临头，大义在目,威力甘言,不值一顾,此吾人所以不旬日而归国者千余,奔走呼号,愿舍学、舍身而谋废约救亡也。"

《留日广东学生同乡会宣言书》洋洋数千言,字字血泪成,读之令人撕裂肝胆,声泪俱下。

陆精治不禁慨叹:难怪彭湃昨晚表现得那样风趣,走得又是那样匆忙。原来,他在忙碌的工作中,体会到了充实和自豪。

"四少爷回家了!""四少爷回家了!"

5月下旬,当母亲得知儿子回家的消息后,吃了一惊。

儿子突然出现在家里,就像从天上飞来的鸟儿。他还是原来的那个模样:皮肤白皙,身材中等,体格健壮,头发浓密,鼻梁高挺。

母亲接过儿子的手提箱后迫不及待地询问:"阿湃,还没有放暑假,你怎么就回来了?"

儿子拉着母亲的手坐定后,让她不要担心,说这次是集体行动,三千留日学生全都回国了,不是独他一个。母亲的焦虑虽然减轻了,可她依旧不解为何学生会有如此举动。于是,儿子便向母亲讲述了自己的经历:密约如何卖国,学生为何开会,会议如何遭警察捣乱,学生如何在被关押后遭一夜折磨,最终导致全体学生罢课。母亲看着儿子的脸,一字不漏地聆听着,神情紧张。

她点点头:"阿湃,等一下见到祖父时要说得婉转一些,祖父年龄大了……"

儿子点头道:"阿妈,这个我知道。"

母亲笑了笑,表示她已原谅了儿子的冲动行为:"那你不打算再去上学了?"

儿子摇摇头:"暂时不去了!我想一边搞救亡活动,一边求学。"

母亲安慰道:"不着急,你先在家休养,看时局变化再做决定。"

母亲的话就像定心丸,让儿子变得笃定起来:"好妈妈,天大的事到了您这里,都变得风轻云淡了!"

母亲变得愉快了起来:"想不想喝咸茶?"

儿子咽了咽口水,喉结上下动了动,他爽朗地笑了起来:"妈妈,您的咸茶可是'海丰第一',我怎能不想呢!"

儿子回到家后,受到了母亲的细心照料。打扫房间、洗碗、熨烫衣服,这些活计虽然是母亲干惯了的,但儿子却好像第一次懂得了母亲的辛劳。远渡重洋,在离家人数万里的异地,他也得自己打理这些琐事。在从住处走到校园时、在课间休息时、在午餐和晚餐时,他总是止不住地想起母亲。母亲就像空气,平时看不见,一旦远离,便会让人窒息。

正是远渡重洋后的这种距离,让儿子重新认识了母亲。

原来,自己的舒适生活,全靠母亲的双手操劳。同时,他发现母亲非常神秘:她有一整套解释世界的办法,那办法和男人不同。

谁知到了6月初,北京方面竟由教育部发出命令,强令归国留日学生"务于6月10日前到达日本,返回校继续留学,其后仍不回校者,取消留学资格"。

儿子忙找母亲商量:"看来,原来的打算是无法实现了。"

母亲拍拍他的手背:"那你就先回校,等学成归来再救国不迟。"

儿子点头:"事已至此,只能如此。"

这一次离家,彭湃带着五弟彭泽一起前往日本。原来,五弟中学毕业后也想到日本留学,没想到祖父答应得十分痛快。

彭泽到了日本后不久,便开始给家里写信。

他在信上说,一到东京,四哥便对他说:"入学后你就要努力读书了,乘现在还没开学,我带你去好好玩一下。"可是,四哥带他去的不是公园,也不是游乐场,而是日本博物馆。在那里,陈列着很多日本人从中国掠去的文物。四哥表情悲愤,压低嗓门说:"这些东西是我们中国的,你看日本帝国主义的野心多大。"

彭泽说,他发现四哥完全变成了另一个人。

原本,四哥喜欢穿笔挺的西装,吃讲究的饭菜,爱喝奶粉,爱打麻将,还爱听留声机;而现在,他穿着朴素的学生装,衣服又皱又脏也不在乎;在学校饭堂,看到有人觉得饭菜不香就不吃时,四哥很反感。他说:"这是劳动人民辛苦种出来的,不可浪费。"他总是把所有的食物通通吃掉,让盘子变得干干净净。四哥的日常生活十分简朴,但对那些有困难的人却慷慨解囊。若遇到有人推车上斜坡，他也一定会上前帮忙的。

彭泽还讲述了一件事。

有一次，四哥到一家旅店去开会，回来后发现钱包丢了，十分着急。彭泽问他丢了多少钱，他说十元。彭泽说那就不要紧，可四哥说里面有东西。原来，钱包里有爱国者的名单和秘密文件。若这些东西落在警察手里，后果不堪设想。两个人的神经即刻紧张起来，像绷紧的琴弦。他们赶忙回到旅店去找，发现钱包被店里的女仆捡到了。那一刻，兄弟俩相视一笑："哎呀，实在是太幸运了！"

这年10月，彭泽的来信令彭家人十分高兴——原来，彭湃已于9月考入早稻田大学专门部三年制的政治经济科就读。虽然早稻田的学费贵得吓人，但这却是日本数一数二的大学，也是中国留学生最集中的大学。彭泽说，四哥选择政治经济学的目的十分明确，"为的是将来研究我国的政治经济，秉志改革"。

四哥进入早稻田大学后，一开始很不适应，但他很快就调整了过来，慢慢地有了自在的感觉。虽然课程十分繁重，学习的过程磕磕绊绊，但四哥却十分刻苦。他尽可能地埋头读书，连眼睛都不愿多眨一下。除了吃饭和睡觉，他将所有的时间都用在阅读和思考上。正是在早稻田，四哥意识到读书和学习是两种思维方式——读书只是单纯地阅读，而学习则是在阅读中思考。四哥对彭泽说："我们出国留学，不是出来镀金，不要挂个空招牌，应下九牛二虎之力，学点顶用的东西，于国于民才会有益。"

每当家里寄来钱，四哥总是先留下必需的生活费，其余的便都买了书。他特别喜欢去图书馆。他说，不去图书馆的人，实在是浪费了那里的大好资源。他就像一个饥肠辘辘的人，想把每一本书都放在脑子里仔细品咂。他在图书馆借阅的书，大多是讲述日本历史的，尤其是关于明治维新这段历史的。

四哥常和同学们一起结合国际国内形势，进行理论问题的探讨。他的谈话既生动又透彻，具有很强的说服力。他虽然专攻的是政治经济学，但对农学理论也有强烈的兴趣，常到东京帝国大学农学部向陆精治求教。

1918年冬天时，彭泽讲述了一件看似不大但却十分重要的事。

那一天，因为要去神田中国青年会开会，四哥便携带了几个重要的文件。在早稻田电车终点站候车时，忽然来了个日本"刑事"（刑事警察），要夺他所带的文件。四哥与之争执时，从人群中走出了一个雄赳赳的日本中学生。他不问任何缘由，便帮"刑事"反剪了四哥的双手，并把他拥到警察岗亭。在路上，四哥质问那学生："你为什么不讲法律？要知道，你又不是警察！"没想到那学生却反问："你是不是中国人？"

四哥忽有所悟。

他暗想："没错！爱国的极致自然是排斥他国。我断不能向日本人说理，因为你我都是为了爱国。"由此，四哥意识到"狭义的爱国运动是不彻底的，因为我爱我的国，你爱你的国，就会造成互相侵略"。他同时也意识到："人类之痛苦，是由于经济制度所造成。所谓富者良田万顷，贫者无立锥之地。这种阶级之悬殊使少数人享福而绝大多数人不得温饱，因此要解放全人类，就必须起来推翻不合理的制度。"

5月中旬的海丰城，天气已热如炎夏。

现在，只有在靠近海滩的地方，才能享受到一丝清凉；现在，从凌晨到傍晚，半空里总是浮动着知了"吱——吱——"的声响；现在，从深夜到黎明，到处都是牛蛙"呱——呱——"的聒噪声。

这天放学后，彭述的脚步显得特别匆忙。等回到家，额头冒汗，两颊通红，气喘吁吁。母亲见状便说："老七，你着什么急？走得这一头汗！"

彭述喘着大气说："阿妈，学校出了件大事！"

母亲不解："什么事？"

"血书！四哥写了一封血书！"

母亲一听"血书"，感觉脑袋里"嗡"地一响，腿不停地发抖，心不断地下沉。

自阿湃远行，她便一直处于担忧状态。她知道儿子既热情又充满理想主义，所以行为举止总与一般人迥异。儿子对任何事情的处理都是泾渭分明，彼此互不相容，试图把一切都弄得利落而整齐。可是，现实生活哪里会是非黑即白？有多少灰色的沟坎是看不见的！

母亲被担忧侵蚀着，总是睡不踏实，身子一阵冷一阵热。

在梦里，她看到自己怀孕的模样。她的肚子大得像个倒扣的锅，干什么都不方便，可她照样手脚不停地在干活。虽然生孩子是走了一次鬼门关，可当阿湃出生后，她却觉得值！这是个体格健壮的婴儿，养起来很容易。然而，儿子长大后，母亲非但没有觉得轻松，反而越发担忧起来。因为她发现这孩子与别人不同，总会有一些奇怪的想法。

现在，可怕的事情终于发生了。

原来今天，在海丰中学位于五岭坡的布告栏上，挂出了一条血书，是阿湃从日本寄来的。那四个鲜红的"勿忘国耻"，引得老师和同学争相观看。

母亲听得一头雾水："你四哥这是何意？"

原来，事情的起因要从巴黎和会说起。

1919年1月18日，第一次世界大战结束后，协约国在巴黎召开会议。中国虽然是战胜国之一，不仅一无所得，还要把战败国德国在山东半岛侵占的各种权利让给日本。消息传来，舆论大哗。留日学生群情激昂，怒不可遏。彭湃更是吃不下、睡不安，到处打听有关巴黎和会的情况。

4月中旬的一天，彭湃从中国驻日公使馆一位官员口中探实，章宗祥将于当天下午从东京乘火车出发，准备回国。他即刻邀约了黄霖生、陆精治等三百多同学，设法在火车站月台上等候。

下午五点，阳光灿烂，铁轨蜿蜒，一列火车正准备开出。已经进站的旅客，大多数已坐在了车厢的位子上。当火车响起第一声汽笛后，从车站地下室的门口钻出个肥胖的男人，他的身后还跟着随从。那人左右观察一番，感觉没可疑迹象后，便大步朝月台走去。然而，他没走出几步，便听到一声大喊："他来了！"

第四章　罢课又复课

这声音宛如一道军号，让三百多位学生从人群中挤出。他们举起胳膊朝那个肥头胖脑的家伙追来。一时间，到处都是"打倒卖国贼章宗祥""还我山东权益"的喊声。脚步声和怒骂声混成一片，让月台上的其他旅客目瞪口呆。学生把早已备好的一个个小白旗从怀中掏出，掷到章宗祥身上时如纷纷扬扬的雪片。章宗祥吓得面如死灰，浑身发抖，扭身就朝地下室跑。

此刻，藏在路口的彭湃跳了出来，堵住了他的去路，厉声喝道："卖国贼，休想逃走！"

彭湃想抓住章的衣襟，但心急手乱没抓住，被章一晃身给溜走了。然而，迎面又冲来几个学生，堵住了他的去路。于是，往回跑的他又被彭湃一把擒住。彭湃忍不住大骂："你这个卖国贼，为什么要签协定？！"

章宗祥结结巴巴地辩解："不关我的事，我只是奉段总理的命令做事。"

彭湃说："你是驻日公使，决定由你一手包办，你和段祺瑞一个鼻孔出气，是双料卖国贼，还抵赖什么！"

看到章宗祥还想胡搅蛮缠，彭湃忍无可忍，举起右手便掴了他一个耳光。那声清脆的"啪"的一声，将这些日子积攒的愤懑全都发泄了出来。同学们一拥而上，抡起拳头就砸了下来，章被打得嗷嗷叫。最后，在警察的救护下，章宗祥才爬上火车，灰溜溜地回了国。

事后，彭湃把章宗祥在车站的狼狈相画成漫画，同学们拍手称妙。

有学生不解地问他："章宗祥是当官的，你怎么敢打他？"

彭湃不以为然地撇嘴："章宗祥名为驻日公使，实则替日本人办事，做日本人的奴才，置国家民族的权益于不顾，亲与日人共谋密约，卖国求荣，千古遗臭，非击其背，剐其身，啖其肉，不能解我心中愤恨于万一也。"他将捏紧的拳头举起来："只有千千万万个革命者团结起来，打倒章宗祥等一切卖国贼，才能拯救中华民族。"

这年的5月4日，北京爆发了震惊中外的"五四运动"。

5月6日，日本媒体报道了此次运动的情况，使留日学生的爱国热情更加高涨。然而,日本政府偏偏挑5月7日来为皇太子冠礼——这简直是以中国的"国耻"作为日本的"国荣"!消息一出,即刻激起留日学生的愤慨。大家决定在5月7日举行"国耻"四周年纪念大会,以示抗议。

然而,由于日警的预先警告,各处都不肯租借会场。于是,留日学生便想在中国驻日公使馆的俱乐部开会,又遭无理拒绝。学生遂决定分为若干小队,分别前往各国驻日使馆递交宣言书,然后再到日比谷公园集中后再行解散。

那一天,上千名学生排着整齐的队伍,高举"五七国耻纪念""直接收回青岛""保持永久和平"等字样的白布大旗,浩浩荡荡地拥向街头。

置身高台的彭湃目光灼灼地发言:"日本帝国主义张开个血盆大口,昨日吞并了山东,今日侵占了东北,明日又将吞掉哪个地方?他们把我们的国土一口口吞噬,我们将要变成无国之民。到那个时候,我们就是亡国奴,任人凌辱,任人宰割,比猪狗还不如。同学们,起来,争取做人的权利,绝不当奴隶,用我们的声音汇成滚滚潮流,把那个可耻的《协定》给淹没净尽!"

没想到,街上陡然出现了六七百名全副武装的军警和便衣。这些家伙就像发狂的野兽,组成长蛇阵对学生进行围攻。在刀枪和马蹄之下,赤手空拳的学生辗转呼痛,四处躲避。这时,有一女学生面流鲜血,高声呼救。彭湃见状,急忙跑过去扶住那女生。两个日本警察也飞马而至,凶神恶煞地吆喝着。

彭湃果断地对陆精治和黄霖生说:"快,排成一队,挡住他们,让她快走!"

当女生刚刚离开,警察就赶了上来。彭湃怕同学们挨打,就用力推开他们,让他们"快跑"。话音刚落,日本军警的皮鞭就嗖嗖地落在了他的头上。那鞭子像尖利的刀片,一下子便切开了他的皮肤,令鲜血四溅。黄霖生担心彭湃落入虎口,便纵身向前一跳,用身体护住他,并对陆精治说:"快拖走他,我顶着,快!"

情况已然如此危急,陆同学也没有更好的办法,便架着被打得昏昏然的彭湃，撤退而去。可是，黄霖生被两个警察挟住，拼命反抗也奈何不得，最后被捆绑走了。

5月7日的傍晚姗姗来临。

此刻，夕阳西下后的东京城是灯红酒绿的"节日之夜"，到处都是飘扬的彩旗、璀璨的灯光、狂欢的人群。然而此刻，留日学生的心却像被铁丝绞住了般疼痛。

当陆精治拖着彭湃，好不容易回到公寓后，便扶着他躺到床上。彭湃的手脚有几处破了皮在流血，尚不打紧，最要紧的是头部受击后，不仅头皮破裂，且半边脑袋发麻，耳鼓嗡嗡作响。陆精治先用温水擦洗伤口，又找出药物和绷带包扎。

随后，不少同学陆陆续续地回来了。大家进行统计后发现，此次游行约有三千多人，受伤者达二十七人，有三十五人被捕入狱。很明显，日本当局对学生的此次活动早有防范——他们的警察和宪兵几乎是倾巢出动。留日学生岂能善罢甘休？大家在协商办法时，声泪俱下，悲愤至极。

夜已经很深了，可是头缠绷带的彭湃却心潮逐浪，难以入睡。

今天之惨剧，进一步加深了他对反动政府本质的认识。显然，救国的希望绝不能寄托在政府身上，而只能寄托于呼唤民众，激励同胞。他的脑海里浮现出文天祥的模样。直到现在，他才理解了"人生自古谁无死，留取丹心照汗青"的深意。

他将右手食指放在嘴里，用力一咬，鲜血便流了出来。

他蘸着这血，在一块长一米、宽半米的白绢上急速地写下"勿忘国耻"四个大字。

也许是因为内心的疼痛实在强烈，他在书写时一点也不觉得痛。当一气呵成后，他像完成了一件大事，长喘一口气。他又拿出纸笔，奋力书写了一封长信，将此次事件的原委悉数道出，勉励家乡同学，一定不要忘记国耻，努力奋斗。

第二天一早，彭湃不顾自己体伤身弱，坚持要和大家一起去探望被捕的同学。

当彭湃等人一同乘车来到神田警署后,根本没人理睬他们。于是,他们又来到了中国驻日使馆。当使馆表示不予接见后,同学们便在使馆门口静坐示威。后来,同学们又被警察驱散。经过多方交涉,被捕学生中的二十三人在第二天被释放归来;六天后,又有五人被释放归来;其余七人,竟被判处十天至半年徒刑。据那些归来的学生讲,日本警察对他们进行了种种严讯和虐待。

当彭湃见到黄霖生后,紧紧地握住他的手。看到黄同学鼻青眼肿、遍体鳞伤时,他的眼泪再也噙不住,"唰"地淌了下来。目睹此景,陆精治不觉大吃一惊。他和彭湃共处多年,早已习惯了他的乐观和幽默,哪见过他的这般模样!此刻的彭湃像换了一个人:满脸沉郁,眉心紧锁,热泪横流,哽咽无语。

彭湃将自己的外衣脱下来,轻轻披在黄霖生身上。此后的几天,他都守护在黄同学的房间,给他倒水喂药。黄霖生过意不去,轻声说:"你自己受的伤也不轻,也要好好休息呀。"

彭湃装出满不在乎的样子说:"我只是擦破了一点皮,已经没事了。比起你和那些尚未出狱的同学们来说,我这点伤算什么?"

听完老七的讲述,母亲不禁着急起来:"不知你四哥现在伤势如何?"

彭述道:"妈,您放心吧,四哥的伤已经好了。"

话虽这么说,可母亲依旧不放心。她找到儿媳素屏,嘱咐她找些药品和补品给老四寄去,让他最近不要出门,好好休养。过了几日,彭述告诉母亲,由于看了四哥的血书和长信,海丰中学的师生备受鼓舞,也上街举行了示威游行。学生检查队还四处查封日货,把从海丰、汕尾搜出的日货全都一把火烧掉了!

夜里躺在床上,母亲忍不住伤感起来。

她不知道为什么阿湃不能好好读书,非要去游行?即使是去游行,为什么非要去救人?即使是救人受了伤,那就好好养伤,何必非要咬破手指写血书?

第五章　暑假前后

5月下旬，海丰已进入盛夏时节。

盐田堆银，原野铺金，碧蓝的海湾闪动着白色帆影，翠绿的莲花山传来采茶女的歌声。此时此刻，春荒总算熬了过去，一缕淡淡的笑容挂在了种田人的脸上。

当穿着西装的儿子站在母亲面前时，她的心跳得怦怦的。儿子的胳膊变粗壮了，肩膀变宽厚了，腰肢也变结实了，只有那两颗眸子黝黑精亮，像原来那样熠熠闪光。儿子已彻底摆脱了少年的稚气，成长为一个沉稳的年轻人。他浑身上下都透着力量，生机勃发。

他调皮地抿嘴一笑："妈！您怎么这么看我？"

听儿子说想喝咸茶，母亲即刻便转身去了厨房。一阵忙碌后，她便端着茶碗走了出来。看着儿子啜饮的模样，她眼不错珠。喝完一碗后，儿子又添了一碗，这让母亲不禁喜不自胜。两碗咸茶下肚后，儿子满足地长吁了一口气："妈，您的咸茶果然是'海丰第一'！我在日本什么都不想，就是想喝咸茶！"

母亲温和地笑了起来："傻孩子，咸茶又不是什么山珍海味，很容易做的哦！"

儿子说："别人做的我不爱喝，我就爱喝您做的！"

母亲又高兴又迷惑："都是薄荷茶里加上花生米、熟芝麻和炒米，再点上盐，哪有太大的差别？"

儿子爽朗地笑了："可妈妈的咸茶里还放了感情，别的茶里就没有！"

母亲笑过之后，便扯住儿子的胳膊让他蹲下来，细细地拨开那头浓密的黑发。果然，她看到右侧头皮处有条发白的印记。她用指尖轻轻地抚摸:"疼不疼?"

儿子道:"妈,早都不疼了!"

母亲又拽过他的右手搜寻。果然,在食指上找到了一个小小的疤痕。当母亲摸着那疤痕时,脸上的笑容忽而隐去,声音也哽咽了起来:"唉,你这孩子,头上还流着血,怎么又把手指咬破?不觉得疼吗?"

儿子用自己的手紧紧地握住了母亲的手:"妈,是儿子不孝,让您操心了。可那时,我实在是气坏了,所以一点也不觉得疼!"

当儿子说起学潮的经历时,不仅讲述了日本警察有多么可恶,还讲述了他的同学有多么可爱。尤其是黄霖生和陆精治:一个为了护他而被警察抓走惨遭毒打;另一个拖着他躲开追捕,又为他擦洗和包扎伤口,悉心照顾。儿子感慨地说:"妈,同学间的友情比黄金还珍贵!"

母亲点点头:"这两位同学就像亲兄弟啊!"

儿子道:"妈,您知道吗?当皮鞭打在我的头上时,我以为我要死掉了,浑身都缩了起来;可是,当我看到手无寸铁的同学们被抓时,又变得不害怕了!写血书的时候,我真的一点都不觉得疼!"

母亲一边听一边点头,眼睛里流露出关切的神情。她努力克制着一阵阵轻微的颤抖,不让儿子看出自己的软弱。可是,她的心却被揪了起来。一种悬而未决的感觉折磨着她,让她心力交瘁。从儿子的讲述中,母亲似乎看到了一个喧嚣、混乱和疯狂的场景。原本,她以为儿子到了日本后,会过上一种循规蹈矩的学校生活,可是实际情况和她想得完全不同。

但是现在,她却无法给予儿子更多的建议。因为,儿子已经掌握了一整套全新的思考方式。这个方式帮助他重新打量自己,打量自己和他人的关系,以及他所生活的社会。现在的母亲,只能做一个聆听者。

当儿子讲完游行经历后,母亲说:"咱俩光顾着说话,你还没给祖父请安呢!你也要多宽慰一下素屏,你不在家时,她可帮我干了不少活!"

儿子道:"好妈妈,我知道了!"

儿子回家后的第二天一早,便来到母亲房里告假:"妈,我今天要出去一趟。"

母亲不禁嗔怪:"昨天刚回来,今天就要出门?"

儿子解释说:"今天,是海丰中学的师生邀我去学校见个面。"

母亲一听,即刻点头:"那你一定要去!千万不能忘了母校!"

还是那条熟悉的街道,还是那个熟悉的校园,还是那座熟悉的"方饭亭"。

当同学们看到彭湃走上台阶后,即刻喊了起来:"彭湃来了!""彭湃来了!"

这些血气方刚的学生围成一圈,让彭湃坐在正中。大家你一句我一句地提问,好像有一万个问题想要咨询。彭湃笑容可掬,不仅回答了同学们的各种疑问,还重点讲述了留日学生的罢课经历。他先说起在巴黎和会上,中国作为战胜国之一,居然要把战败国德国在山东半岛侵占的各种权利让给日本;又说起自己和同学们在东京火车站痛打章宗祥的事情;还说起五月七日游行时,日本警察和宪兵倾巢出动,荷枪实弹,对手无寸铁的学生进行毒打和追捕,还将一些学生关押了半年之久。

同学们听得十分投入,各个都气愤至极。

彭湃说:"显然,政府是不可能救国的!现在,我们只能寄希望于民众的觉悟。同学们,我们一定要行动起来,参与到救亡运动中!只有这样,才能拯救中华民族于危难之中!"

虽然是放假期间,母亲却发现儿子总是早出晚归,异常忙碌。

这天晚饭后,母亲和儿子在房里拉话。

母亲说:"阿湃,你总是出出进进地,都在忙些啥?"

儿子坦言:"妈,我和几个同学组织了一个'海丰白话剧团',正准备到县城和周边的乡镇去演出。"

母亲不解:"啥是白话剧?"

儿子说:"就是文明戏。"

母亲越发迷惑:"那啥是文明戏?"

儿子解释说:"妈,您不是最喜欢看大戏吗?咱们海丰有西秦、正字、白字等地方戏,可演戏是一件复杂的事情,演员要穿戏服,表演

051

时还有一整套的程序,不容易学。可要是演白话剧,演员就穿平常的衣服,就说平时的话,表演也没有太多的框框,很容易学习。如果想上台,只需要一个条件,就是不怕羞,胆子大!"

母亲瞪大了眼睛:"还有这样的戏?有人看吗?"

儿子笑了起来:"这种戏在外国很流行,只要我们搞好了,肯定会有人来看的!"

彭湃在家熬了两个通宵,写出了海丰的第一个白话剧:《打倒卖国贼》。在这部剧中,他将段祺瑞、章宗祥、日本驻华公使及公使夫人等,描写得栩栩如生,呼之欲出。然而到了排练时,别的角色都有人演,只有公使夫人无人问津。女同学们你推我搡,谁都不愿演这个妖冶可恶的坏女人。可是,若没人演这个角色,这出戏岂不胎死腹中?

彭湃略略思考了一下,便大声说:"我来演!"

同学们惊诧至极:"男人演女人,那多不好意思!"

彭湃说:"嗨!京剧和我们地方戏里的许多名旦,不都是男人演女人!你们放心吧!我包管把公使夫人的妖冶和贪婪都演出来,让观众们骂个够!"

那一天,礼堂里灯火通明,台下挤满了充满好奇的观众。在人群中,有两个人显得神情紧张,局促不安。原来,是蔡素屏和母亲。素屏低着脑袋,恨不能将自己隐形起来。母亲却挺直了腰板:"阿湃又没干什么坏事,咱们得把头抬起来!"虽然儿媳慢慢地将脑袋抬了起来,慢慢地用眼角余光逡巡周围,可她的嘴唇依旧抿得紧紧的。

大幕拉开后,随着各色人物一个个走上舞台,情节也一点点地向前发展着。礼堂的气氛发生了改变——现实世界被隐藏了起来,另一个更浓烈、更震撼的世界袒露了出来。海丰人只看过传统的戏剧,哪里见过这种演出!走上舞台的那些人,和平日看到的人没有太大差别;台上所表演的事情,既不是三国的事,也不是南宋的事,而是此时此刻的事。观众一会儿恨得唏嘘嗟叹,一会儿笑得前仰后合。一时间,整个礼堂变成了波涛汹涌的海洋。看到周围的观众瞪大眼睛唏嘘惊叹时,母亲的心里充满了甜蜜感。

当公使夫人出场后，礼堂里爆发出一阵哄堂大笑。

只见"夫人"穿着一条设计烦琐的长裙，腰肢束得紧紧的，脸颊上涂着两团胭脂，嘴唇抹得血红。这位"夫人"既妖里妖气，又跋扈贪婪，举手投足间引得观众一片嘘声。

随着剧情的发展，观众的好奇心也像风筝般越飞越高。每个人都处在猜测中，不知道最终的结果如何。等到要结束时，奇迹般的转变突然降临，一切都变得和此前不一样了！这个意外的变化，让观众一片哗然。最终，每一个人都在惊诧中获得了意外的满足。

回到家后，母亲忍不住表扬儿子："阿湃，你怎么能把坏女人演得那么像呢！"

儿子笑了起来："好妈妈，我演的是一个女人，还是一个官太太，当然不能像木头桩子那样硬邦邦的，所以不管是说话还是表情，都要加上点女人味才行！"

母亲点头说："白话剧真好看，和原来的那些大戏不一样！"

儿子说："我还想乘胜追击，把彭素娥的事也写成剧本呢！"

母亲感觉这个新点子就像深夜篝火，那火苗忽闪忽闪地，能把整个夜空都点亮了："彭素娥？就是那个自己上公堂的彭素娥吗？"

儿子："对啊！当年，丘家告彭父一女二嫁，彭素娥便自己上公堂申辩，说自己爱王阿庚在先，彭父把她许配给丘家在后！"

母亲说："听说彭素娥出嫁时，穿了五件白上衣，五条白裤子，还在腹部裹了一把小刀，新婚之夜誓死不从，丘家怕出人命，便把她又送回了娘家！这个彭素娥，怎么这么刚烈？"

儿子道："彭素娥的父亲是个医官，所以她家的日子很殷实。素娥长得漂亮，人又聪明，按理说，很容易能找个门当户对的夫婿。可是偏偏，她要到甘八太太家学刺绣！偏偏，王阿庚是甘八太太的儿子的同学！偏偏，素娥和王阿庚一见倾心，便私订了终身！偏偏，彭父嫌王阿庚是孤儿，家里穷，便把她嫁给富户丘家，所以素娥不从。当素娥被送回家后，彭父大怒，把女儿禁闭了起来。当王阿庚来探望时，彭父便让人把他打得口吐鲜血。素娥奔到王家照料阿庚后，丘家便告彭父一女两嫁,所以素娥才上堂为自己辩护。最后,这个官司也是不了了之。"

母亲感慨道:"听说彭家虽然没吃官司,可素娥的命也不好。王阿庚被打死后,素娥就住在王家终身未嫁,靠刺绣过活,日子很是清苦。"

儿子说:"唉,这真是个活生生的悲剧!"

母亲道:"海丰的穷人苦,海丰的女人更苦啊!"

儿子点头道:"虽然这件事海丰人人都知道,但要是把它搬到舞台上,打上灯光,配上音乐,再加上演员的表演,那效果就会完全不一样!"

母亲兴奋地说:"我真想看看台上的彭素娥是个啥样子!"

儿子道:"妈,等到这出戏要上演时,我便把真正的彭素娥请来观看!"

母亲忍不住笑了起来:"哎哟,那她还不得哭成个泪人!"

儿子道:"光让彭素娥自己哭是不够的,还要让大家思考这个问题:为什么彭素娥的一生这么苦?是谁造成了这个悲剧?是彭素娥的父亲吗?是丘家吗?那些站在旁边看笑话的人是不是也有罪?形成这种风气的社会是不是也有罪?我们为素娥鸣不平,就是为我们自己鸣不平!只有明白了这个道理,民众的意识才能觉醒,革命才能取得全面胜利!"

儿子说话的声音虽然不大,但却张弛有度,抑扬顿挫,每一个字里都沉稳有力。

母亲面色柔和地凝视着儿子,觉得他比原来更具有吸引力了!

1919年8月,彭湃再次前往日本读书。

早稻田大学素有关心政治、关心社会思想动向的传统,对社会上新思潮的反应极为敏感。9月18日,当早稻田大学成立了"建设者同盟"后,具有旺盛求知欲的彭湃便参加了这个组织。

"建设者同盟"的学员希望通过研究,寻求一种对资本主义的反措施,以达到"建立一个最合理的新社会"的目的。彭湃参加过一次支持农民反对地主,要求实行减租,保证农民耕种权的法庭斗争,还参加过佃农纠纷的实际调查。他没想到,在日本这样的发达国家,佃农的日子过得那样艰难。

那段时间,每当彭湃对五弟彭泽说起堺利彦和大杉荣的名字时,神情都庄重虔诚,语气里带着崇拜的成分。他说:"堺利彦是日本社会主义运动的先驱者,也是社会党的创始人之一,早年翻译过《共产党宣言》;大杉荣是个无政府主义者,翻译过达尔文的《物种起源》。"

他对五弟坦言:"我就弄不明白,苏联有共产党,中国有没有?我们留日学生中有没有?"

彭泽说:"就是有,也可能是地下的,所以咱们不知道啊!"

彭湃说:"那我们就一起去寻找,如果找不到,我们便根据马克思主义建党原则自立一个党。革命不能待在室内靠人恩赐,要靠自己去闯,去闹。"

1920年11月,堺利彦等人发起组织了"戈思摩俱乐部"(也就是"宇宙社"),彭湃也加入其中。这是个国际性的社会组织,主要研究国际上发生的各种问题。有一天,他们聚会时,因大杉荣也到场了,所以被日本警探所侦查。散会时,门外遍布"刑事",逐人尾随。之后,彭湃的名字便被列入淀桥警署内社会主义者"黑表"上。

有一天,当彭湃外出时,发现身后跟着两个人。于是,他便来到东京最繁华的银座大街,走进了一家闹哄哄的餐厅。他坐在一个靠窗的位置上,叫了三份冰激凌。当那两名便衣探头探脑地走来时,他便用日语向他们打招呼:"在这里来,我已经给你们叫好了冰激凌。"

那两人愕然问道:"你怎么知道我们要来饮冰?"

彭湃冷笑两声,幽默地说:"刑警先生,别装傻了,你们跟踪了我很久,我要来这里喝冰,先生还能不来吗?当然要给两位先预备下了,哈哈!"

那两人见丑行被揭穿,一时无语,只好红着脸溜走了。

尽管警察的监视如此严密,但却不能动摇他追求真理的决心。那时,他还常去京都帝国大学聆听社会主义学者河上肇的课程,并对他所著的《社会主義研究》《社会问题管见》《唯物史论研究》《近代经济思想史》等作品进行了系统研读。

他对五弟说:"这些书让我像从暗房中打开了天窗,见到了阳光。什么《圣经》呀、《互助论》呀,一下子从我的脑子里全给挤跑了。"

1921年4月,彭湃接到家信,获悉祖母病重,便加紧写完毕业论文,准备提前回国。回国前,施存统代表旅日中国共产主义小组和彭湃谈过一次话。彭湃的主张是:"中国是农民占多数,中国的革命要依靠农民。"彭湃这么早就意识到农民运动的重要性,令施存统印象深刻。

5月初,彭湃准备启程回国。在他的行李箱中,除了几件简便的衣衫等,全都是马克思主义的著作和进步书刊。5月23日,彭湃回到了海丰。

海丰,海丰。

和繁华璀璨的东京相比,海丰显得简陋而狭小。然而,这个灰扑扑的偏僻小城,却是那样地亲切。那些弯弯曲曲的街道,那些灰暗破旧的土屋,那条蜿蜒流淌的龙津河,都和记忆中一模一样。终于,彭湃走到了那栋两层的白色小楼前。一抬头,他发现大门口挂起了挽联。他知道,祖母苏老太已不在人世了。

推门进入后,院子里已摆满花圈,廊柱上贴着白色的对联,到处都是穿着孝服的人。

他在人群中看到了母亲:脸色苍白,两眼发红,下眼睑里堆着一汪泪。

母亲也同时看到了儿子。那一刻,她的嘴唇颤抖了起来。她想哭,但却极力地忍住了,以致身子在微微发抖。

她一步步朝儿子走来。张开嘴后,声音发涩:"阿湃,你祖母……昨天……走了……"

儿子赶忙上前握住母亲的手:"妈,我回来了,您就放心吧!"

母亲点点头:"回来就好。"

当身穿孝服的儿子出现在灵堂前时,并没有放声大哭,而是用墨笔画了张祖母的遗像——他想以这种方式来纪念祖母。那幅画完全凭记忆勾勒而出,但却栩栩如生,分外传神。吊唁者看到这幅画后,不禁啧啧称赞：像！太像了！

彭湃的画作不仅和他高超的绘画技艺有关，更缘于他戏剧性十足的表现手法——因为他投入了浓厚而强烈的感情去创作，所以画面上的人物会有种呼之欲出的感觉。

在海丰，丧葬是一件非常重要的事。无论是初终、报丧、成殓、送柩、做七、二次葬等，每个环节都很讲究。然而，海丰还有一个恶习：不论谁家死了人，亲朋好友、左邻右舍，乃至全村的人，甚至无亲无故的人，都要到死者家里去大吃大喝一顿。不少农民因此被弄得家破人亡，苦不堪言。

当彭家老祖母去世后，"桥东彭"作为海丰数一数二的富户，已准备好"做功德"（海丰俗语，即"做道场"）。彭家请来了吹鼓手，连吹了七天七夜，为死者超度灵魂；又设置了流水席招待来宾。看到人们如潮水般涌来，而席面上的菜品堆得盆满钵满——各种山珍海味、鱼翅燕窝、九大碗四大碟，应有尽有。儿子直皱眉头，连声说："太浪费了！太浪费了！"这种流水席的日子持续了一个月，足足花去了彭家两千两白银。

办完丧事后，母亲和儿子拉起了家常。

母亲柔声说："阿湃，你已学成归来，该做事了。我想让你继承彭家产业，像祖父那样把'彭名合'发扬光大。"

可儿子却另有想法："妈，我不想经商，我想研究马克思主义。"

"什么？什么主意？"母亲一脸迷惑。

儿子说："这个马克思主义不得了，它是救中国的钥匙！儿子以后要专门研究这把钥匙！"

母亲更加迷惑了："刚才说的是主意，现在说的是钥匙，到底是怎么回事？"

为了能让母亲理解这个"主义"，儿子便说起了一件发生在日本的事。有一天，儿子带着一本马克思主义的书去拜访同学。没想到日本人真厉害，居然当街拦住行人检查。儿子一见，即刻心生一计，马上把书丢进垃圾桶，转身跳上电车后才溜走。儿子感慨地说："如果我不机灵一点,怎么能安然回国,和您团聚?"

母亲听得云里雾里:"那些书有那么重要,要当街检查?"

儿子解释道:"那些书里的道理能够救穷人,所以有钱人和有权人就慌了起来。"

母亲不觉有些难过:"你不愿继承家业,要去研究主义,往后彭家的家业怎么办?这一大家子人怎么办?"

看见母亲的脸色凝重,儿子马上给她宽心:"妈,您就放心吧,儿子办的都是正派的事!这件事是为了中国的大家业!只有中国这个大家好了,彭家才能好啊!"

母亲知道儿子的性情。他若打定了主意,那便是九头牛也拉不回来。从这孩子一出生开始,她就有种不安感。她知道阿湃和大多数孩子不一样。在他的身上,潜藏着一种爆炸性的震撼力。母亲想,先让儿子按自己的想法去闯一闯,碰了南墙再回头也来得及。

1921年前后,五四新文化运动的思潮已传遍了整个中华大地。此刻,这股奇异的新思潮也吹进了古老的海丰城。这个时候的彭湃,已成为海丰青年敬仰的领袖人物。他不仅具有学识和见识,还具有超强的实践能力。才智出众的他极富冒险精神,敢干那些海丰人不仅没有听说,甚至连想都不敢想的事。

譬如:成立"社会主义研究社"。

这个"研究社"自7月初在海丰幼石街成立后,吸引了七十多位青年参加。大家先自学俄国的"十月革命"、唯物史论、资本论入门等,再进行集体讨论。

林甦是彭湃在海丰中学的同学,曾和他一起敲过林干材石像的鼻子。他的家境十分优渥,但他和彭湃一样,热衷于学习新思想。

彭湃对林甦说:"我建议你多看看最近出版的几期《新青年》,尤其是'马克思主义研究专号',这一期上面有'关于社会主义的讨论'。如果遇到什么问题,欢迎你来找我,我们可以共同探讨。"

林甦面孔清秀,头发黝黑,鼻梁上架着一副深度的近视眼镜。

他推了推眼镜询问:"'研究专号'真有这么重要?"

彭湃道:"专号上讲了很多问题。马克思主义哲学与无产阶级革命之间是一种什么关系?今日之中国为什么要选择社会主义?这些问题都很深刻,都值得认真思考。"

集体讨论是每个社员都盼望的时刻。这时,彭湃便成为大家最喜欢的人。他用极大的热情来解释那些书本上的知识,并结合现实展开讨论。经过他的分析,那些掩藏在表象之下的秘密便袒露了出来。当大家如梦初醒时,才明白自己身处何处。此时此刻的彭湃,就像一块磁铁,具有极强的吸附能力。

"研究社"还进行了对外宣讲活动。

第一次宣讲,是在绵德堂,主要的对象是三百多位工人和店员。彭湃讲的是《世界工运发展形势》;另外两次是在海城的番薯市场。彭湃向赶集的农民宣讲《社会问题和社会主义》《农民生活与地租问题》等,听众有两三百人。当他在宣讲时,妻子蔡素屏便站在一旁静静观看,予以支持。

彭湃与海丰县学生联合总会商议,决定筹办双月刊《新海丰》。1921年9月1日,《新海丰》出版后,为知识分子提供了笔谈园地,也对马克思主义的传播起到了促进作用。这本杂志,相当于海丰的《新青年》。

这些印刷品及其所刊发的观点,让陈月波之流惊恐不安。事实上,陈月波对彭湃的仇恨,可谓"冰冻三尺非一日之寒"。他一边用拐杖戳着地板,一边咒骂着这条"天蛇"又回来了!

他恨透了这些新思想。

因为一旦人人都接受了这些思想,他作为大地主的利益就会受损,而他在海丰城的地位也会岌岌可危。于是,他纠集了一批御用文人,组成了一个以他为核心的小集团。他指使那些文人在《陆安日报》上发表谩骂文章,把彭湃搞臭。于是,那些文人便攻击彭湃等人宣传共产主义学说是"非孝",而"均分财富"是实行"共产",宣传自由恋爱是"共妻"等。海丰县教育局的局长陈伯华是陈月波的弟弟,他也旁敲侧击地告诫全县师生,要"少谈主义,多读基本科学"。

彭湃也在《陆安日报》上发表文章，予以回击。

在《反对共妻论》中，他大声疾呼："腐朽的旧制度必须推翻，人民身上的枷锁一定要砸碎。"在《告同胞》一文中，他说："私有财产制度是人类最不合理的社会制度。少数特权阶级，闲游无事衣食自足，而贫者无立锥之地，耕不得食，织不得衣。因此，必须推翻资本主义社会，建立'各尽所能，各取所需'的共产主义公有制。"

战争就此拉开了帷幕。

不，战争早已拉开了帷幕。

第六章　出任教育局长

9月底,听说儿子准备就任海丰教育局局长后,母亲变得忧心忡忡。

那天晚饭后,她劝儿子"最好不要干",可儿子非但不听劝,反而面露欢颜:"妈,儿子的机会来了。"母亲不知其用意何在,便皱起眉头说:"区区的教育局长,有何机会可言?海丰的事,不办更胜于办。"

儿子向母亲坦言:"妈,我想借此发展人民的教育事业,为海丰培养出一批有为青年。海丰太老了,应该有一批新青年干出一些新事情,才能挽救这个老城。可是新青年是需要培养的,所以办教育很重要。"

母亲不好强力反对,便叮嘱儿子:"陈月波那帮人一定会盯着你的,你可要小心,他们的手段你是知道的。"

儿子朗声大笑:"我知道!我可太知道了!妈,您就放心吧!"

虽然一个偏远地区的县城变更教育局局长是件小事,但其背后却有着一个风起云涌的大背景。

1920年11月,陈炯明率粤军赶走桂系军阀克复广州后,被孙中山任命为广东省省长兼粤军总司令;1921年5月,孙中山就任"非常大总统"后,陈炯明又被任命为陆军部总长兼内务部总长,实际上掌控了广东的军政大权。然而,陈炯明却不同意孙中山"出兵北伐、统一全国"的方针,而热衷于"联省自治"(实际上就是军阀割据),整顿两广,巩固实力,好充当"广东王"。为实现这个野心,他对有利于抬高自己声望的事,都给予支持。

作为彭湃的家乡人,早在彭湃留学之前,他便已听说过这位彭家四少爷的大名。现在,听说彭湃从日本留学归来,他便想拉拢彭湃给自己做私人秘书。于是，他授意彭湃的老师林晋亭给学生写信，邀约他来广州。当彭湃到了广州后，受到了老师的热情接待，也见到了陈炯明本人。当陈炯明看到彭湃身上穿着悼念祖母的丧服后，即刻感到陈月波等人攻击彭湃"非孝"的言论并非属实。后来，听了彭湃关于时局的一番言论，越发觉得他能力超群，具有非凡的气魄和活力，是难得的人才，更想拉拢。

在广州期间，彭湃与当时正在广州工作的中国共产党人陈独秀、谭平山等人取得了联系，接受了党的教育和影响。当陈炯明获悉这位家乡的年轻人并不想在广州做官，而且总是满腔热情地宣传共产主义时，大失所望。那时，海丰县的教育大权一直被陈月波的弟弟陈伯华所把持。教育局的工作人员不事教育，常大吃大喝，通宵达旦地打麻将、赌牌，而陈伯华则贪污渎职，任人唯亲，滥用公款，令海丰师生及群众强烈不满。师生派代表到广州向陈炯明告状，要求惩处陈伯华。在师生的强烈反对下，陈伯华借口"事繁不克兼顾本邑学务"而于8月辞职。海丰县学生联合会领导人到县署请愿，要求任彭湃为教育局局长。当陈炯明接到海丰县县长翁桂清的请示后，便顺水推舟地答应了。

10月1日，彭湃正式出任局长一职。

就任后的第一天，他便带来了一股簇新的气息。

彭湃将自己撰写的一张墙红（告示）贴在街头，把自己准备推广农村教育、教育为劳动者和平民服务等方针公诸于世；他在教育局大客厅的墙上，挂起了两张自己亲手绘制的大画像：一张是马克思，另一张是克鲁泡特金；他还亲笔书写了"漫天撒下自由种；伫看将来爆发时"的对联，挂在了自己的住室。那时的彭湃，对"从教育入手去实现社会的革命"抱着很大的期望。

虽然彭湃在局长职位上只干了短短的七个月，但他却做了不少实事。

他平易近人，从不端架子。每当学生或教师称他为"彭局长"或"彭先生"时，他总是笑着搓手说："今后不要这样叫我，我是彭湃，年长的可以叫我'湃弟'，年少的可以叫我'湃兄'，最好大家相称

'同志'。"彭湃不仅能说一口流利的普通话，而且日语也很好，同时擅长绘画和文学。当学生三五成群地到他家求教时，他总是热情地接待；对那些有困难的人，他从来都是慷慨解囊。

他整顿了教育局的行政机构，清除老朽，吸纳青年才俊。他挑选了思想进步、热心教育的陈魁亚、富有教学经验的林文为教育局工作人员，还聘请了留日同学杨嗣震和李春涛担任第一高等小学校长和教员，又聘请林甦为第八小学校长；他革新了教学内容，把语文课本中宣扬风花雪月、脱离实际的课文全部都删掉，从《新青年》等杂志中选择了李大钊、陈独秀、鲁迅等人的文章作为补充教材。

他还以极大的热情发展乡村教育，在农村建立分校。过去，海丰虽然有小学、中学、师范等学校，但只有权贵和富户的子女才能上得起学，农民子弟根本上不起。虽然海丰县八成的教育经费来源于农民，可农民压根不知道"教育"是什么东西。全县农民能写出自己名字的，还不到百分之二十。除了极少数农民接受了一点少得可怜的教育，而这"通通都是压迫阶级欲农民世世代代为其奴隶，而赐予这些奴隶的文化"。彭湃对这种"教育与贫民分离"的教育制度深恶痛绝。

在任教育局局长期间，他还兼任县第一高等小学校的美术课。他的美术课非常有趣，因为他不仅向学生传授知识和技巧，还注意引导和启发学生进行思考。有时，他还带学生到草地里上课。他盘腿坐在学生中间，不需要黑板、粉笔和教鞭，只需要亲切的言辞。他从不鼓励学生背诵定理，而喜欢撷取鲜活的社会现象做分析和解剖，令同学们印象深刻。他常用粉笔在黑板上画马克思、列宁等革命导师的头像以及克里姆林宫的外形。在讲解这些图形时，他会热情地说起国内外的各种形势。

有一次，他在黑板上画了一只像"7"一样的"手杖"，令学生不解。他解释说："这是一支手杖，地主、资本家、官僚、绅士们常常拿着它来鞭打工人和农民。我们画它，是不要忘记拿这种东西打人的人是我们的敌人。"

看学生听得津津有味，他便继续引申说："工农群众要想解除痛苦，只有联合起来，把那帮剥削人、压迫人的家伙打倒，才能过上好日子。"

又有一次,他给学生讲述《蝗虫与稻》的时候说:"蝗虫就是地主阶级,也就是剥削阶级,稻就是工农群众和广大劳动人民。稻不能繁茂生长,是遭到了蝗虫的侵蚀;工农群众和广大劳动人民生活困苦,不能抬起头来过愉快的生活,是遭到了地主阶级直接和间接的剥削所致。我们要使水稻繁茂生长,必须要有杀虫药来扑灭蝗虫的滋生。工农群众和广大劳动人民,要过愉快的生活,必须要进行革命,推翻剥削阶级。"

11月19日,彭家发生了一件大事——彭湃的祖父彭藩去世了。

彭藩虽是从父亲手中继承的"彭名合",但那时的"彭名合"不过是个小小的杂货店。"彭名合"是到了彭藩手上才开始发展壮大的。彭藩凭借超人的智慧和胆识,让彭家变成了海丰数一数二的富户。所以,彭藩不仅是彭家的大功臣,还是这个封建大家庭的总代表。他的去世,令彭家老少悲恸欲绝。

然而,彭藩的葬礼在海丰人看来,简直像一个玩笑。

所有的吊唁者都吓了一跳,因为这种方式实在是开天辟地第一次。

此前,当苏老太去世时,彭家不仅请来吹鼓手连吹七天七夜,还设了一个月的流水席,摆出了各种山珍海味和鱼翅燕窝。然而到了彭藩的葬礼时,这一切都不见了。

出殡前,彭湃在彭家大院客厅里主持了告别仪式。他不让家人披麻挂孝,而只挂乌纱;送殡的人排成一列长队,依次走过灵堂,向遗像鞠三次躬;走出来后,每个人都会分得一条白手巾;彭家没有设宴席,只在林祖祠里开茶会。

彭老爷葬礼的简朴和苏老太葬礼的铺陈,形成了鲜明的对比。因为实在是太新奇了,所以引来很多好事者在巷口围观,窃窃私语。

事实上,海丰是一处铁石心肠、不好应付、因循守旧的保守之地。在这里,因为高山和大海的挤压,人们的生活空间非常有限。靠着微薄收入勉强维持生计的海丰人,一直处于夹缝之中,在贫穷的泥潭越陷越深。沮丧和恐惧,经常交替出现在人们的心头。在这样一处土地上,任何新奇的行为都预示着可怕的改变。改变会让日子变得更好还是更坏?

人们惴惴不安。

显然，以这样的方式办葬礼，是彭湃的主意。

当他从日本回来参加祖母的葬礼后，便对海丰的丧葬习惯深恶痛绝。他眼里的流水席，就是贫富阶层巨大差异的显现。而这种不可理喻的风俗，是以压榨劳动人民的血汗为代价的。所以，当祖父去世后，他极力说服母亲："妈，这一次的丧事一定要从简！"

母亲虽是个干练爽快之人，但是对待这件事，却显得十分犹豫。她说："若不按惯例进行，那亲戚和族人便会指责说，阿公在世时辛苦创业，如今离开了我们，做子孙的为他办功德设酒席，尽点孝心，不算过分吧？"

儿子却说："妈，祖父走了，我们都很伤心，但人死不能复生。现在我们又是吹吹打打，又是七个碟子八个碗，除了浪费钱财，赚个虚名，根本没什么实际意义。现在很多穷人连番薯粥都喝不上，我们不能这样糟蹋粮食。"

母亲当然能理解穷人的艰辛，因为她从小就品尝过"贫穷"的滋味。在她看来，那种铺张浪费的葬礼实在荒谬之极。她清楚地知道，一户穷人一年的吃食，有时还抵不上富人家的一餐饭。那一个月的流水席，就是让银子像河水般哗哗流淌。可是，因为没有人反抗，这习俗便一直延续了下来。可她还是有些担忧："阿湃，如果不做功德不设流水席，那你可要做好人家指责你'不孝'的罪名！"

儿子道："祖母去世时，咱们家又做功德又办流水席，可他们还是说我'不孝'。反正已经不孝了，就不用去管它！"

母亲知道，若彭家这样做，那儿子一定会被推上风口浪尖，成为公众的谈资、老朽唾骂的对象。而总想找他碴子的陈月波之流，又有了口实，不知会搅起怎样的风波。

她轻声说："要不，功德还是办，流水席的日子缩短一些？"

儿子用力地摆摆手："好妈妈，只要不按旧历办就会有人骂，反正挨骂是肯定的，那何不改得彻底一点！"

虽然儿子的话有些辛辣，但母亲觉得有道理。然而，她的心隐隐地疼了起来："阿湃，要不咱们等别人有了改了，再改不迟，否则又要枪打出头鸟！"

儿子道："妈，新思想好比风传播花粉，只要咱们这里一开头，一定会影响到很远的地方。可咱们不能等别人，因为你等我，我等你，那革命就永远不会发生。现在，就让我来做先行者吧！"

母亲忍不住嚷了起来："孩子啊，你这个革命是要革自己的命啊！"

儿子点头道："妈，海丰的生活就像一栋老房子，外面看着像模像样，可注定要昙花一现。现在我们新事新办，不过是拿掉了房子上的一片瓦，可这房子的颓势早已显现，早晚都会崩塌瓦解的！"

最终，母亲缓缓地点了点头。

可是，当祖父的葬礼结束后，彭家人里除了母亲和妻子，其余人对彭湃的态度都甚为冷淡。原来，在这个封建意识浓重的大家庭里，彭湃的所作所为让大家感觉非常不安。

事实上，彭湃不仅很孝顺，而且非常尊重老人。

1922年春节，他以教育局的名义，举办了一次"敬老联欢大会"——凡年满六十岁的老人，不论男女贫富，不论是知识分子或农民、工人，都可到教育局的饭堂里来聚餐联欢。当时，有一千多位老人参加了联欢。老人们边吃饭边看节目，个个都眉开眼笑。后来，那些参加联欢的老人在街上遇到母亲，便忍不住拽住她的手，赞扬四少爷是菩萨心肠，知书达理，尊重老人。

母亲微笑着点头，心里甜滋滋的，像喝了一碗蜂蜜水。

在那个时代，让年轻女子进学堂，简直比拉牛上树还难。

彭湃创办了两所女校——女子高等小学、女子初等小学。他聘请陈淑娟、周惠英分别担任两个女校的校长。他希望女校能培养出健康、独立、有知识、有抱负的新女性，借此来改变她们的命运。

然而，偏安一隅的海丰，传统势力非常强大。

这里的女性基本没有受过教育——哪怕是大户人家，也不会让女子去读书。人们认为，女人在娘家时就绣花做针线；出嫁到了婆家，就相夫教子。所以,女校虽然成立了,但招生却遇到了困难。

彭湃挨家挨户走访亲戚和朋友,苦口婆心地讲述女子读书的好处。几天下来,收效甚微。于是,他便想到了母亲。若母亲同意彭家女子去上学,那岂不是一个活广告?所以这一天,儿子对母亲说:"我办女子学校,就是想让海丰的女子都能读上书。"

母亲不禁好奇:"这能行吗?"

儿子说:"劳动妇女处在社会的最底层,过着牛马不如的生活,在政治上和经济上都没有地位,在生存上也没有保障。有多少女婴一出母胎便遭溺弃,而那些幸存者,也是在孩提时期就送给人家做童养媳或婢女……"

听闻此话,母亲的脸色即刻沉了下来。

儿子的神情也肃穆了起来,声音变得哽咽:"就连我们家的几个妹妹,虽然出生在地主家庭,也逃不脱给人做童养媳的命运……"

他凝视着母亲的瞳孔:"妈,您那么聪明,又那么能干,可五岁就被送到富人家当婢女,什么重活累活都要干。如果您能进学堂,有文化,那您能干的事情就太多了!"

母亲慨叹道:"穷人的命苦,穷人家的女人命就更苦了。穷人连饭都吃不饱,哪有钱送女孩去上学?就连男孩也送不起啊!"

儿子讲述了自己的教育构想:"妈,我想让那些乡村儿童有上学的机会,所以除了开设全日制的乡村小学外,我还根据农村儿童要参加劳动的特点,兴办了半日制学校和夜校。"

母亲一听,两眼放光:"这个主意好啊!"

儿子说:"到了夜里,不用做活的人便可到村里的祠堂或草棚去读书,日积月累,也能学不少东西呢!"

母亲不禁为儿子的敏锐感到自豪。

儿子说:"妈,我还办了两所女校,我想让县城和乡村的女子都能读上书。"

母亲点头:"这是积德的好事啊!"

儿子马上把话题一转:"好妈妈,我就知道您能理解我!可现在,我还需要您的支持呢！"

　　母亲不觉惊讶："厨房的事和缝补的事，我都可以帮忙，教书的事我可帮不上忙啊！"

　　儿子"扑哧"一声笑了："妈，我不是想让您去当老师，而是想您睁一只眼闭一只眼！"

　　母亲不解："难道你又排白话剧，让我上台演独眼老太太？"

　　儿子微笑着说："好妈妈，我想让家里的女子去女校上学，你能不能不要阻止？"

　　母亲明白了儿子的用意。在海丰这样的县城，如果让女子走出家门进学堂，不仅是一件破天荒的事，还是一件注定要招骂的事。如果没有家长的支持，那女子根本走不出家门。

　　母亲不觉思绪万千。

　　她知道，海丰城的很多人会认为儿子的行为很疯狂。实际上，这座城被一种循规蹈矩的薄膜包裹着，看不得一丝变革。这种极度传统和守旧的氛围，就像一个大磨盘，压得人们喘不过气来。而被压在最底层的人，就是穷人家的女人。

　　母亲知道，改变是一种精巧而易碎的东西，需要好好呵护才行。现在，女子学校就是一个新变革。这个消息在母亲心头唤起的感觉，既像蜻蜓点水，又像雷霆万钧。

　　关于过去的一切，一幕幕浮现在眼前。

　　她又看到了五岁的自己，一步步离开了下军田村。她还是个那么小的孩子，就体会到了什么叫骨肉分离。最初的那一个月，她夜夜都喊着阿妈、阿爸和细妹的名字，努力让自己闭上眼睛睡着。她总觉得有个巨兽正张开大嘴，要把自己整个吞噬下去。那种可怕的不安全感，一直伴随着她，像影子般无法摆脱。她根本不敢设想——如果自己没有离开父母？如果自己能走进学堂？如果自己能识文断字？如果自己不是以妾的身份出嫁？如果自己没有中年丧父？唉，那自己的命运将是另一番景象。

　　她点点头："那你去和她们说吧，就说我不知道。可是，如果去了学堂，那就得好好学，家里的事情也不能耽误，一样要做！"

儿子高兴地拍掌道："好妈妈，我替家里的女子们谢谢您！"

到女学来上学的女子，学校会赠送两套白衫黑裙。海丰人惊诧地发现，彭家的二儿媳王香、四儿媳蔡素屏、七儿媳杨华、女儿彭娟全都穿上了白衫黑裙。她们穿街过巷时，下巴抬得高高的。原来，她们是到潮州会馆的女校去上课。

"什么？彭家的女子都穿上了学生装！"

"什么？彭家的女子都不干家务，全都去上学了？"

面对这从未出现的新风景，人们叽叽喳喳，窃窃私语。

街上有个保守的母亲对女儿说："我们家是名门望族，你可要守规矩，千万不要像彭家的女人那样抛头露面，说是去读书，真是丢死人！"可是，彭家女子穿上校服去读书的事，却不胫而走，传遍整个海丰城。很多女子听说后，便强烈要求去上学。最初，母亲们坚决反对；可是，看着街上走过越来越多的白衫黑裙，母亲们便不再坚持。她们想，如果女儿不识字，可能找不到更好的夫婿，因为别家的女子都去读书了。

于是，来女校报名的人便越来越多。

最终，女校共招收了一百多名女生。在这些女生中，便有后来成为革命者的敖琼、彭铿等人。她们都是冲破家庭藩篱、追求新思想的新女性。

林春芳是位知识渊博、思想进步的男青年。虽然他被聘到女校当教师，可为了避免封建卫道士对女校造谣污蔑，林老师在上课时始终面对黑板，就连点名和提问，也不敢转过身来。有些女生跟着这位老师读了两年书，但却不知道他的长相。

为引导新风气，彭湃常为女校学生上课，向她们宣传马克思主义思想，引导她们参加社会活动。在彭湃和老师们的教育下，女生渐渐懂得了妇女受压迫、受歧视的原因不是命不好，而是社会制度造成的。

母亲发现，儿媳蔡素屏也改变了不少。

那一天，当母亲和儿媳在做家务时，看到她的手上光秃秃的，便问:"你的金戒指呢?"

儿媳扭捏了一下,便照实说:"送人了。"

母亲有些吃惊:"送给谁了?"

儿媳说:"我也不知道叫什么名字。"

母亲不禁瞪大了眼睛:"这是什么意思?"

原来,儿子虽然当上了教育局的局长,但生活依旧十分简朴。他常把薪水拿出来帮助穷人,弄得自己身上连一毛钱都没有。那一天,一位邻居慌慌张张地向儿子借钱,说要带重病的孩子去医院,儿子便急忙向妻子要钱。

素屏说:"我也没有钱,只有这个金戒指。"

彭湃说:"穷人儿子的命比金子值钱,你就拿出来吧!革命成功了,我再还给你!"

素屏笑了起来:"革命成功了,还要金戒指干什么?"

当彭湃拿到金戒指后,又提了一个要求:"能不能再给一毛钱?"

素屏说:"你有了金戒指,还要钱做什么?"

彭湃把头低了下来,指了指两寸长的头发:"哎呀,我要理个发。"

当彭湃把金戒指塞给邻居时,对方显得十分犹豫。彭湃说:"你快拿去吧,治好儿子的病要紧。"那人感动万分,含泪而去。

母亲听了不觉感慨:"阿湃从小就是菩萨心肠,见不得别人受苦。"

素屏点头道:"妈,还是您了解他!"

这次理发后不久,彭湃便拍了一张照片。

他穿着白色的西装和西裤,双手叉腰,微笑地站在一片树丛前。那头黝黑浓密的长发,已理成了三七开,整整齐齐地梳向脑后;在那张瘦削的面孔上,是人们熟悉的浓眉、大眼和高鼻梁;而在那张微微上翘的嘴角上,挂着一缕独属于他的俏皮笑容。

1922年的彭湃,是这个男人一生中最青春勃发的时刻——他正处于生命的顶峰状态。无论是身体还是思想,都达到了一个高点。

这年2月,母亲又陷入了担忧。

原来，儿子正领着学生进行一关于"拆城墙"的斗争。

原来这年年初，彭湃的三哥彭汉垣竞选为海丰县参议会副议长。他上任后做的第一件事，便是在参议会上提出"拆海丰城墙，营建广汕公路而利交通和商业案"。此提案得到了全体参议员的一致通过。陈炯明因为要标榜海丰是他的"发祥地"，所以想把海丰建成"模范县"，也便同意了这个提案。

2月24日，海丰县署正式贴出"执行拆墙案"的布告。于是，彭湃便带领学生动手拆城墙，并发动群众协助。彭湃认为拆墙有利于消除城乡界限，捣毁利用城门对农民进行敲诈勒索的关卡，使交通便利；同时，拆下来的城墙砖可用来扩建校舍。

然而，海丰的顽固派却不会袖手旁观。

他们以陈月波的父亲陈裕珂为首，组成了所谓的"护城会"。他们宣称，海丰无城，会对海丰大为不利；他们说，天蛇肆虐，拆毁神庙，破坏丰城风水，要先除彭湃，以儆效尤。

3月2日下午，一批无赖拥至教育局，准备殴打彭湃。彭湃机警地从后门跳墙脱险，暴徒才行凶未遂。后来，他们捣毁了教育局的办公室，并蜂拥至海丰县署，威胁县长翁桂清，让他撤掉彭湃的职务。

很明显，陈月波等人不过是借"拆城"一事，搞垮彭湃，试图夺回教育大权。

教育局因流氓的捣乱而停止办公，可县长对阻挠拆墙、捣毁教育局一事不加惩处，使彭湃进一步看清了陈炯明的秉性。

3月上旬，彭湃被迫离开海丰，经汕头转至香港。此后，彭汉垣发动社会舆论，鞭挞陈月波父子，并由学生联合会出面提出抗议。这次事件让彭汉垣也受到了深刻的教育，他意识到"如果不从根本上革除弊政，参议会只能徒具形式"。到1923年春天，彭汉垣毅然辞职，投身到彭湃领导的农民运动中。

当彭湃来到香港后，日子过得十分拮据。彭汉垣和彭泽找母亲商量，想要筹一百元钱给彭湃汇去。

母亲虽然着急，但却十分冷静。她知道，家里的钱不能随便动。生活在封建大家庭里的人，貌似过着不愁吃穿的好日子，但因为人口众多，家庭关系极为复杂，所以人们对钱财的使用极为敏感。

在彭家的七个儿子中，老大彭银是过继来的，其余六人乃王夫人和母亲所生。现在，长辈皆已去世，只剩下母亲，故而她的一言一行都有典范作用。她平日里循规蹈矩，谨言慎行，生怕因疏忽引起他人不满。被人戳脊梁骨，是母亲这种耿直之人最大的忌讳。然而老四远走香港，吃住都要花钱，怎么办？

母亲的神情变得严肃起来，就像老母鸡要护住自己的小鸡崽般。很快，她便想到了办法——她打开首饰盒，取出了一枚戒指，让老三去典当。

过了不久，彭家来了个年轻人，是北笏村人莫水爽。他讲起了自己在香港的见闻。他说，彭湃收到家里寄来的汇款后，天天请一帮拉人力车的苦力吃饭，还把自己的衣服都分给了失业工人。彭家人听后无不咬牙切齿，痛骂彭湃是个浪荡公子，居然乱花钱到这种地步！

母亲听闻，不以为然。不一会儿，儿媳来敲门。在那姣好的面孔上，写满了委屈。

儿媳抱怨说："妈，人家都说我嫁了个浪荡子，到处乱花钱。"

母亲让儿媳坐下："素屏啊，这笔钱用的不是公账，是我把首饰典了凑出来的，别人没什么好嚼舌头的。"

素屏原本还有些心虚，看到母亲如此笃定，便端正了自己的身子。可是，她依旧尚存疑惑："妈，您真不怕阿湃乱花钱？"

母亲回答："我不知道阿湃在干什么，可我知道，他不是一个糟蹋钱的人。他要做什么，自有他的道理，我们要信他。"

事实上，彭湃从日本回国后不久，就已参加了中国社会主义青年团。3月12日，他从香港来到广州，出席了广东社会主义青年团的成立大会。3月19日，在广州的彭湃给海丰县县长翁桂清打电报，提出辞职。翁桂清在请示了陈炯明后，复电彭湃，表示"挽留"，并将电文登载在《陆安日报》上。

4月27日，当母亲听彭汉垣说"阿湃要回来做事"后，不觉皱起眉头。她对老三说:"你快给阿湃写信,让他别回来。"

可彭汉垣回答:"妈,已经晚了,老四已经动身了。"

母亲陷入担忧:"陈月波之流对他仇恨,不是一天两天。从他小时候剪娘伞开始,他们就视阿湃为眼中钉、肉中刺。阿湃在县里做事,屡遭他们妒忌,数次遇险,仇恨未消,现在他又回来做事,实在是不应该!"

彭汉垣说:"妈,他回来后我让他多加小心,您就放心吧。"

母亲只有深深地叹息了一声。当夜,母亲凝立窗口,心绪难平。月色如镜,照得那些往事格外清晰。母亲不愿看到儿子遭受打击和磨难。而现在,她以特有的敏感,似乎已提前预知此次儿子返乡的恶果:他必会遭遇更大的波折。

没过几天,彭湃便回到了家。

这次见到儿子,母亲不仅不高兴,甚至直接责备:"阿湃,你在广州做事不好吗?为什么要回来?你是真的不知道那些人的阴险吗!你可明白,海丰并非你做事的安乐地!"

儿子笑着回答:"城狐社鼠,未告清除,怎肯罢休!"

母亲说:"哎呀,你只管做好你自己,管他什么狐狸老鼠!"

儿子道:"好妈妈,海丰人说我是神经佬,可海丰的恶势力也不能屈服了我这神经佬的血气啊!天下事,没有前援,实难发展。得此机会,正符合本人用意!"

母亲还想劝解,可家里来了四位血气方刚的年轻人。他们一见老四,便说是来"慰问"的。几个人"嗵嗵嗵"地上楼后,很快便从房间里爆发出阵阵笑声。

母亲转身进入厨房,想做咸茶待客。她的手忙活着,耳朵也在忙活着。她听到那最响亮的笑声,就是老四发出的。她不禁纳闷起来——阿湃性格乐观,十分爱笑,这是她早都知道的;可是,她从未听到过那种能把房顶都掀开的大笑。那笑声比爆竹响亮,有种百分之百的愉快。母亲不知道儿子还会发出这样的笑声。她感觉自己并不了解阿湃,或者她只了解他的某一小部分。

当彭汉垣来到厨房时,看到母亲正在发愣:"妈,茶好了吗?"

母亲回过神来:"好了,好了。"

可她还是心有不甘:"你四弟这次回来,我总感觉不应该。他在广州做事不好吗?在那里,可以离陈月波之类的人远一点啊!"

彭汉垣压低嗓门对她说:"妈,阿湃是想利用陈炯明的势力,来压制海丰的这股恶势力,以便进行自己的革命工作。"

"什么是革命工作?"

彭汉垣解释说:"就是为了让穷人不受穷的工作。"

可是,这个解释并没有消除母亲的忧虑,她依旧显得心事重重。

第七章　母亲的眼泪

　　眼看五一国际劳动节就要到了，彭湃和李春涛等人商量，决定组织全县学生庆祝这个节日，以扩大社会主义宣传。为此，他和海丰社会主义青年团做了许多准备工作。他还专门写了一首《劳动节歌》，让师生们传唱：

今日何日？
"五一"劳动节，
世界劳工同盟罢工纪念日。
劳动最神圣，
社会革命时机熟，
希望兄弟与姊妹，
"劳动"两字永牢记。

　　因为5月1日这天下起了暴雨，而且一连下了三天，故而游行便改在5月4日举行。
　　这一天，各校在海城东仓埔（即现在的"红场"）集合后，便开始了游行。
　　彭湃让高个子的学生余汉存高举红旗作为前导，旗上写着"赤化"二字，后面则跟着大部队。各校师生在彭湃、杨嗣震、李春涛等人的带领下，手持写着标语口号的小红纸旗，敲着铜鼓，吹着喇叭，呼着口号，唱着《劳动节歌》，浩浩荡荡地穿街而过。最引人注目的，还是那些穿着白衫黑裙的女学生。她们全都走在男学生的前面，显得飒爽至极。游行队伍从海城镇（海丰县的中心镇）的大街小巷穿越而过，然后再回到东仓铺广场开会。

这次大游行,是海丰历史上的第一次。

通过这次游行,不仅使海丰师生接触了社会,得到了锻炼,更让风气保守的海滨小城吹来一股自由的清风。然而,这股清风却让地主豪绅既震惊又惶恐。他们知道,若这股风的力度再大一点,就会变成洪水猛兽,动摇整个海丰城的传统观念和伦理道德。显然,大游行已超越了封建阶级所能允许的极限范围,所以,这些老朽们要大鸣大放地开始反击。

陈伯华等人先是在《陆安日报》上发表《借教育以宣传社会主义之谬妄》《铜鼓喇叭可以休矣》等文章,大肆攻击此次游行;他们还向陈炯明告状,说彭湃搞"赤化",要实行"共产共妻"。陈炯明急忙发电报给县长翁桂清,说什么"彭湃如不职,可另择能委任"。在如此明白的指示下,翁桂清于5月9日发出了一纸公文:"准彭湃局长辞职"。之后,海丰县那些思想较新的校长和教员也纷纷遭到了解聘。

事实上,陈炯明对彭湃的态度一直处于摇摆之中。起初,他想利用彭湃的才智为自己服务;后来,他看到彭湃不愿当"私人秘书",便委任他为海丰县教育局局长,以期博得个"栽培青年"的美名;然而现在,他却断然选择了放弃彭湃,那是因为他不能容忍红旗上的"赤化"二字。那两个字就像一把锋利的匕首,正戳中了他身上的暗疮,让他疼得发抖,却不敢大声地喊出来。

当彭湃离开教育局时,毫无留恋之感——他在实践中深刻地意识到,单靠改革教育,很难解决革命的根本问题。所以此后,他便把注意力转移到了工农方面。

听闻儿子离开教育局后,母亲变得高兴起来。

连日来,她一直被乌云笼罩,感觉忧心忡忡;而现在,终于云开雾散。她早就想让宝贝儿子去官就商,把"彭名合"的生意发展起来。如今,阿湃已撞了南墙,知道官场龌龊,人心险恶,应该能踏踏实实地回家做生意了吧。

然而,儿子并没有像母亲想的那样,将"彭名合"接管下来,他有自己的打算。

他先成立了"赤心小组",又办起了《赤心周刊》。

"赤心小组"的核心人员是彭湃、李春涛和杨嗣震三人,这个小组的目的是为了进一步宣传社会主义,唤醒工农的民主意识。后来,陈修和陈淑娟也参加了进来。这个小组编印的刊物《赤心周刊》,"自命是工农群众的喉舌",主要是向学生进行宣传,希望他们发动和组织工农进行社会革命。

1922年5月14日,第一期《赤心周刊》问世。

这个十六开本的小刊物是用蜡纸写印的,每期印刷不到两百份,售价为三个铜板。作为主编的李春涛,每一期都由他手刻蜡版。这本全新的杂志甫一问世,便让人爱不释手。封面是马克思、恩格斯和列宁等革命导师的画像,所刊登的文章皆与当下生活结合紧密,读起来既亲切又深刻。那时,彭湃的表兄可光负责油印工作。他创作了这样一首诗:"北风吹来呼呼响,夜半不困思前情,想起'得趣'印书刊,一夜印到天大光。《赤心周刊》好名声,传播真理撒红种。想到工农翻身日,越思越想越高兴。"

虽然《赤心周刊》只出版了六期,但它的影响却不是微末的。彭湃以《赤心周刊》为阵地,和《陆安日报》的那帮御用文人展开了一场思想大辩论。新思想和旧思想的激烈交锋,让海丰城的天空风起云涌。

那是一段青春飞扬的日子;那也是一段终生难忘的日子。

以彭湃为首的"赤心小组"在工作之余,一起去龙津河游泳,一起划小船,一起到莲花山的高峰处齐唱《国际歌》。然而后来,杨嗣震因生活和职业等问题而离开了海丰,李春涛应友人之邀赴北京办报,彭湃则去乡下搞农民运动……这个小组便自动解散了。

后来,彭湃对《赤心周刊》的反思是深刻的。他认为,这本杂志还是限于"有智识的人"在阅读。但是到了后来,他觉得自己对于"有智识的人"的希望,也变得完全绝望了。虽然大家以极大的热情办这本杂志,但工农群众并没有直接从这里获得什么启示。"《赤心周刊》背后绝无半个工农,街上的工人和农村的农民也绝不知道我们做什么把戏"。他发现要唤醒工农，必须真正地走到群众中去。

当彭湃有了这个想法后，引起了大家的激烈讨论。

有些人表示不同意，因为在他们眼里，"农民散漫极了，不但毫无结合之可能，而且无智识，不易宣传，徒费精神罢了"；但杨嗣震却很支持他的想法，还催促他快点去干。经过大家的讨论，彭湃想要从事农民运动的想法变得越发明确。于是，他在《赤心周刊》第六期上发表了一篇名为《告农民的话》的文章，号召农民起来斗争，并表示愿意拿出自己的财产来支持农民。

没想到，这篇文章居然让母亲流下了眼泪。

那一天，他从外面回家后，准备到上房给母亲请安。然而，妹妹彭娟却拦住了他，让他先不要进去。妹妹不安地说："母亲今日不知因何事，哭了一场，还说要打死你。"

彭湃知道母亲最疼的孩子就是自己，怎么可能打死自己？他以为妹妹在开玩笑，便跑进上房。没想到，母亲的眼里真的有泪。他忙上前询问缘由："妈，您这是怎么了？"

母亲指了指那本杂志说："你在那上面写了些什么！"

原来，他放在家里的《赤心周刊》被七弟彭述看到后，便将《告农民的话》朗读了出来。最初，母亲凝神细听时，表情平静；然而，等听到中段时，已经脸色大变，神情凝重；到了文章结束时，她居然忍不住抽泣起来，泪珠一颗颗滚落了下来。母亲一向干练豁达，忍耐力超强。她总是笑意盈盈，温和宽厚。如今，看母亲哭得像个受委屈的小女孩，彭湃大吃一惊。他赶忙上前劝慰母亲，但母亲依旧抽泣不止，十分痛苦。

儿子不解："妈，好端端的，您怎么这么伤心？"

母亲说："你为什么要说那样的话！"

儿子越发迷惑："什么话能让您这么伤心？"

母亲指着杂志说："你在那上面说，'要解救农民的痛苦，就必须把土地还给农民'。这是什么鬼话！"

母亲说完这话后，像是被闪电劈中，脸色苍白得近乎透明，看不出血肉，也没有呼吸。

儿子吓坏了："妈！您别着急！您听我解释好吗？"

母亲的泪水止不住地狂涌了出来。她皱着眉头，扭动着身子，像得了病般痛苦。

儿子不觉一怔。他从小认识的母亲，是个绝不轻易流泪的女人，如今她居然哭得像个泪人。他忙握住母亲的手，宽慰她："妈，您听我解释好吗？"

母亲拿起那本杂志，指着封面问："这是什么意思？"

那是彭湃绘制的一幅画——一位高大而魁梧的工人，虽然衣衫破烂，但却满腔怒火，正举着双手试图挣脱地主和资本家捆在身上的铁链。画面的上端，写着刚劲有力的标语——"全世界无产者联合起来"。儿子连忙解释："妈，这是个无产阶级，他正号召大家团结起来，砸烂旧世界的锁链。"

母亲不解："啥叫无产阶级？"

儿子道："无产阶级就是穷人！您不是总是说，穷人也是人，不能看不起穷人吗？"

母亲变得警惕了起来："看得起穷人，也不能把地都还给穷人啊！"

儿子突然明白了母亲流泪的原因。

母亲忍不住责问起来："祖宗无积德，就有败家儿。彭家能有今日，全靠你祖父苦苦经营，可你却说要解救农民的痛苦，就必须把土地还给农民。如果按照你的说法，彭家岂不是要破家荡产吗？"

儿子赶忙说："妈，那些话都是说给陈月波之流听的。他们到处告状，害我丢了官，也扫了面子，我当然要反击，所以想把话说得狠一点，您可不能当真啊！"

母亲那根绷紧的弦松弛了下来。她半信半疑："哦？原来不是真的！"

"嗨，我是为了吓他们，让他们睡不着觉才那么说的！"

母亲终于"哦"了一声，抬起衣袖擦了擦眼角，然而锁在她眉宇间的愁云依旧没有消散。这时，彭娟走了过来，扶住了母亲的胳膊说：

"妈，祖父最疼四哥了，他怎么能干让祖父不高兴的事？"母亲若有所思地点点头。彭娟搀着母亲走到床边，又让她躺下。

妹妹朝四哥挥挥手，示意他赶快离开。

回到自己的房间后，彭湃在书桌前静思良久。妻子见他许久没有开口，便端来了一杯茶。可是，他却一点也不想喝。他正陷入思考的谜团。他对妻子说："今天，妈妈听了我的文章，都伤心地哭了！"

素屏点头道："我听说了，但我没敢过去，害怕去了添乱。"

丈夫道："我真是不明白，妈妈是个极有同情心的人，怎么一听说要把土地归还给农民，就伤心成那样？"

妻子道："如果没有地了，那田主怎么收租啊！"

丈夫的眼神陡然亮了起来："如果收不成租，田主自然是不高兴的，可农民肯定会笑起来吧？"他突然变得激动了起来："如果我的文章被一百个一千个农民看到，如果他们都团结了起来，那地主肯定拿他们没办法！"他说："和《陆安日报》那帮御用文人打笔战实在没意思，还不如到农村去做点实际工作。"他把手掌攥成了一个拳头："他们都说农民是散兵游勇，可我偏偏不信！我认为农民是可以团结起来的！"

当晚，他便写了一小诗——《我》：

　　这是帝王乡，
　　谁敢高唱革命歌？
　　哦，
　　就是我。

1922年6月，彭湃下乡了。

虽然出身于富户，喝了一肚子洋墨水，前半生基本生活在县城，可是彭湃和乡村始终有着千丝万缕的联系，他对挣扎在重压下的农民始终抱有深切的同情。当他以"我即平民""我即现社会制度的叛逆者"的姿态，形单影只地走向农村时，他便踏上了一条新征途。

他以启蒙者的姿态,试图号召农民挺直脊梁,反抗剥削和压迫。

这之后,岭南的乡野间便燃起了一场革命的大火。这把火,从海陆丰烧到了井冈山,又烧到了全中国。

这一天,儿子从外面回来时,带来了一位朋友:钟敬文。

两个年轻人一进屋子,便带来了一股热烈的青春气息。

儿子央求母亲擂咸茶来待客,说敬文好久都没来了。母亲一迭声地说"好好好"。不一会儿,咸茶便做好了,年轻人端起来便喝。

母亲感到好奇:"敬文啊,你怎么今天得空了?"

儿子"扑哧"一笑:"妈,他是被我拉来的!"

原来,儿子走在县城的街上时,一抬眼便看到了钟敬文,便热情地向他招手,邀他到自己家里来做客。母亲道:"敬文啊,你要多来我家坐坐,咱们可是很近很近的邻居啊。"

钟敬文喝过咸茶后,赶忙向母亲道谢:"大妈,谢谢您的咸茶,味道真好!"

母亲向他摆摆手:"你们两个年轻人好好聊!"

钟敬文起身欣赏那些挂在客厅里的画像——那是巴枯宁、克鲁泡特金等人的画像,也包括彭湃的自画像。这些画像看起来非同凡响。显然,绘画者先是卸下了老成世故和圆滑虚伪,再投入自己的全部精力和热情进行创作,最终以一种极具戏剧性的手法表现出来。凝视这些画作,不仅能看到画中人的过去和现在,还能看到他的精神内里。所以,这些画作具有磁石般的魔力,让人过目难忘。

他忍不住大声赞扬起来:"阿湃,我知道你喜欢绘画,可没想到你画得这么传神!如果你立志要走艺术这条路,一定能成为一个伟大的艺术家!"

可彭湃却笑着摇头:"不,不,我只是喜欢艺术,但并不想当艺术家。"

钟敬文知道彭湃已离开教育局,不免好奇:"你最近都在忙什么?"

彭湃即刻打开了话匣子:"我去了农村!"

钟敬文不觉一惊,还以为听错了,可抬眼正视这位同乡时,感觉他的表情和声音都极诚挚,一点也不像在开玩笑。当儿子向钟敬文详细讲述自己的下乡经历时,母亲在侧旁的厨房里凝神谛听。

原来,下乡也不是一件简单的事。

最初,彭湃去的是赤山约的一个小村。那一天,他穿着白色的学生洋服,戴着白通帽。村里一位三十来岁的农民看到他后,一面忙着弄粪土,一面对他说:"先生坐,请烟呀!你是来收捐的吗?我们这里没有做戏。"

彭湃回答:"我不是来收戏捐的,我是来和你们做朋友的,因为你们很辛苦,所以我到这里来和你们谈谈。"

那农民回答道:"呀!苦是苦啊!先生请喝茶,我还要干活,没时间和你闲谈啊。"

说完,他一扭头便走了。

过了一会儿,又来了位二十多岁的年轻人,虽然模样很清秀,但一看就是个不折不扣的农民。那年轻人好奇地问彭湃:"先生属于哪个营?当什么差事?到这里来干什么?"

彭湃回答:"我不是做官的,也不是当兵的,我以前是学生,今天特地来你们村看看,想和你们交个朋友……"

那人笑了起来:"我们都是些无用的人,哪里配得上和你们官贵子弟做朋友,您慢慢喝茶吧!"

说完,他也一扭头就走了。彭湃原本还想再多说几句,那人已听不见了。彭湃愣愣地坐在那里,感觉很郁闷。在他的耳畔,响起了朋友们的劝告——"不要枉费精神""农民都是散发""组织不起来的"——可是,他偏不服。于是,他打起精神来到了第二个小村。

一进去,村里的狗便向他大吠特吠,张着牙齿示威。走进村里,只见家家户户的门上都吊着一把大锁。原来,村民们上城的上城,种地的种地。等他走到第三个村子时,太阳已快落山,天色也变得昏暗起来。他思忖,若这时进村,恐怕农民要怀疑他会做什么坏事,便止住了脚步,折返了回来。之后的几日,他还是坚持到村里去,但却很不顺利。

现在,彭湃对钟敬文坦言:"说实话,到目前为止,还没有真正的突破。"

钟敬文不禁替他捏把汗:"那你还去不去了?"

彭湃爽朗地大笑了起来:"当然去啊!川流百折终到海,不怕拐弯,只怕不动,若是永远不歇地动,便一定能成功!"

说着,彭湃变得激动了起来:"敬文,你和我一起去农村吧!"

钟敬文以为他在开玩笑:"啊?"

可是,彭湃的脸色十分庄重:"大家应该联合起来做事业,这是一项有意义也有希望的事业!"

钟敬文微笑地沉默着,并没有答应这个建议。那时,他正在书本的学问中孜孜以求,根本无暇顾及其他;另一方面,他对彭湃这种"手工式的做法"持怀疑态度。因此,虽然他被彭湃的理想和热情所感动,但却始终没有放下自己的爱好而参与到他的活动中。

彭湃到乡下去的行为,遭到了彭家大多数人的强烈反对。

彭湃在给李春涛的信中说:"我家里人听说我要做农民运动,除了三兄五弟不加可否外,其余男女老少都是恨我入骨,我的大哥差不多要杀我而甘心。"所以,每当彭湃从农村回来,家里人便板着面孔不理他。那些同族的人或者邻居,见他既不管家业也不找事做,整天搞什么"农民运动",认为他不求上进,自甘堕落,便在背地里嘲笑他。然而,再大的困难也不能阻挡他的脚步。他对李春涛说:"湃的决心是十二分坚决的。"他坚信农民是一股伟大的力量,农民一定能觉醒并且团结在一起。

当然,彭湃也在不断地校正自己的行为。他反思自己这些天来的举动,认为农民不信任自己,是因为几千年的封建压迫已成习俗,并非说几句话就能把思想镣铐解开。他想,如果自己穿得像农民,说话也像农民,是不是更容易和他们交上朋友?

于是,他来到了母亲的房间:"好妈妈,快给儿子帮帮忙!"

母亲纳闷:"阿湃,你想要什么呀?"

儿子回答:"我想要几件旧衣服。"

母亲不解:"多旧的衣服呢?"

儿子笑了:"最好有补丁。"

母亲想了一下:"那好办!"

她帮儿子在库房里找来几件旧的粗布衣:"这是木工准备扔掉的衣裳,我收了起来,想着哪天送给上门的乞丐。"

看到母亲还拿出个尖顶竹笠,儿子笑了起来:"这就对了!这样是一套!"

第二天一早,儿子便穿着粗布衣,戴着竹笠,赤脚穿着草鞋出了门。就这样,他每天都早出晚归到乡下去。有时,他会忙到半夜才回来,满身灰尘,一脸疲倦。进了家,除了母亲和妻子对他嘘寒问暖外,别人都不肯和他说话,好像他是仇人一般。家里人还故意刁难他,常常不给他留饭。母亲知道后,便叮嘱儿媳单独做些饭菜留下来,等儿子回来吃。

吃过晚饭后,彭湃打开日记本,想把这一天的"成绩"写到上面。可是,他愣了许久,那张纸依旧是空空荡荡的。于是,他便一头倒在床上睡着了。第二天天亮后,他又爬起身来,随便吃些东西便出了门。他一直是那副打扮:粗布衣、竹笠、赤脚穿草鞋。

这一天,他决定不到乡下。

他带着茶和烟,去了龙山庙前面的大路——那里是赤山约、赤岸约、河口约的交通要道,每天都有无数农民经过,并在庙前大榕树下休息。于是,他便坐在大树下等待。时间久了,他也积累了不少经验。事实上,农民和城里人一看就不同,因为他们常年在田间劳作,所以面孔和手脚都晒得像出土铜器般黑黄。一看到有两个这种肤色的人在纳凉,他便凑了过去,坐在中间。他先给左边的人递烟,又给右边的人敬茶,然后说起了田里干活的事。

他说:"海丰农民的日子太苦了!十家农民中有七家没有土地,靠租地主的土地过活。佃农如果能收获十石,那七石都要给地主,剩下的三石维持生活已经很难了,可地主的租还是一年比一年多,让农民根本没有活路。"

抽烟的农民不断地点头道:"是这样的啊!"

他顺势又说:"地主霸占了土地,剥削了我们的劳动,弄得我们家破人亡,我们应该起来向地主讨要这笔债!我们要反抗!"

喝茶的农民感觉十分奇怪:"怎样反抗呢?"

彭湃道:"大家要联合起来,向地主提出减租。我们人多力量大,他们肯定敌不过我们!"

两个农民不约而同地说:"有道理!有道理!"

到了吃饭时间,他便拿出自带的番薯干,和农民一起在树荫下吃;有时,他会带着家里的留声机,放潮曲给农民听;有时,他还会耍魔术给农民看。当人群越聚越多时,他便开始大声演讲。他喜欢用通俗的土话和生动的比喻来阐明生涩的道理,还喜欢用一问一答的方式讲话。即便是长篇演讲,他也能说得绘声绘色,让听众久听不倦。最后,他的听众从三四人发展到了三四十人。

到了农忙时节,他便到田里帮农民车水、犁地、除草、插秧和牵牛。他自然不会干农活,所以闹出了不少笑话:插秧时,插得手脚都弄破了皮;犁地时,牛拖着他跑,他还不松缰绳;割稻时,他分不清稻子和稗子。

有一天,彭湃在天后宫前大声嚷嚷:"老虎来了!老虎来了!"

农民都信以为真,便纷纷逃避。过了一会儿,大家发现并没有什么老虎,只有彭湃笑着站在榕树下。大家便责问他:"大白天的,哪来的老虎?你为什么在这里骗人?是不是有神经病?"

彭湃则大声地说:"我不是骗人,也不是有神经病,而是真的看见了老虎!"

人们问他:"老虎在哪里?"

他说:"那些长衫马褂的地主佬,拿着大斗大盖剥削你们,他们就是吃人不吐骨头的两脚老虎啊!你们看到这些'收租佬'和'批捐佬'来了,不就是像见了老虎一样躲开了吗?"

农民听了这番话,都沉默了下来。

彭湃鼓励大家:"我们农民要团结起来,一起反抗压迫,那些老虎才不敢吃我们!"

还有一天,他和农民一起去拜菩萨。拜完后,他站起来说:"我们年年拜菩萨，为什么还一直受苦受累受压迫？看来，靠菩萨是靠不住的，要靠我们自己。只有我们联合起来，才有好日子过。"他还编了一首歌谣："神明神明，有目不明，有耳不灵，有足不行，终日静坐，受人奉迎。奉迎无益，不如打平。打平打平，铲个干净。人类进化，社会文明。"

在彭湃创作的很多歌谣中，《田仔骂田公》最为出名——

> 咚呀！咚！咚！咚！
> 田仔骂田公：
> 田仔耕田耕到死；
> 田公着厝食白米！
> 做个颠倒饿；懒个颠倒好！
> 是你不知想！不是命不好！
> 农夫呀！醒来！农夫呀！勿懵！
> 地是天作！天还天公！
> 你无分！我无分！
> 有来耕，有来食！
> 无来耕，就请歇！

当儿子向母亲说起这些经历时，母亲十分震惊。

在这么短的时间里，儿子似乎已凭借非凡的努力，硬是闯出了一条路。现在，她强烈而明确地意识到：改变就这样来临了，任是谁都无法阻止。

在丈夫死后的寡居岁月中，她一直都忧心忡忡，祈盼儿子的生活能平顺一些。现在，她已完全知晓，儿子已走上了另一条道路。

儿子的人生，注定起伏跌宕，充满不可预测性。

第八章　六人农会和火烧田契

这一天，母亲正在厨房忙碌，听闻儿媳的父亲登门，忙到前厅会客。

两位亲家见面，自是高兴。蔡父将一包点心递给母亲，关切地询问："贤婿的身体可好？"

一种异样的感觉掠过母亲的心头。

蔡父是个身量适中、皮肤黧黑的精干人，微笑时眼睛周围呈现出放射状的皱纹。他的笑容显得很热情，可母亲却从那笑容里觉察出几分惶惑与不安。

"好！好！"母亲连忙回答："素屏跟着阿湃出门会友，真是不巧啊！"

"不碍事，不碍事。"蔡父端起咸茶啜饮了几口，但却不打算告辞。

蔡父是个健谈的人，既见过世面又颇有教养。他说了几句关于天气和收成的话，又说了几句关于素屏母亲的身体状况，显得十分随意，然而无论他说什么话题，口气里总潜藏着一种惴惴不安的感觉。终于，他将话题引到了重点。

原来，昨日有位乡绅到他家聊天，谈起了一则集市见闻——他家女婿站在凳子上对着一帮泥腿子大喊大叫，而他的女儿就站在凳子旁看着，不管不顾，市场里的老人们都唾骂他们"辱衰祖宗，不知廉耻"。那人道："听说你女婿因丢了官而郁郁不得志，现在已经发了疯，变成了神经佬，所以才带着老婆在大街上说胡话。"

母亲马上解释："阿湃在市场里不是说胡话，而是在宣讲，他讲的都是为穷人好的话。"

087

蔡父不解："阿湃留学归家，怎么做这些无谓的动作？他放着高官不做，天天和泥腿子混在一起，是肚子吃得太饱了吗？"

母亲道："阿湃认定的事，一定有他的道理，我相信他不会干坏事的。"

蔡父陷入忧虑："阿湃到底年轻，想问题可能过于理想化了。不论做什么，都不能让老人家叱骂，那样会犯众怒的。"

母亲点头道："亲家说得极是，等他回来，我一定转告他。"

蔡父起身准备告辞时，又不忘叮嘱一句："素屏不该抛头露面，别人会觉得我们没有教育好女儿。"

母亲道："素屏是个好儿媳，平时都在家里帮我做事，她陪阿湃去集市，也是为了穷苦人，没什么丢人的，您放心好了。"

那段时间的彭湃，已达到了忘我的状态。

他原本是个干净整洁的男子，总是穿着白西装和黑皮鞋，戴着礼帽，显得风度翩翩；然而现在，过分的操劳与奔波让他日渐消瘦，皮肤被晒成棕红色，黑发亦蓬乱着，粗布衣裳显得皱巴，赤脚穿着草鞋，再戴顶竹笠，就像一个穷困潦倒的农民。

这一天，当彭湃从街上往家里走时，发现街边人看到他就躲了起来，就像见到了大老虎。等他走进家门后，家里的一位雇工对他说："喂，四少爷，你不要总是出门，以后就在家里闲坐好了。"

他惊诧地询问："为什么？"

那人回答："外面的人都说你有神经病，你是个神经佬，需要休养才对。"

彭湃忍俊不禁："外面的人是谁？"

"你不要管是谁，反正现在大家都知道了，说海丰城里的彭家四少爷，因丢了官气得鬼迷心窍，所以发了疯，整天和满脚牛屎的农民称兄道弟。你以后不要随便出门，当心有人揍你啊！"

当彭湃给母亲请安时，转述了雇工说的这番话；而母亲也把蔡父探望时说的那番话，转告给了儿子。母亲劝儿子要小心，可儿子却哈哈大笑："我希望不久的以后，有许多像我这样'发疯'和'神经'的人出现才好！"母亲建议儿子和儿媳从现在的楼房搬出去，到侧旁的"得趣书室"单住。这样，既可以避免与家人起更大的冲突，也方便阿湃出门工作。

这是一座风火墙建筑结构的四合院，白墙红瓦，大门朱红，三间屋子的地面铺着红砖，院内长着一株高大而挺拔的樟树。大厅的西侧是卧室，有十几平方米，摆着木板床、书柜和木桌、木椅。卧室的墙上挂着彭湃的座右铭——"人生自古谁无死，留取丹心照汗青"。字迹苍劲雄浑。

这天傍晚，母亲来到了"得趣书室"。

看到儿子脱下的衣衫上有个洞，她便找出针线准备缝补。那套布衫原本旧得泛白，洗得像块粗纱布，现在又破了个洞，真不知该从哪里下针。儿子从里间出来后，正端着碗喝番薯粥。看到母亲犹豫，他"嘿嘿"地笑了起来："妈，现在这套衣服就是破，但已经不臭了。"

原来，农民经常将猪和鸡都养在家里，所以院子里臭气熏天。没办法，他们实在太穷了，只能靠养猪养鸡挣点小钱，所以院子的环境十分肮脏。那一天，他在一个村子演讲完后，一位青年农民热情地邀他去家里吃饭。当他走进农舍后才发现，那饭就放在鸡笼上，而鸡笼上还沾着鸡屎。

母亲不觉好笑："那你怎么办？"

儿子笑得更加厉害："怎么办？不管三七二十一，端起来就吃！等回到家后，我才发现自己臭烘烘的，原来裤腿上还沾了鸡屎。"

虽然儿子是笑着讲出来的，但母亲的心头却涌起一股酸楚，表情也不自觉地沉郁了下来。

儿子见状，赶忙转换了话题："妈，秋瑾可真是了不起的女英雄，是妇女的榜样！她为革命能牺牲自己的性命，我在裤腿上沾点鸡屎怕什么！"

母亲低声感叹："革命还要搭上性命？"

儿子朗声回答："秋瑾是为了民族独立而牺牲的，可她不知道，单单暗杀某个显要人物，是不能推翻旧制度的。我们要学秋瑾的勇敢和坚毅，但我们不能单打独斗，我们要走联合的道路。"

母亲不明白"民族独立""推翻旧制度"和"联合的道路"到底是什么意思，但她却认真地点头再点头。她在心里祈祷，希望儿子永远都不要受到伤害。

盛夏的岭南极为燠热，空中燃烧着看不见的火，人们裸露在外的皮肤发烫发疼。

7月29日，彭湃顶着日头来到天后庙前的大榕树下。

他今天讲的是"农民团结起来的重要性"。当他说到"农民如果能组成团体，就可以实行减租，那时，地主一定敌不过我们"时，一位四十多岁的农民高声责问："车大炮！（海丰方言：'胡说'）说减租，请你们'彭名合'不要来逼我们的租，我才相信你说的是真的。"

彭湃正要回话，身旁一位壮实的青年农民站起来抢答道："你这话真是错了！你是耕'彭名合'的田，'彭名合'如能减租，不过是你得了利益。我不是耕'彭名合'的田，怎么办呢？所以，现在我们不是去求人的问题，而是能否团结的问题。今日不是打算你个人的问题，而是打算多数人的问题。"

彭湃一听，心中狂喜："同志来了！"

他连忙上前拉住那位青年的手。

原来，他叫张妈安，住在赤山约虎山村，是一位佃户。他在自家农活干完后，常出门打短工，所以很有些见识。虽然他像牛一样劳累辛苦，但日子却过得十分贫困。他生性刚毅，喜欢思考和研究问题。自从发现彭湃在榕树下演讲后，他便经常来听。每一次听完，他都在脑子里反复思考。所以今天，他才能说出这番话来。

彭湃和张妈安一见如故，即刻就成了好朋友。当彭湃邀他晚上来"得趣书室"聊天时，他说："那我不如再邀几位朋友一起来？"彭湃即刻表示："热烈欢迎。"

这天晚上，张妈安、林沛、林焕、李老四、李思贤等五人一起来到了"得趣书室"。彭湃见他们皆是身体强壮的年轻人，不觉喜上眉梢，赶忙请他们快坐。众人取下竹笠靠在板凳边，只悬空身子坐在板凳的前侧,显得有些局促和拘谨。到富家少爷家做客,这在佃户来说,是想都不敢想的事。可是,彭湃没有一点少爷的架子。他将木条桌上的煤油灯点燃,又是倒茶,又是拿点心,热情地招呼着大家。

众人见他住得如此简朴,待人如此诚挚,不禁心生亲切之感。

彭湃和大家寒暄过后,即刻开始算账。

他算了一笔"耕田亏本"的账:原来,彭湃根据自己下乡的经历,发现佃户们种地其实是亏本的。面对这个结果,五个男人都惊诧至极。他们整日忙忙碌碌,并不知道自己注定要亏本。于是,大家的表情都变得严肃而沉重起来。彭湃告诉大家,其实农民祖祖辈辈穷苦并不是什么"天命",而是受到了地主的剥削。如果农民不觉醒,便永远都不能摆脱"穷"这个字。

彭湃的这番话,就像滚滚春雷,震得大家脑袋嗡嗡直响。有的人凝神谛听,茶杯就举在唇边;有的人昂首端坐,手里的烟斗一直没有抽;有的人肃然站立,眼里含着晶亮的泪珠。虽然此前,他们都知道彭家四少爷很有学问,到日本留过学,还当过教育局的局长,可没想到,他对农民的问题思考得这么清晰。看起来,这位四少爷和他们的年龄差不多,可他既有思想又有同情心,着实让人钦佩。于是,大家敞开心扉,无话不谈。

彭湃诚恳地求教:"为什么我天天下乡宣传,可农民总不愿意和我多谈点话?"

林沛道:"湃兄,你上午不要到村里去,因为农民要出田劳动,没有时间;你宣讲的时候话不能太文雅,农民听不懂便不会接受你的观点;你去村里时最好有熟人做向导,这样农民才能信得过。"

他给彭湃提了个建议:"农民中午要在大树下休息,晚饭后要在村头空地乘凉,这个时候宣讲最好;你讲的话要浅显易懂,要根据农民的觉悟程度来讲。"

彭湃即刻鼓掌道:"沛兄,你说得太好了!我一定会注意!"

林沛还严肃地补充说:"湃兄,你到乡下去,千万不要排斥神明。"

彭湃点头道:"这个自然!"

五个人皆自告奋勇,愿为彭湃带路去不同的村子,这让彭湃感觉这些年轻人就是自己最好的老师。大家越谈越融洽,简直就像一家人。

这时,李老四突然提议:"我们几个先成立一个农会吧?"

彭湃一拍手:"那是好极了!我赞成!"其余几个人也一致赞成。于是,大家当即决定成立"六人农会"。彭湃还即兴写了宣誓词。于是,大家便一起念了起来:"服从指挥,叫你去抓老虎舌、去钻刺丛、去下海,也是要去,有什么任务一定要完成;革命不要钱,不替有钱人做事;要严守秘密,不论父母、妻子、兄弟都要保守秘密。如果被敌人抓去,不许出卖同志。"

这是中国农运史上第一篇最朴素的誓词,也是沉沉大地上最初的呐喊。

当夜,心绪难平的彭湃在日记本上写道:"同志来了,成功快到了。"

"六人农会"虽然是个小组织,但却是农民由分散走向团结的第一步。

农会成立的第二天,彭湃便获悉赤山约的农民李毓遇到了麻烦事。原来,他的父亲病故,但他无钱办丧事,十分苦恼。于是,彭湃决定筹办一个"济丧会",农会会员带头参加,每人出两角钱,帮李毓安葬父亲。济丧会还规定:凡参加者不去死者家中吃喝,只参加追悼会。这个建议得到了大家的响应,而彭湃则出了十元钱。结果,李毓家的丧事办得既简朴又隆重,成为乡间美谈。

济丧会的活动,让彭湃办农会的消息即刻被传播开。李毓在办完丧事后,即刻报名参加了农会,成为"六人农会"的第一名新会员。此后,农民通过口口相传的方式谈论着农会,谈论着"彭先生"。只要说起他,每个人都充满景仰。久而久之,听说"彭先生"要来村里演讲,大家便趋之若鹜,并对他说的话深信不疑。

一到傍晚,海丰儿童便会唱起彭湃创作的歌谣《死了唔当一只狗》:

第八章 六人农会和火烧田契

无道理,无道理,
死了一个人,
食饱通乡里!
太不该,太不该,
地主来讨债,
孝子苦哀哀!
真可恼,真可恼,
生做个穷人,
死了唔当一只狗!
莫烦恼,莫烦恼,
大家合起来,
打倒地主佬!
打倒地主分田地,
千家兴,万家好。

8月上旬的一个黄昏,彭湃和张妈安赶到南路一个比较大的村庄。

他们原以为这里场地大,听众多,但彭湃花了九牛二虎之力表演魔术,观众还是寥寥无几。他们觉得奇怪,便决定到农户家去宣传。走过一座祠堂时,看里面点着大盏的煤油灯,聚集了不少青年男子,原来他们在看人打拳。

于是,彭湃和张妈安也溜了进去。

在这座祠堂的偏厅,贴着"群英馆"三个大字。当拳师出现后,彭湃的眼前一亮。只见这青年身材魁梧,膀大腰圆,方脸、高鼻、宽额,眼睛亮如火炭。原来,他的名字叫杨其珊,是陆丰县新田乡人,自幼在家种田,学了点拳脚。到了海丰后,他便与师兄合伙在"群英馆"里教人打拳。他的拳法娴熟老练,动作敏捷迅疾,博得了全场人的赞扬。

彭湃心有所动:若能发展杨其珊为农会会员,那便是如虎添翼。当拳师听说眼前这位身量适中的男子就是传说中的"彭先生"时,即刻露出钦佩的神情。

三个人促膝谈心后，很快成了好朋友。

自结识了杨其珊后，彭湃便对拳馆的兴趣日渐浓烈，他倒不是想耍枪弄棒，而是觉得拳馆是个发展会员的好地方。原来，海丰各地的乡村都有立馆练拳的习惯，而来练拳的农民，多是体格强健的青壮年男子。他们各个都朝气蓬勃，勇于接受新事物。

于是，杨其珊陪着彭湃，从一个村到另一个村演讲。

当"彭先生"开始说话时，他面对的是农民的灵魂。从他嘴里吐露出的那些词语，能让农民感觉浑身沸腾，如痴如狂。然而，他们却找不到合适的话语来表达感谢，只好直愣愣地说："彭湃，你让我们跳海，我们就跳海。"

很快，有一大批青年男子加入农会。

1922年真是波诡云谲的一年。

6月16日，陈炯明赶走了孙中山，霸占了广东地盘。他想以广州、惠州为基地扩充势力，而像彭湃这样的有用之材，自然在他的网罗之列。而海丰的那些土豪劣绅，巴不得将彭湃推到广州或惠州去。可是，农民的困苦现状坚定了彭湃的信念，他拒绝了陈炯明的邀约。

彭湃下乡，令彭家人不解。大家原本以为他像明星般具有光彩，没想到他越变越暗淡，甚而还具有了危害性。这年10月，大哥彭银气呼呼地来找母亲。他开门见山地说："阿湃不去广州当官，总在乡下干什么！"

彭银虽是长房长孙，但他是过继来的，没读过多少书，又喜欢抽大烟，因此祖父彭藩从不敢指望他守业，家里的事大多由二少爷彭达伍管理。彭银虽不管家业，却也乐得清闲。他对四弟甚为喜欢，而阿湃也对大哥尊敬有加。然而，大哥看不惯四弟"下乡闹农运"的行为，认为再这样搞下去，非把彭家弄得倾家荡产！他劝四弟不要干过激的事，可四弟像一艘底舱充实的大船，正在乘风破浪地前行，哪里肯听他的话。无奈，他便只能来找母亲。

母亲温和地说："老大，四弟的脾气你是知道的，他要决定这样干,九头牛都拉不回来。"

彭银板着脸说:"他是疯了吗?放着好日子不过,要到乡下去搞事情!"

看到老大眼里含有这样深的敌意,母亲吃了一惊。她说:"四弟下乡也不是为了自己,他是想帮那些穷人……"

彭银胸中的怒火燃烧了起来:"四弟想帮穷人,我们管不着,但他不能败家,因为这个家不是他一个人的!他花着彭家的银子去留学,回来后不给彭家增砖添瓦,反倒鼓动泥腿子闹革命,这不是忘恩负义吗!"

母亲道:"你四弟就像一条河,要是搬一块石头去挡它,只能让它蹦得更起劲啊!"

彭银早已领教过四弟的执着。小时候,那个少年能一嗓子喊出"不要交租了";现在,他便能干出任何可怕的事来。彭银的面孔涨得通红,声音也哽咽了起来:"四弟要是总往乡下跑,总让人家来分地主的田,那他就不是我的兄弟,而是我的仇人,小心哪天我杀了他!"

这尖锐的声调让母亲浑身发凉。儿子,她视若珍宝的儿子。从这孩子一出生开始她就爱他。她日复一日一声不吭地干着活,以自我牺牲为代价,只希望儿子能过得更好。但是现在,有人当着她的面扬言,要"杀了他"。她感觉自己不能再逆来顺受了。

她态度强硬地劝解着:"老大,你冷静些,话可不能这么说……"

当彭银的视线和母亲的视线接触后,他赶忙把目光转向了别处。他被那种雌兽护崽的劲给镇住了,不愿多看她一眼。彭银知道自己说的是气话,可他却无法不说。当他发现危险就要侵入自己的身体时,不得不做出一个自卫的姿势。看到母亲脸色大变,他突然止住了怒气:"分家吧!分家后,四弟想干啥都行,我们管不着!"

母亲的心怦怦地跳了起来。老大的话像巴掌一样打在她的面颊上,她很想反击,也用话打在对方的面颊上,可是她一时气促,难以开口。她气得发抖,努力装出泰然自若的样子,可表情却十分僵硬。

"分家!分家!"彭银尖锐地嚷了起来,"天下之事,合久必分,分久必合！我看还是分了吧！"

于是，这场对话便以这种方式告终。

当母亲告诉儿子，大哥闹着要分家时，儿子却淡然地说："我无家可分！家里的东西都是抢农民的，应该归还给农民！"到了分家时，儿子根本不予过问。结果，儿子的堂兄彭承训代领了他名下分到的那份田产——七十石租。分家后，彭湃便和他的兄弟们分道扬镳，走上了另一条道路。

分家后没过几日，彭湃便来母亲的上房请安。

儿子说，他打算把自己名下的那些田契归还给佃户。可是，当他来到乡下，敲开佃户的门后，那些人根本不敢要田契。原来，佃户不敢看到田契，因为那张纸就像一座山，自己若稍一动弹，就会被碰得头破血流，乃至粉身碎骨。所以他们面色苍白，浑身发抖，以为自己哪里做错了，得罪了彭家。

彭湃解释道："田是自然生就的，大家都有份，后来被地主霸占了，才弄出个不合理的剥削，现在要来个革命，把这剥削给推翻了！你拿了田契后就不用交租了，就再也没有剥削了。"可佃户根本不敢收那张薄薄的纸："四少爷，我有啥地方得罪了您，就请直说吧，我可从来没想要您的田啊。"彭湃说："这田是我送你的！"佃户的脸色吓得灰白："人人都知道我没有田，现在拿了这田契，人家会以为我作假或是偷来的啊！"

母亲听后，不禁关切地询问："那你打算怎么办？"

儿子回答："妈，我想过了，如果想要消除农民的顾虑，只有一个办法最彻底。"

儿子从凳子上站了起来，在屋中来回踱步，思忖使用怎样的语言不至于吓到母亲。他的嘴角虽然挂着笑意，但整个人好像神游在千里之外。后来，他终于定了定神，对母亲坦言："妈，您要先原谅我这个不孝的儿子！"

母亲温柔地说："阿湃，你有啥想法就说吧！"

儿子便将那句可怕的话说了出来："妈，我想把田契全都烧掉！"

第八章 六人农会和火烧田契

母亲感觉天地摇晃了一下,连凳子也摇晃了一下,自己的身子也摇晃了一下。她爱这个孩子,从他一出生开始她就爱他。他是她的一部分,而且是她最好的一部分。他健康而聪明,所以他很早就知道了什么是贫穷。现在,母亲甚至有些后悔:若当初没有求公公让儿子去留学,他可能不会走到这一步。烧了田契,不仅会让彭家人大为惊诧,还会让那些地主豪绅气得发抖。显然,一场狂风暴雨是躲不过去的!

可是,她不能自己先乱了阵脚。

母亲竭力掩饰着惊慌,努力地睁大眼睛。储存在她头脑里的词汇是有限的,所以她根本无法充分表达此时的想法。她只能简单地说:"阿湃,我明白你的心思,我会顶住压力的。"

儿子感激地看着母亲:"好妈妈,儿子做的不是坏事,恰恰相反,是大好事!道理是站在我这一边的,所以,请您不要害怕!"

母亲忍不住询问:"孩子呀,没了田租,你要靠什么过活?"

儿子笑了起来:"我有手有脚的,可以劳动啊!"

母亲若有所思:"若烧了田契,那农民便会更拥护农会,把农会搞好了,那农民的日子也便好了。"

儿子爽朗地大笑起来:"好妈妈,您终于理解我了!"

突然之间,母亲感觉和儿子的距离变得很近、很近,就像儿子刚出生后躺在自己身旁那样近。这是一种非常奇特的感觉。陡然间,母亲起身打开柜子,从里面取出了首饰盒,把它郑重地交给儿子:"你去典了吧,用这些钱搞农会!"

儿子惊叹地喊了一声:"妈!"

母亲看着他,眼里满是温情和欢欣。

儿子已不再属于自己,这是母亲越来越明确的认识。

当儿子出生后,母亲天真地以为他完全属于自己。可是,随着儿子越长越大,他便离母亲越来越远。好像有一种无名的力量在控制着这个世界,它能将儿子与母亲拉扯开。儿子的外貌和母亲很相似,但他却用自己的头脑进行思考。最终,儿子便成了一个完全的陌生人。可是,母亲对儿子的爱却一点也没有改变。

等待的母亲 <<……

海丰城的10月底,秋高气爽,万里晴空。一年中最舒适的季节到了。

岭南和中原完全相反。当中原人因落雪而被困在屋中的那段时间,正是岭南人最舒适的短暂时间。从10月至3月,岭南凉风习习。日头的光不再那么强烈,地面也不再那么灼烫,人们的身上不再那么黏糊糊,睡觉前也不用摇蒲扇。

这一天,彭湃让农会通知各乡农民到龙舌埔广场来看正字大戏(海丰的一种地方戏)。"彭先生"请戏!农民们兴奋地传递着消息。到了时间,居然会聚了一万多人。

母亲也挤在熙熙攘攘的人群中。

她看到戏台是用一片片长条木板搭建的,台子两旁则挂着大光灯,灯上还挂着红色封包,那是观众喝彩叫好时给演员的赏钱。听到开场锣鼓敲响后,报幕员首先讲了今晚演出的内容,接着又告诉大家:"彭先生将有特别节目加演。"话音一落,只见儿子抱着个精雕细琢的木盒子从后台走出。

母亲的心头一热:那正是她的首饰盒。

站在母亲身旁的农民们都激动了起来。他们以为彭湃要表演魔术,便兴奋地大喊:"变鸡!变鸭!变大头鹅!"台上的儿子笑着回答:"今晚不变鸡,也不变鸭,更不变大头鹅,而要变老虎皮!"

台下的人们瞪大眼睛,发出一片惊诧的嘘声。

只见儿子挥挥手,让大家安静下来:"在没有变老虎皮之前,我先告诉大家一个好消息!我们赤山二十八乡已成立了农会,会员已有五百多人,再过两天,我们要把这些农会联合起来,组成'赤山约农会'!这可是件了不起的大喜事,所以我们今晚请戏班来庆祝!"

人们用力地鼓起了掌。

儿子又挥挥手,让台下变得安静起来。他掀开手中的木盒,从里面取出了一样东西。

母亲看得清清楚楚:那是一张薄薄的纸。

她的心跟明镜似的:那是田契!

台下的观众喊了起来："这不是老虎皮!这是'彭名合'的田契啊!"

儿子说："对,它就是田契!可是,它比老虎皮还吓人!田主手里持着它,农民就得把拼死拼活种出来的稻谷乖乖送到田主家。如果不送,田主就会打你骂你,送你去坐牢。可是,如果没有这些老虎皮,田主们还能这么霸道吗?"

台下一片静默,好像教室里的学生在等待老师公布答案。

儿子的这番话对别人来说很新奇,但对母亲来说,却相当熟悉。然而,这些话出现在这样一个公开场合,母亲依旧觉得浑身发热。

儿子用更加有力的声音说："土地是天生自然的,谁开垦了它,种上了作物,就该归谁所有。可是,田主抢夺了你们垦出来的田,为了迫你们交租,就勾结官府,立下田契作为证据进行剥削,好像土地是天生下来的私有财产。这个行为是横行霸道!"

人群变成了一个大蜂巢,发出此起彼伏的"嗡嗡"声。

儿子将那张纸抖开："我家的产业也是剥削来的。今晚,我就要把这些老虎皮烧了!从此,农友们不要交租给我!但愿将来,人间所有的老虎皮都化成灰烬!"

当儿子将田契上的地点、亩数和佃户姓名一一宣读出来后,便将那张纸丢进了火盆。顷刻间,那纸就变成了一团灰烬。此前还"嗡嗡"响的"蜂巢",陡然间像被速冻了,变得鸦雀无声。母亲听到自己的心怦怦作响。她有些自豪,也有些恐慌,还有些担忧。

可是,儿子的精神却越发昂扬。

他念完一张后便烧毁一张;接着再念,再烧。那些被念到名字的佃农,像是被烙铁烫到了一般,从喉咙里发出一种古怪的叫声。他们不敢相信这是真的,总以为这是在变魔术。当一张张田契全都烧掉之后,儿子的声音变得高亢激昂起来:"以后,再也不用交租!再也不用交租了!"

站在母亲身旁的农民不禁好奇地询问:"阿湃母,你儿子说的是真的吗?"

"是真的啊！"母亲脸色平静，口气坚定。

于是，这人赶忙告诉旁边的人："阿湃母说这是真的！"

"阿湃母说这是真的！"

"阿湃母说这是真的！"

当人们口口相传时，脸上飞扬着笑容，眼神热烈。很快，几乎所有的人都听到了这句话。于是，人们抛开顾虑和担忧，变得像儿童般活跃、亢奋和激动。他们相互拍打着肩膀，像没有距离的亲密战友。突然，有个人大喊了一声："再也不用交租了！"旁边的人受他的感染，也大喊了起来："再也不用交租了！"陡然间，人群变成了涨潮的海面，喧闹着，沸腾着。人们大喊着，热泪横流，像要把多年积攒的忧愁都一扫而空。他们从未像现在这般轻松——那捆缚在身上的铁链，正一节节地断裂开。

看到农民激动成这样，母亲的笑容更浓了。

"火烧田契"在别人看来是个突兀之举，可对母亲来说，却是儿子水到渠成之举。面对社会不公，儿子的反抗一向都是激烈的——从少年时期"剪娘伞"开始，到下乡后喊出"不要交租了"，及至敲掉军阀石像的鼻子，再到东京咬破手指写血书，乃至作为教育局长带学生拆城墙……阿湃一直都在反抗；所以现在，他一把火烧掉了田契。

母亲知道陈月波之流一定会吹毛求疵，酿生祸端，构陷儿子，也知道"海丰事不办，更胜于办"，可是看到"火烧田契"后农民那欢欣的模样，她的心里还是升腾起一股巨大的快慰，这是一种此前她自己都很难理解的感觉。

第九章　海丰总农会

有一天，走在街上的母亲看到有人在角落里窃窃私语时，她的脚步变得迟疑了起来。她想躲开那些人，可是定了定神，她又挺直腰杆走了过去，表情肃穆。

一回到家，二儿子彭达伍便来找她。

"妈，您听说了吗？"他的目光里满是质疑。

母亲被盯得有些不知所措："什么事？你想说的是哪一件事？"

老二开门见山："我这几天出门，总看到别人在嘀嘀咕咕。后来我才知道，原来城里都传开了！"

母亲即刻便明白了达伍要说的是阿湃火烧田契的事。她反而变得平静了起来。

彭达伍的声音变得高亢起来："城里人都说，彭家四少爷烧了田契，所以他家人恨死他了！这位少爷从小就读圣贤书，又到日本喝过洋墨水，怎能做出这种忤逆不孝的事！以前就听说四少爷有神经病，现在看来是真的！"

母亲的脑海里浮现出街边那些嘀嘀咕咕的人。

达伍的脸涨得通红："我们彭家的田地是先人和祖父辛苦劳动积攒下来的，怎么能这么败家！这样一把火烧了田契，彭家人怎么在海丰做人？"

母亲直直地看着他，并不言语。好像"彭家人怎么在海丰做人"是一个沉重的问题，需要认真思考一般。

达伍大声说："妈，四弟的麻烦可大了！他这一把火，烧的可不只是他名下的田产，还让陈月波之流的大地主气得咬牙切齿。你想想看，彭家的佃户不用交租了，那陈家的佃户当然也不想交，可是陈月波他们能答应吗？没有租谷收，那不是要了他们的老命！所以，他们恨死四弟了！这以后，还不知要搞出什么幺蛾子来！"

达伍的声音变得激越起来："那陈月波又急又恨，说以为阿湃他们搞农会是'车大炮'，不料现在竟真有其事！他们四处散布谣言，说四弟到处宣传'共产共妻'，说农会意图谋反！陈月波还求神拜佛，祈求神灵早日消灭农会！听说，他还在发动各种关系，企图请兵，准备用武力镇压农会！"

听闻此话，母亲心里也一惊。虽然她已经做好了准备，但她还是没想到那些家伙会这么坏。她的眼前出现了枪支、刺刀和喇叭之类的东西。这样一想，她的呼吸变得急促起来。

老二提高了声调："陈月波已经放出狠话说，不能与彭湃走得太近。如果哪个人走得过近，一旦有事，'陈老师'（陈月波自称）是不肯为他们出头的。"

母亲刚才还被危险胁迫，现在反而有些释然。她皱起眉头："这个豪霸！他居然能说出这样的话来，实在是太强横！"

彭达伍变得焦虑起来："妈，再这样下去，彭家就会变成众矢之的啊！"

母亲当然能意识到危险。当那一把火燃烧起来后，她就知道会遭遇抵抗。可是，她还是想为阿湃说句公道话。"老二，你那天不在广场，没有看到农民有多高兴！"

彭达伍惊诧起来："农民高兴和我有什么关系？"

母亲正准备反驳时，半空里响起一句斩钉截铁的话："二哥，我看你的头脑不清楚啊！"

原来，是彭湃来给母亲请安，刚好听到了二哥的那番话。于是，兄弟俩面对面，都圆睁着双眼，都呼哧着粗气，都心跳怦怦。最后，彭湃笑了起来："原来二哥对我有意见，怪不得这些天总是躲着我！"

事实上，听说彭湃在龙舌埔火烧田契后，彭达伍便陷入了无名的焦虑之中。他不明白四弟为何要做如此骇人的事情，更不明白母亲为何不制止他。所以，他便有意回避四弟，以免碰面后尴尬。没想到，今日却撞了个正着。彭达伍坦率地说:"四弟啊,咱俩是一起长大的,感情一直很好,可我不明白你为何要这么干?"

彭湃也敞开心扉:"二哥,你认为我这样干,既败家又惹祸,是不是?"

彭达伍不吭声,表示默认。

彭湃的嘴角挂起了微笑:"可是,我既没有杀人,也没有抢劫和偷盗,怎么就成了彭家的不肖子呢?彭家人怎么就在海丰没法做人了呢?"

彭达伍皱起眉头:"你的行为触动了别人的利益啊!"

彭湃挺直了腰杆:"别人是谁?他人的利益是合法的吗?他们有什么资格作威作福、不劳而获!农民辛苦种田一年,到头来只能喝番薯粥;如果遇到荒年,还要卖儿卖女还租。我烧了田契,就是要结束这种不公平!"

这些话铿锵有力,令空气都变得凝固了起来。

彭达伍慢慢地说:"四弟,你这样做很危险啊,你难道不知道!"

"我当然知道!"彭湃在屋子里踱着步,走了几个来回。当他停住脚步后,突然笑了起来,"可是,二哥,我必须这样做!因为我发现,在中国开展农民运动要比工人运动更有利。在我们这里,农民中的佃户占大多数,他们的居住地与和地主家距离很远,所以无论他们做什么事,地主都不可能马上察觉到。可是在工厂,一旦被资本家知道哪个人搞运动,便会立刻把他解雇了。农民虽比工人少了团体的训练,但却有一股忠义气。在和田主斗争时,可以采用'同盟罢耕'的方式,因为土地不像机械那样被关在厂里,而且,土地是不可移动。"

彭达伍原本一脸忧虑,可是听了这些话后,脸色变得舒缓了很多。

彭湃说:"现在,海丰做官的人竞相买地,使地价骤增。通过这个现象可以分析出,在未来农民缴纳的田租会更多,而农民和地主的矛盾也会更大。现在,海丰的物价暴涨,农民的生活十分艰难,心里总是憋着一团火。这团火可不得了,这是一点就着的火啊!"

彭达伍的表情肃穆起来。他努力聆听,不愿错过任何一个字。

他发现,四弟分析得有道理。

彭湃说:"二哥,你知道吗?现在搞农会是恰逢其时!而且,农民中实在不乏有聪明之人,他们已有了初步的阶级觉悟,对农会有强烈的感情。所以我认为,中国农民的阶级斗争,将会出现在海丰这个偏僻的海边小城!"

彭达伍感觉一切都变了,空气变了,味道变了,风向也变了。他对自己此前的表现有些羞愧。现在,他沙哑着喉咙说:"四弟,你真厉害!我以为你是头脑发热,一时性起,原来,你经过了深思熟虑啊!"

彭湃的两眼发亮:"二哥,要是你能加入我们的行列就好了!那样,我们就不仅是好兄弟,还是好同志!"

彭达伍点头道:"好!我努力变成你的好同志!"

"好同志?!"母亲惊诧地脱口而出。她觉得这个词十分古怪。

难道在这个世界上,还有比兄弟更亲密的关系吗?

"对啊,同志!"彭湃笑着说,"好妈妈,你也争取变成我的同志好吗?那样,我们就会变得更强大,能干更多的事情!"

母亲虽然不能理解"同志"的含义,但她却能感觉到在这个词的背后,有一种说不清道不明的强大力量。她频频点头:"同志!同志!"

虽然"火烧田契"的事情流传甚广,但加入农会的人还是不算多。

彭湃发现,农民非常害怕干出头的事情。他们的态度是"等人家都加入了,我便一定加入"。于是,彭湃这样解释:"我们加入农会,就像是过河。河的这一面是痛苦的,对面是幸福的。可是,大家个个都害怕被水淹死,你等我,我等你,没有一个人敢过。我们加入农会,就是手拉手联合过河。如果一个人倒下了,就赶快把他扶起来,所以农会就是互相扶助的地方。"

彭湃还意识到,单靠口头宣传已不能适应农会的发展,一定要为会员谋福利,才能扩大农会的影响。可是,他深感自己身单力薄,能够志同道合的"同志"实在太少。

没过多久,彭湃便找到了一位真正的好同志——李劳工。

李劳工原名叫李克家,是蚕桑学校的毕业生,在蚕桑局工作。他与彭湃本不相识，但"火烧田契"之后，海丰田主痛骂彭湃的声浪就像大海的潮汐，时不时拍打在李克家的耳畔；同时，他又会听到一些农民发出感慨："农会是我们的大救星！"他觉得十分奇怪："彭湃留过洋，做过官，怎么能和农民接近搞起了农会？"

于是，他决定专门拜访彭湃，看个究竟。

看到传说中的"彭先生"后，他大吃一惊。那时，彭湃正穿着短袖的破旧内衣和一条黄污的裤子，忙碌地干着活。当李克家说明来意后，彭湃和他座谈了三个小时。彭湃热情地讲述了农民的痛苦和农会的现状，还坦率地表明了自己的信仰——"社会主义我是相信的，其中马克思派我是深表同情的"。

听闻彭湃一番话，李克家即刻决定离开蚕桑局，和彭湃一起搞农会。为表明心迹，他还将自己的名字改为"李劳工"。从此之后，他便成了彭湃最好的同志。

其后，彭湃又找到了另一位好同志——吕楚雄。

那一天，彭湃在县城大街上碰到了吕楚雄，他在宏仁西药房工作。当吕医生随意问起彭湃在做什么时，他便热情地讲述了自己组织农会的事。彭湃的实践活动打动了吕医生，他表示自己也愿尽一份力。在吕医生的帮助下，农会在海丰大街上创办了"农民药房"。

在海丰，农民吃饱饭都有问题，根本没钱看病；大多数农民都住在乡下，常因得不到及时治疗而断送性命；很多农村产妇因没有医生接生，经常会出现母子双亡的悲剧。"农民药房"一经办起，便深受农民喜爱。凡是农会会员，可凭会员证到药房就诊；无论门诊或外诊，一律不收诊费，药费折半；农会还专门养了两匹马，供医生出急诊时使用，省去了农民请医生的路费。

10月25日，赤山约农会在龙山灵雨庵成立。这也许是中国最早的具有近代意义的农民组织。此后，彭湃常奔走在赤山、平岗、银溪、青湖等地，试图走遍整个海丰。那时的他，吃遍了四乡茶饭，日日早出夜归。到1922年年底，海丰全县已成立了十二个农会，共两万户，十万人——占全县人口的四分之一！

显然，成立海丰总农会的时机已成熟。

1923年1月1日，来自全县的六十多位农民代表汇集在海城镇龙山庙天后宫，参加了海丰县总农会召开的大会。总农会选出会长彭湃，副会长杨其珊、林沛、张妈安等人；还设立了文牍、农业、宣传、仲裁、财政、交际、庶务、教育、卫生等九个部门；又提出了两种不同的口号，"对外"的口号是"改良农业，增加农民智识，做慈善事业"；"对内"的口号是"减租，取消'三下盖'（"三下盖"是地主收租时谷子装满租斗后，用斗盖反复连刮三次把谷子压实，比只刮一次斗盖要多收半升甚至一升），取消'伙头鸡（"伙头鸡"是指地主下乡收租时，农民要杀鸡、鸭，给钱、给米，用以款待），（鸭、钱、米）等"。

农会的会员证上不仅写着"不劳动，不得食，宜同心，宜协力"的话语，还盖有农会印章。印章是彭湃设计的，由于官府的印章是方形的，所以农会的印章便是圆形的。当农民与田主发生纠纷时，农民就把会员证夹在呈词中，而法官便不敢像从前那样乱断是非；一些作福作威的军警士官，看见农民拿着会员证，便在农民过路、进城时一律放行；地主害怕农会权力增大，不敢继续购买土地，有的人还将原有的土地贱卖，致使海丰的土地价格一时下跌。

总农会经过讨论，决定从番薯市入手，掌握市场管理权。

原来，海丰集市繁多，分为糖市、菜市、米市、柴市、草市、番薯市、猪崽市等。过去，每个市场的管理权都被地主豪绅或庙祝所掌握，市场收入也为他们所吞食。如果计算各市收入，每年大约都有三四千元之多。

番薯市原来设在灵爷庙，于是农会便制造了一把公秤，派人到番薯市去管理，但遭到地主土豪的强烈反对。之后，总农会便发出布告，通知农民将番薯移至王爷庙摆卖。地主为破坏农会的做法，便出钱雇人收购番薯，用来维持交易，然而农民却坚决不卖。最终，农会取得了管理番薯市及其他市场的权力，而农会则将市场收入拨给"农民药房"作经费。

这次斗争的胜利，显示了农民在团结起来后的力量，大大提高了农会的威望。

1923年农历正月十六,海丰县农民举行了一场"新年同乐会",地点就在龙舌埔广场的草地上。那一天,到会的人员有一万人,其中农会会员就有近六千人。只见人头攒动,旗帜林立,瑞狮起舞,鞭炮齐鸣,笑声一片。当会长彭湃和副会长杨其珊等人发表了演说后,还上演了一出名为《二斗租》的白话剧。当天,申请加入农会的人便有两千之多。此后,每天都有一百多人加入农会。

农民运动搞得如火如荼,就连蔡素屏也卷了进来。

自从丈夫"火烧田契"后,他们家便过上了喝番薯粥吃咸菜的日子。这时,她虽身怀六甲,却想要参加工作。起初,彭湃没有答应,但她却一直半明半暗地参加工作。看她这么积极,总农会便将她吸纳为会员,并派她到赤山约开展工作。

因儿媳要经常下乡,所以出生才几个月的彭干仁便抱在了母亲的怀里。

儿媳一走就是一整天,根本没法给孩子喂奶。于是,母亲便在厨房里精心熬制米糊。等她给婴儿喂米糊时,这孩子一尝便知不是乳汁,于是咧开小嘴哭了起来。

母亲温柔地拍着孩子,嘴里喃喃地说:"好孩子,你就吃一点吧!那些农村的孩子都是吃米糊长大的,他们各个都长得很高,所以你吃米糊也能长得很高啊!"

母亲还是原来的母亲,可孩子已不再是原来的孩子。

这个孩子不是她生的,而是命运交托给她的。

现在,她抱着孩子的样子,就像一只老母鸡用翅膀庇护着自己的小鸡仔。她满心满意地爱着这个小婴儿。这份爱,和她当年爱儿子的那份爱,不差一分。

奇怪的事情发生了。

当她用小勺给孩子喂米糊时,感到自己的乳房也鼓胀了起来。过去那些哺乳的经历,一幕幕浮现在母亲的脑海。她微笑地看着这个孩子的眼睛、嘴唇和小手,好像在丈量它们的尺寸。

等待的母亲 <<……

这个世界啊，有多么苦痛就有多么欢欣！

1923年3月的一天上午，母亲看到院门外的龙舌埔广场上人头攒动，不觉诧异。眼瞅着云层发黑变厚，要有一场豪雨，可这么多人聚在广场，单靠凉笠能挡得住雨吗？

看到儿子急匆匆地往外走时，她便喊了一句："阿湃，吃早饭了吗？"

儿子回了一声："喝了两口粥。"

她忙说："别忘了戴上凉笠，马上就要落雨了！"

儿子像从沉思中醒来，抬头望了望天："哎呀，是要落雨的样子！"

他反身准备回"得趣书室"拿凉笠。母亲加快脚步跟上了他："阿湃，外面怎么这么多人？"

儿子说："妈，您别担心，他们是来开会的！"

母亲掩饰着慌张，用尽量平稳的语调说："我看……怎么着……也得有四五千人啊！"

儿子边走边说："有六七千人！"

母亲的心怦怦地跳了起来：果然，是儿子组织来的人。看那些人的打扮，便知道是从各乡来的农民。母亲小心翼翼地询问："你们这是要干啥？"

儿子看到母亲的脸色有些泛白，马上说："妈，我看您气色不好，要不先回房躺一躺？"

母亲摇头："不碍事！"

说话间，两个人已进入"得趣书室"。儿子从里屋找出了凉笠，戴在头上就准备要走。突然，母亲的身体一软，瘫在了椅子上。她喘着大气，手抚胸口，也不说话，就那么直直地盯着儿子。她尽量控制住自己的慌张情绪，但手指还是忍不住颤动着。

儿子马上摘下凉笠，关切地询问："妈，您别担心了，我全告诉您好吗？"

原来，这天上午十点，农会要召开一个大会。事情的起因牵扯到两

108

个人：一个是地主朱墨，另一个是佃农余坤。余坤是农会会员，他反映从今年春耕开始，朱墨便无理加租。在农会的支持下，余坤向朱墨辞田，实行"同盟非耕"，而朱墨便指使打手到余坤家捣乱，还到法庭诬告余坤交的耕地不足额，是"佃灭主业"。法庭推事张泽浦慑于农会威力，判朱墨诬告。朱墨败诉后，陈月波等五百多个地主组织了"粮业维持会"，集体前往法庭，不仅痛骂张泽浦，还命张将农民收监。于是，张便将余坤等六位农民强行上镣入狱。

母亲惊诧："这帮该死的狗东西！"

"是啊！"彭湃皱着眉头说，"审都不审就抓人入监！大地主眨眨眼，官府就点点头，他们早就勾结在了一起狼狈为奸！"

"可你们怎么救人？"母亲不解，"除了双手就是斗笠，你们能干什么？"

彭湃道："妈，你放心，我们照样可以把人救出来！"

母亲大喊了起来："可不敢乱来啊！"

儿子忙伸手握住了母亲的手："妈，我们已经商量好了，准备组织农友示威请愿，如果他们还是不放人，我们就号召会员挖毁田界，让地主无法辨认自己的土地！"

"这法子行吗？"

"我们人多力量大，一定能行的！"看到母亲的脸色有些缓和，儿子忙说，"妈，我要走了，要不就迟到了。"

母亲回到上房后躺下，可越躺越心慌。她的耳畔又响起老二彭达伍说的那些话：他们四处散布谣言，说四弟到处宣传"共产共妻"；说农会意图谋反；他们还求神拜佛，祈求神灵早日消灭农会；还发动各种关系，企图请兵，用武力镇压农会。母亲的心不禁悬了起来。她想起儿子刚才说的那些话：我人多力量大……可是，官府有兵有枪，人多又有什么用！她从床上翻身起来，但感觉浑身疲软，好像脊梁骨被抽调了一般。她套了件男式的粗布大褂，又戴了顶凉笠后出了门。

广场正中，聚着一团黑压压的人群。他们看起来模模糊糊的，每一个和另一个都很相似，都着粗布衣戴凉笠。虽然看不清这些人的脸，但母亲却能感觉到一种热辣辣的氛围。此时此刻，这六千个赤脚的庄稼汉聚在一起，浑身释放出一股热量，让这个空间像一堆燃烧的木柴。在母亲心中，混杂着"相信"和"质疑"两种对立的情绪。这两种情绪撞击着，非常猛烈。

她一眼就找到了儿子。

他站在人群的最前面，戴着凉笠，中等身材，小腿健壮，手臂结实。母亲本能地朝后退了几步：她不希望儿子发现自己。

她听到儿子语气洪亮地说："农友们！农友们！"

陡然间，整个会场变得安静了下来。

儿子用坚定的目光凝视着大家："农友们！咱们的会员余坤等人根本没有罪，却被法庭枉押。我们认为，这是法官在违法！"

人群发出了一阵阵回应："是法官在违法！是法官在违法！"

儿子说："我们农会认为，这件事不是余坤等六个人的事，而是我们农民整个阶级的事。这场官司，如果余坤失败了，那就是我们十余万农友全都失败了！如果余坤胜利了，那就是我们十余万农友一起胜利了！现在，我们正处在生死关头！我希望大家不要害怕，一起去请愿！"

母亲的心里不由自主地涌起一股自豪感，同时不安感也变得更加强烈。

就在这时，雨落了下来。先是一滴一滴的，后是一串一串的，最后是一股一股的。可是，这群情绪亢奋的农民却毫不在意。他们湿漉漉地走在大雨中，一直走向县衙。在这个队伍的末端，晃动着一个瘦弱的身影，原来是母亲。

母亲看到，当人们拥进县衙大门后，便取下了头上戴的凉笠。而那些凉笠堆叠在县老爷的公案前，居然形成了几座高山！母亲还看到，潮水般的人群涌向了法庭的门口，高声呼喊着"打倒地主""还我农友"。

当二十位农民代表和推事张泽浦论理后，张迫于农会威力，便将被押农民释放了出来。当余坤等人出狱后，人们簇拥着他们，狂呼狂跳，连衙门的栏杆及吊灯都被挤烂了。当人群涌向大街上后，雨变得肆意滂沱，而农民的欢呼声也更加响亮。这时，有学生在街头大呼"农民万岁"，有人拉起写着"欢迎出狱农友"的红布条，整条街热闹至极，像在过大年三十。

当母亲随着人流来到总农会驻地时，天已放晴。刚才的瓢泼大雨好像是雷公来助阵，而现在一切都显得明亮而温暖。母亲虽然十分疲倦，但精神却格外亢奋。她看到人群整齐地排列成行，而儿子准备发表演说。

儿子问大家："农友们！农民千百年来都受地主、豪绅、官厅的冤枉和压迫，总是不敢出声。今天，我们能够把六位被押的农友放出来，这是谁的力量？"

有人说这是农会的力量，有人说这是耕田佬的力量，还有人说这是彭湃的力量。

儿子说："说是农会及耕田佬的力量是不对的，但还不至于大错；说是彭湃个人的力量，就是大错特错！如果彭湃有力量，还要你们六七千人去做什么？我相信一个彭湃，任他有天大的本事，也是放不出农友来的！"

会场变得安静起来。

儿子说："今天能取得胜利，是因为农会能指导六七千耕田佬团结在一起。能集中六七千人的力量，是一个大力量，连官府也不得不怕，才把咱们的农友给放了出来！"

人群里发出叮叹声："是啊！是啊！"

儿子接着大声地说："今日的胜利让我们获得了这个经验，所以从今日起，大家应该更加团结，加紧扩大我们的势力，否则今日的胜利，就会变成将来的失败！"

农友们用力地呼喊起来："更加团结！更加团结！"

此次胜利，让"粮业维持会"在无形中被解散，让彭湃和农会的威信大增。在此后的一个月内，有一万多个农民加入总农会。

7月初的某一天，彭湃的表兄徐友植来访。

不巧的是，彭湃刚好外出了，母亲便留徐友植喝咸茶。当母亲问起他最近都在忙什么时，年轻人的脸上泛起了红光。原来，他常和阿湃到陆丰去搞农民运动。

他说："海丰和陆丰相隔七十余里，路程较远。那时，农会只有一匹马。有一次，阿湃让我骑马，自己跟在马后跑。我害怕累坏了他，便要下马，可他却笑着说：'我正要利用这个机会，锻炼锻炼吃苦耐劳的精神；否则，革命一旦有急事，没有马该怎么办呢？'于是，我们俩便轮流骑马，轮流跑步，终于来到了陆丰。"

母亲忍不住嚷嚷起来："你们两个傻孩子，怎么能这么干！你们不嫌累吗？"

徐友植说："来到陆丰马尾街后，我把马拴在树下，阿湃便在人群中开始演讲。他总是比画着手势，说起工农受苛捐杂税的逼勒，农民受地主的剥削这些事，听众便越来越多；等我们第二次来到马尾街时，集市上便有人主动地送茶送水；到了第三次，竟然有人拿来个方凳，让阿湃站在上面讲。"

母亲忍俊不禁地笑了出来："你们俩可真厉害啊！"

母亲以为自己很了解儿子。他身体的每一个细节，生活的每一个习惯，都深深地铭刻在她眼睛的深处。可是，这具身体居然还有她没有发现的特征。出现在别人嘴里中的儿子，居然是个她完全陌生的男人。她感觉口舌间有一种火热、猛烈和辛辣的味道。现在，她平静地点着头，可心里却波涛翻滚。

徐友植说："哎呀，不是我厉害，是阿湃厉害！他一开口，那些人就挪不动腿了！"

母亲笑了起来。在那个内敛的笑里，暗暗潜藏着骄傲。

"我俩白天在集市上宣讲，晚上又提着灯，到农民常聚会的桥头和他们谈心。"

母亲像是突然发现了什么："那你们吃什么？睡在哪里？"

徐友植回答："嗨！我们走到哪里便吃到哪里，睡到哪里。"

母亲感叹："这样下去，你们要把身体搞坏了！"

可徐友植却兴奋地说:"但我们的努力很有成效!现在,农会会员已有二十多万人了!所以,海丰、陆丰、紫金、惠阳、惠来、普宁等农会便联合起来成立了广东省农会,阿湃已经被选为执行委员长了!"

母亲着实吓了一跳:"二十多万啊!"

儿子似乎有一个坚不可摧的身体,还有一个灼烫热情的灵魂,所以他才能将二十万人感召起来。母亲好像看见了那个陌生的儿子,他血气旺盛,胳膊结实,大腿粗壮,眼神明朗坚定,永远都不会慌乱。

她要慢慢习惯这个簇新的儿子。

七月中旬的某个傍晚,儿子来到母亲上房,想请她帮忙收拾一下行李。

儿子说:"我准备过几天去一趟广州。"

母亲好奇:"是总农会遇到了什么麻烦吗?"

儿子笑了:"好妈妈,你是怎么知道总农会的?"

母亲坦言:"前些日子,徐友植来家里找你,说起了这个事。"

儿子点头道:"我们广东的农民运动已经搞得如火如荼了,可全国的革命却一波三折。今年的2月7日,京汉铁路大罢工被军阀镇压后,工人才明白,他们必须与农民联合起来,才能战胜帝国主义和封建军阀。"

儿子两眼放光:"妈,你知道吗?六月份,广州召开了中国共产党第三次全国代表大会,代表们着重讨论了'国共合作'和'发展工农运动'的问题。陈独秀先生认为,共产党在过去的工作中很少注意农民运动,所以会议结束后,他便特意邀请我去广州会谈。"

现在,让儿子说起这些陌生的词汇时,母亲已经觉得不那么刺耳了。虽然她不是特别明白其中的含义,但她会露出宽恕一切的微笑。

然而,人算不如天算。

7月26日,一股强劲的台风吹到了南海边。台风掀起了一场可怕的暴雨。那些高大的榕树、荔枝树和杧果树,在雨中痉挛抽搐;那些屋顶上的瓦片,在半空中飞舞,发出"啪啪"的响声;那些弯弯曲曲的小路,早已变成了泥河,流淌着黄汁。此时,正值早稻收割季节,但农民

113

却束手无策。在连续二十多个小时的暴雨后,很多房屋被掀翻,大片稻田被淹没。

放下箱子的彭湃忧心如焚。

此时,来"得趣书室"的农会会员络绎不绝。他们一面报告灾情,一面请求帮助。于是,彭湃便发动农会干部组织救灾队,帮助农民排水筑堤,抢救财物。然而,全县农作物的损失达到百分之九十,牛、猪等家畜的损失达到百分之四十,而房屋倒塌达到百分之四十,淹死和失踪的人数有五百至一千人。这场暴雨,实乃海丰有史以来最大的一场灾祸。

现在,如何交租成了农民最为关心的问题。

按照旧历,若遇灾年,农民便请地主到田里看稻谷受灾情况,酌情减租;而今年,地主不顾农民死活,仍按原标准收租。于是,彭湃便召开紧急会议,商讨出了一个办法:"至多三成交租,如无租可还者可免交!"

屋漏偏遭连阴雨。

8月5日,又一场更为猛烈的台风来袭。这一次,农民的损失更为惨重。现在,大家不得不执行"至多三成交租"的方案了!

然而,地主豪绅却坚决不答应。

他们相互联合,密谋策划,最终由县长王作新等人领头,将"粮业维持会"又恢复了起来。当听说8月15日农会将召开会议后,县署便四处张贴布告,说"匪首彭湃希图造反,四乡人民勿为所愚而自招重祸",借以威胁、恐吓准备赴会的农民。王作新还派了六十多名警察把守在四个城门口,又急电汕尾的粤军师长钟景棠,让他派兵来援助。

当两万多农民冲破阻挠走进海丰县城后,其浩大声势把地主吓得心惊肉跳,甚至把警察也吓得逃跑了。中午十二点,大会如期举行。彭湃在会上介绍了水灾后农民的惨状及地主对农民的压迫,提出必须坚持"至多三成交租"的决定。当彭湃说到受灾农民的惨状时,台下一片哀号。大家情绪激烈,高呼"农民万岁",声震如雷。

然而,农会干部对地主豪绅蓄谋已久的进攻却缺乏警惕。

第九章 海丰总农会

王作新连夜召开会议，做出"乘虚向农会进攻，一举将农会扑灭"的决定。彭湃后来总结说："我们实在是没有准备作战，也料不到如此危险。"

8月16日就是农历七月初五，这一天，注定被记录在海丰县的历史上。

这天凌晨，王作新的弟弟、县署游击队队长王益三率游击队，会同钟景棠部队的一百多官兵，以及县警察、保卫团勇等共三百多人，兵分两路，前后包围了总农会。

一时间，枪声砰砰，弹如雨下。

当沉睡中的农会干部被惊醒后，才发现自己身处险境。彭湃和李劳工等人得以逃脱，而杨其珊等二十五人当场被捕。当农会所有的文件、物品、现款及马匹被洗劫一空后，县署又通告全县，解散农会，通缉彭湃；17日早晨，"农民药房"被查禁后，医生吕楚雄被缉拿；县署又派出警兵到乡下，强迫农民交租，并查缴农会的会员证。

看到通缉"匪首彭湃"的布告贴在城墙上后，母亲的胸口就像受到重击，整个人面色煞白，眉头紧锁。她一直担心的事情终于发生了。晚上躺在床上，她感觉骨头酸痛，忍不住小声地啜泣起来。朦胧中，她好像看到了儿子的面庞，还有那双闪着晶光的眼睛。阿湃躲在了哪里？那些被捕农友受了怎样的罪？农会未来的命运如何？

早晨的风从窗棂吹进后，母亲的头脑变得清醒了一点。

她忙擦干眼泪，穿上外套，顺着墙边朝县衙附近走去。看到有个小吃店，便在个不起眼的角落坐了下来。店里坐着几位青年男子，边吸溜着汤粉边说着闲话。他们你一言，我一语，说起了发生在县衙的一桩奇事。原来，县长被农会的头子气得发抖。母亲听到"农会"这两个字，赶忙将身子往里缩了缩，但却将耳朵支棱了起来。

原来，县长王作新提审了杨其珊："你是不是农会的头儿？"

杨其珊回答："是。"

县长问："彭湃利用你们去造反，经我三令五申，你们还敢作怪，你知罪吗？"

杨其珊回答:"彭湃不是利用我们,是我们农民去利用彭湃,因为彭湃所做的事,不是为他自己的利益,他是牺牲了自己的利益为农民谋幸福的。至于说彭湃造反,我也承认,但是王县长的造反,要比彭湃更加厉害。彭湃帮助穷人,果是造反,那么你帮大地主、资本家在这凶年来压制穷人,岂不是大造其反吗?!"

王县长拍案大叫:"你真该死!你们胆敢提倡'共产''共妻',快些照实招来!"

杨其珊回答:"'共产'不'共产',这是看社会的进化如何,不是我去提倡就会'共产',不提倡就不会'共产'!招不招不太要紧。至于提倡'共妻'一事是有的,可不是我们,而是你们发财的、做官的。你们天天嫖娼宿妓,这不是你们所提倡的'共妻'吗?还有一层,好像王县长有两个老婆,这就是'共夫';'共妻''共夫'都是你们提倡的,都是我们早晚所应该打倒的!"

王县长气得要命,用力拍着桌子大喊:"打!打!给我往死里打!"

杨其珊被打得体无完肤后,铐上镣铐拖进了囚室。

年轻人吃完汤粉说完闲话后就走了,店里变得冷清许多。过了许久,母亲才从角落里起身。当她快步走回家后,便到厨房里开始做红圆:将加了红曲水的糯米粉搓成一个个团子。她想,虽然不知道阿湃在哪里,可不能让那些狱中农友没饭吃。煮熟后的红圆浑身肿胀,是一个个别致的小红球。母亲提着食盒来到监狱,塞给守卫一把零钱,求他把食盒送给农会的人。那人点头道:"知道,就是那个把县长气得发抖的人!"

从这天开始,母亲每日都在厨房里忙碌。她不断地做着各种吃食,不断地将食盒送到监狱。

这一送,便送了半年。

此后,海丰人将农历的七月初五称为"红心节"。每年的这一天,家家户户都会做红圆,以示红心永远向着农会。

从1922年7月29日"六人农会"成立,到1923年8月16日"七五农潮",广东省农会持续了一年多的时间。彭湃认为:"农会虽被摧残,然农民经此次之经验,阶级的认识益加鲜明。"

第十章　营救农友

9月初的一天深夜，儿子悄悄地回到了家。

他轻手轻脚地来到上房，叩动了母亲的门扉。当母亲看到站在门外的儿子时，忙一把将他扯了进来："阿湃，你怎么回来了！这些天你去哪里了？"

儿子轻声说："妈，我离开了潮安，经过汕头和陆丰才回来的。"

母亲不敢点灯，便就着月光给他倒了一杯茶："你还被通缉着，怎么就敢回来呢！"

她担心儿子会像杨其珊那样遭到毒打，但她却不敢讲出这些话来。

儿子笑着说："妈，您别担心，他们也不能天天盯着咱家！他们也得睡觉啊！"

母亲温柔地看着儿子，发现他的面孔又黑又瘦，头发凌乱着，嘴唇上还有一抹胡茬："阿湃，你……你怎么这么瘦……"

儿子抓住了妈妈的双手，紧紧地握在自己的大手中："妈，我给您讲原因，可有个条件，您不许掉眼泪啊！"

母亲用力地点头："你快说说看！"

那一天，8月17日，也就是农历的七月初五，当儿子与李劳工、林甦、张妈安、蓝陈润、彭汉垣等一帮农会骨干躲过追捕后，相约来到大嶂山脚下的小庵寺。这里不仅地形隐蔽，较为安全，而且寺里的道士吕成善一向同情农会。

儿子和农会干部立即开会，研究形势。

李劳工主张组织农民暴动，痛痛快快地杀一场，但彭汉垣却不同意。他说："他们已经掌握了军队和警察，现在如果公开以武力对抗，最后吃亏的还是农民。"他认为陈炯明是个非常复杂的人，可以利用他

117

来解决目前的困境。这个观点得到了彭湃的赞同。

海丰人都知道，陈炯明的祖父和父亲是前清秀才和地主，兼营商业，颇有家资。然而，当这两个男人去世后，他的家境便逐步破落。当陈炯明长大后，不过是个穷秀才。然而，此人非常会捞政治资本。他主张严禁烟赌，为自己赢了些声誉。辛亥革命前，他加入了同盟会；到武昌起义，广州宣布独立后，他被推选为广东副都督、代理都督、北伐军总司令，把粤军和桂军牢牢地掌握在自己的手心。他反对中央集权，策划联省自治。到后来，他炮击观音山，和孙中山彻底决裂。现在，他的势力虽然有明显下降，但他依旧野心勃勃，力图恢复。所以，彭湃得出了这样的结论："陈炯明可以利用，但不可以依靠；陈炯明如果翻脸，便立即发动农民暴动。"

大家进行了分工。由彭湃、林甦和蓝陈润为一组，到河源市龙川县老隆镇找陈炯明谈判，让他答应释放被捕农民、减租、恢复农会、惩办王作新等人；而李劳工、彭汉垣等人为另一组，留在海丰，伺机行动。

老隆镇距海丰有五百余里，一路都是高山，步行要走六七天才能到。他们三个人于17日出发，至23日才到达。临行前，他们都换上了破旧脏污的衣服，将自己装扮成乞丐，只带了十块钱便上了路。

当他们走进大山深处后，那些高耸的山峰摆出了各种骇人的姿态，俯瞰着这三个小小的人影。他们变成了三头野兽，手足并用，又攀又爬，鼻孔里喷出炽烈的粗气。虽然看到树底下很阴凉，但一想到前面的路还很长，便用力地啐了口唾沫，继续前行。那时，林甦的脚伤未好，但他似乎已忘了这件事。他是个近视眼，戴着一副镜片很厚的眼镜，走夜路时总是高一脚低一脚的。

到了第二天晚上，天公又出来捣乱，先是下雨，又是刮风。三个人走在旷野里，无遮无拦，浑身透湿。他们不敢点火，怕被高潭墟驻防军察觉。到了第三日，雨越下越大，路变得崎岖湿滑，难行至极。傍晚时，他们来到了三江口。这里的水流很急，没有船，只有杉木绑成一排一排的木筏，两岸系以草绳，过渡时用绳拉过去。当三个人费力地过了河后，天色已变得浓黑，无法看清自己的手指。河岸边既无人家，也无

第十章 营救农友

宿店,只能心情焦灼地在草滩上挨过一夜。他们就在露水、蚊虫和牛蛙的侵扰中,迷迷糊糊地打了一个盹。

到第四日时,雨停了,阳光明亮,大家的心情变得爽快起来。然而,这时的山峰异常陡峭,所以他们不是上山就是下山,中间连一截平路都没有。当他们咬着牙爬山时,能听到骨头发出"咯吱""咯吱"的声响,而石头跌落悬崖的"哗啦"声,能让头发全都倒竖起来。

"哎呀!"母亲打了一个寒噤,不觉喊了出来,"太危险了!"

儿子的表情却十分平静:"好妈妈,您猜,我们除了看到森林和岩石外,还看到了什么?"

母亲紧张地等待着。

儿子说:"这一路,最让我们难过的不是走山路,而是看见那些村子被军阀骚扰到十室九空。有些村子里虽然冒着烟,但看见有外人进来,便赶忙关门闭户,弄得我们连口水也讨不到。集市都被烧成了废墟,什么东西也买不到。"

母亲再也忍不住了:"孩子啊,你们吃的是什么?"

儿子坦言:"渴了就喝小坑里的积水,饿了就摘些地里的青菜或生芋充饥。"

母亲不再吭声,只是喘着粗气。

儿子说:"吃喝都不算难,最难的是遇到了老虎怎么办!"

母亲的声音尖锐了起来:"啊?老虎!"

儿子笑了起来:"没有!没有!老虎看我们太瘦了,懒得出来!"

母亲的声音缓和了下来:"阿湃,你不要拿老虎吓我。"

儿子道:"好妈妈,真的老虎没见到,可我们却遇到了一头假老虎。"

儿子指的是陈炯明。当他们三人到达老隆镇后,儿子立即以农民代表的身份去找陈炯明谈判。陈一见面就责问儿子:"你们弄出了乱子呢!"

儿子说:"乱子不是我们弄的,是他们弄的!陈先生,你知道海丰的风灾水祸大到什么程度吗?你知道海丰的农民苦到什么程度吗?"

119

陈说:"大到什么程度,苦到什么程度,也应当照旧例交租,断不能任你们提出三成就三成,难道你彭湃是皇帝吗?"

儿子说:"我不是皇帝,相信你也不是皇帝,地主、官厅也不是皇帝。为什么清朝皇帝的旧例,陈先生都可以把它推翻,不是皇帝的分租旧例,我们不可以推翻?我们推翻凶年主佃分割的旧例,是有道理的!"

陈炯明不解:"什么道理?"

儿子道:"我问先生,田主和佃户是不是要很相爱才对?田主出地,佃户耕种,就像商家合股做生意一样?"

陈点头道:"这个自然!"

儿子说:"做生意遇到亏本,是不是两家应该共同承担损失才公道?如果一方不管亏本不亏本,硬是要取回原额本钱及利息,是不是太不公平了?"

陈回答:"是的。"

当儿子给陈炯明算了一笔农民种田的账后说:"农会主张至多三成交租,是革去几千年地主苛刻农民的恶例,和先生赶走清朝皇帝是同一个道理!"

陈炯明不得不点头说:"是!是!"

陈炯明立即起草电报稿,让王作新释放狱中农民。然而,彭湃并没有把营救农友的希望全都寄托在陈炯明的一纸空文上。他让林甦留在老隆镇了解陈的动向,自己与蓝陈润到潮安去找李春涛商议办法。离开潮安后,他经过汕头和陆丰,才回到了海丰。

现在,母亲的心里有很多话要对儿子说,但她却不知该如何说。在她的胸腔里,弥漫着浓浓的怜悯之情。眼前的儿子,似乎变成了一个儿童,需要她保护。她关切地说:"你不要在街上走,那些告示还贴着呢!"

儿子道:"妈,我知道。我这次回来,就是看看陈的电报有什么结果。不过,我可能还要走,您要有心理准备。"

母亲点点头:"我懂得。"

第十章 营救农友

儿子说："其实，我吃的这些都是小苦，那些狱中的农友吃的都是大苦……"

母亲点点头："是啊是啊！不过，我每天都给他们送饭呢！"

儿子的眼神变得热烈了起来："妈，您真是我的好妈妈！"

母亲说："他们都是好人，都是和你一样的好人！"

儿子紧紧地握住了母亲的手："好妈妈，我替农会感谢您！"

看到儿子走出门后，母亲紧紧地抿着嘴唇，不让眼泪流下来，可是那两股液体还是流了下来。这次长谈令母亲内心的恐惧消失了，她感觉自己变得更坚强了。

几天后的一个夜晚，儿子来向母亲辞行。

原来，他了解到王作新收到陈炯明的电报后，根本没有释放农友，反而加紧了对农友的摧残。他知道恢复农会不能指望陈炯明，所以他准备和李劳工一起到香港去，一方面寻找社会力量的支持，另一方面可以发动捐款，救济一下狱中农友。时光飞逝，岁月如梭。一个月后，母亲听说儿子已将募捐到的八十元钱寄回了海丰，可他却依旧不见踪影。转眼，三个多月过去了。母亲一直处于忙碌之中：她又要管家里的大人和孩子，还要给狱中农友送饭。

12月下旬的一天，听到儿子说笑着走进家门时，母亲不禁纳罕：阿湃这样大摇大摆地进家，那通缉令不就成了一纸空文？在大厅里见到儿子后，母亲赶忙扯住了他的衣袖，想将他拉到偏厅。

儿子笑了起来："妈，现在不用躲了！"

原来，那些家伙的态度已发生了改变。

儿子和李劳工再次到达老隆镇后，陈炯明除了一味地拉拢外，对释放农友的事情总是敷衍。儿子便以"母亲病危"为名离开了陈炯明。11月，儿子在汕头组织了"惠潮梅"农会，入会的来自海丰、陆丰、惠阳、紫金、普宁、惠来、澄海、潮阳、潮安、五华等十县，可谓声势浩大。陈炯明想不到，农会在如此之短的时间里能拥有十万会员，便发电报表示"非常赞同"。农会将陈炯明的电报发表在报纸上。潮汕的上层人士认为"陈老总"都支持农会，自己也要紧紧跟上，所以王作新和

121

钟景棠的态度都发生了改变。王作新说,"彭湃本人我是十二分佩服的""农会本是好的";而钟景棠则将逮捕农民一事的责任全都推给了王作新。

母亲一听,心情放松了下来:"这么说,你也不用东躲西藏了?"

儿子说:"不仅不用躲了,还要光明正大地走在街上!"

母亲高兴了起来:"那你可要好好休养几天。"

儿子摆摆手:"好妈妈,我要先干完两件大事才能休息!"

"什么事?"母亲茫茫然。

"我要把狱中的二十五位农友营救出来,还要恢复农会!您知道吗?就在农会遭'解散'的这段时间里,还有三百多人暗中加入了农会呢!"

母亲深深地吸了一口气:"都半年多了,这件事能办成吗?"

儿子点点头:"释放农友的事下个月应该就可以办成!恢复农会的事情会费点劲!"

母亲不解:"既然陈老总都表示'非常赞同',为什么还会费劲?"

儿子道:"好妈妈,您别担心了,我自有我的办法。"

母亲发现,自阿湃回家后,一些陌生人便频繁地来到"得趣书室"。他们和儿子热烈地交谈,直至深夜才离开。虽然到1924年1月下旬时,二十五名狱中农友都已获得释放,可来书室的人还是络绎不绝。

趁着给他们倒茶时,母亲总能听到几声议论:

"这可是个好机会……他要回来给弟弟办丧事……"

"组织上几百位农友,拿上小旗子喊欢迎……"

"要不干脆出城,到离城十多里的地方去迎接……"

"乘他高兴,让农会代表请求恢复农会……"

"还可以说,工、商、学都有会,农民焉能无会……"

儿子一口气喝完一杯茶后说:"这次一定要说服他,让他答应恢复农会。"

母亲一边添茶,一边问儿子:"这个法子行吗?千万别把他惹急了！他是有枪的人！"

母亲这么一说,大家顿时变得安静了下来。

儿子却淡然一笑:"陈炯明是个极爱面子的人,他是不会那么做的……"

母亲不好意思地说:"我就是担心你们……"

没过几天,儿子回家后亢奋地对母亲说:"好妈妈,事情办成了!"

从2月至3月,儿子一直早出晚归,试图将农会恢复成原来的模样。他对母亲说,3月17日要举行海丰总农会的恢复大会,所以要唱三天戏以示庆祝。然而,在开会的前一天,陈炯明却将儿子唤去进行谈判。等儿子回来后,母亲看到他神色冷峻便知道了结果——他们肯定是谈崩了。原来,陈炯明以"不准在县城唱戏"为借口,阻止农会举行恢复大会。他还亲自面谕王作新,下令解散农会,如遇违抗,严加惩处。

3月21日,王作新贴出布告,宣布取缔农会!

原来,地主豪绅们向陈炯明大进谗言,说农会与共产党、国民党都有关系,组织了暗杀团想造反;他们还说服了陈炯明的母亲,让她也支持解散农会。陈炯明感到拉拢彭湃的目的很难实现,同时一想到彭湃在短时间内能发展出十万会员,便感觉农会将会成为"东江之患"。

一时间,风云突变。

3月26日,儿子向母亲辞行,说先去香港避一下。母亲悲愤地说:"这帮该死的家伙,就知道抓人、打人,把人往死里整!你还是快走吧!"

儿子握住母亲的手说:"妈,革命不会一帆风顺的,可那些靠剥削活着的家伙,最后必然会垮台!"

"会的!会的!"母亲点头道,"农民们只要不怕死,联合起来,就能战胜他们!"

儿子的脸上露出了欣喜的微笑。

他凝视着母亲,发现她有了新变化——她不像自己的母亲,更像自己的同志!

儿子的眼神里充满依恋,语气更加温柔:"您说得太对了!只要我们不丢开希望,就能把大家都联合起来,让穷人不再受欺凌!"

母亲催促道:"你快些走吧!那些吃人不吐骨头的家伙,啥坏事都能干得出来!"

儿子走后,母亲的生活变得异常平静。

因常年劳作,母亲的皮肤被晒得又黑又皱,额头上有了浅浅的皱纹,发灰的头发绾成发髻,肩膀瘦弱,锁骨尖锐,但腰肢还是笔挺的,眸子还是晶亮的。她的神情格外笃定,宛若河中巨石般稳稳当当。

她对自己的状态颇为惊诧——儿子还在外面"流浪",随时都会被抓、被打、被送进监牢——可她却摆脱了焦虑,能按部就班地干活、吃饭、睡觉、起床。虽然在厨房忙碌的间歇,她会朝窗外的天空凝视片刻,思忖儿子现在到了哪里,吃的是什么,钱够不够花,有没有被盯梢……在那个晃神的瞬间,母亲发现即便是柔软的白云,也能让自己的眼睛生疼。于是,她便用力地眨眨眼皮,让自己镇定下来。

亲爱的儿子……亲爱的人……母亲无时无刻不在思念着儿子。

因为经历了痛苦的历练,她的情感尤为炽烈。

阿湃是她的孩子,是她真正的孩子。

别的孩子,她生下来就算完成了任务;可这个孩子,她却想永远地孵育他、喂养他,哪怕是用身上的鲜血。母亲知道这种感情是可怕的,必须遮掩起来才能更长久。但母亲想让自己成为一块土地,让孩子站在上面玩耍,并宽宏大量地容忍他的一切笨拙和任性。

儿子走后大约一个月,陈卓凡登门拜访。

母亲知道,这位挺拔清秀、温文尔雅的男子,不仅是儿子的留日同学,还是他的好朋友。当这两个年轻人凑在一起时,总有说不完的话。现在,这位年轻人突然登门造访,一定和儿子的行踪有关。母亲竭力克制着内心的恐慌:"陈先生,你好啊!"

年轻人笑眯眯地说:"大妈,您好!"

听到对方称自己为"大妈"时,母亲感觉十分亲切,就像见到了儿子。她从厨房里端着咸茶走出来时,努力让脚步变得平稳,然而她的眉毛却在轻微地抖动,呼吸也有些粗重:"您请喝茶。"

第十章　营救农友

年轻人定定地看着母亲,眼神神秘莫测,这让母亲越发不安。母亲深深地吸了一口气,她的肺和心脏里都充满了期待和惊奇。他低声道:"大妈,阿湃给我来信了!"

母亲变得又欣喜又害怕,总感觉有种可怕的危险在迫近:"哦!是吗?"

年轻人说:"他可能觉得给家里写信太扎眼,所以就写给了我……"

他的话让母亲的心缩成一团,有些难过。但很快,她便释然。她眨眨眼,点头道:"是的,那些人一直都鬼鬼祟祟地盯着呢,就像蟑螂一样。"

年轻人轻声说:"阿湃说,他到了香港后,在大公司的门口徘徊了好几天,现在他已经进了大公司。"

母亲一惊,但又颇感兴趣:"阿湃要做生意吗?他进的是哪家大公司?"

年轻人微笑着摆摆手:"不是,大妈,阿湃不是要做生意,而是说他已经入党了!"

"党?!什么党?"母亲变得紧张了起来。

"共、产、党……"年轻人的声音虽然低沉,但语气却格外热烈。他几乎是一字一顿地说出了这三个字,每一个字在被说出口之前都被琢磨了一番。

"共、产、党?"母亲喃喃地重复着,黑眼睛里充满困惑。她试图从记忆的碎片中打捞这个词。然而,她感觉自己像盲人,努力寻找时四周却是黑漆漆一片,什么都看不清。

她变得犹豫起来,声音也有些恍惚:"陈先生,这到底是好事还是坏事?"

年轻人凝视着母亲的面孔,即刻便明白了她所遭受的痛苦——她被恐惧和不安折磨得那么厉害,但却以最大的限度隐忍着。然而,在那张慈祥的脸上,却泄露出难掩的焦虑。显然,这位母亲的心,早已伤痕累累。她爱儿子的感情比别的母亲强烈十倍,所以她所遭受的痛苦也是别

125

人的十倍。"

年轻人的眼神越发温和:"大妈,这是好事,是大好事!可是,这个事要保密!"

母亲一下子有了种如释重负的轻松感,好像那混沌的黑夜变成了黎明,一切都清晰了起来。母亲点头道:"这个我懂!阿湃他们不是为了自己,而是为了让穷人有饭吃,有衣穿,看得起病,灾年不用卖儿卖女……"

年轻人忍不住站起身来,一下子便抓住母亲的手,紧紧地握在自己的双手间。他以一种前所未有的语气说道:"大妈,您真了不起!"

年轻人这种握手的方式很特别,语言也很热烈,这一切都让母亲大为震动。她变得有些羞涩:"可是,我什么也没做啊!"

年轻人握了握母亲的手后,便又松开了。他激动地踱起了步:"大妈,您能理解阿湃他们在做什么,就和普通的母亲不一样了!您是我们大家的母亲啊!"

母亲越发难为情:"哎呀,其实,我也不是全懂……"

年轻人爽朗地笑了起来:"可您已经懂了最重要的东西!"

母亲抿了抿嘴角,尽量不让自己的笑容扩散开来:"阿湃有没有说他啥时候回家?"

"哦,这个嘛,他可能回不了家了!"

"啊?!"母亲的心头一紧,呼吸变得急促起来。她睁大眼睛,盯着年轻人。

对方调皮地笑了起来:"大妈,我和您开个玩笑!"

母亲轻声说:"哎呀,吓我一跳。"

年轻人的眼里闪着光:"大妈,广州有个人叫谭平山,他既是共产党的中央委员,也是国民党的中央常务委员兼组织部长。"

母亲糊涂了:"怎么又是共产党,又是国民党?"

陈卓凡道:"今年年初,国民党开会时,接受了共产党提出的'反帝反封建'的民主革命纲领,还确定了'联俄、联共、扶助农工'的政策,同意共产党员以个人身份加入国民党。"

第十章 营救农友

母亲皱起眉头:"这是啥意思?"

陈卓凡说:"就是国民党和共产党可以合作。"

母亲若有所思地点点头:"合作就好,合作就好。"

陈卓凡又道:"这个谭平山知道阿湃的大名,便派人到香港,请阿湃到广州革命政府去任职。现在,阿湃已是国民党中央农民部的秘书,住在越秀南路。过些日子,他还想把素屏和孩子也接到广州去呢。"

母亲终于不再忐忑不安:"那就好,那就好。"

日子过得真快,一天之后又是另一天。

每一天,母亲都像陀螺般忙着干活,一刻也不歇息。等晚上躺到床上,才感觉腰酸背痛。只有到了那时,她才有点思考的时间:"阿湃在广州怎么样?""素屏能不能习惯广州的生活?"可是天一亮,母亲又开始忙碌了起来,似乎有使不完的劲。

10月底的海丰城,迎来了一年中最舒爽的季节。那股烧在半空的烈火慢慢弱了下去,微风里裹上了一丝凉意,人们的身上也不再黏糊糊的。现在,已到了"秋风起,食腊味"的时节,可儿子还是没有回家。

母亲正思忖着,儿媳推开了房门:"妈,我来给您请安。"

母亲即刻笑了起来:"什么时候回来的?"

素屏回答:"刚回来!我把孩子哄睡着了,便赶忙过来看您!"

母亲点头道:"阿湃忙不忙?"

素屏回答:"农民部说起来是个部,可只有部长、秘书和助理三个人。阿湃当了秘书后不久,林伯渠部长因赴汉口工作而辞职,由彭素民任部长。可彭部长身体不好,长期住院,所以部里的工作都由阿湃处理。"

母亲微笑着点点头,满怀期待地凝视着儿媳。

素屏又说:"在部里,阿湃的位置不能算不高,可他身上穿的还是旧日的那套黑西装,戴的还是学生时代的那顶蜜色通帽,说话还是那么柔和,没有一点得意和自大。他总是早出晚归的,因为工作实在是太繁重了。"

母亲不解:"就连一点休息的时间都没有?"

素屏道:"阿湃说现在是开创阶段,所以他又要制定规章制度,又要处理日常事务,忙得像一只小蜜蜂。"

母亲喃喃自语:"唉,这样可不行啊!"

儿媳也叹了一口气:"妈,等阿湃回家来,您可要劝劝他。他现在身居高位,可说话还是像过去那么直,连总理他都敢顶。"

母亲大吃一惊:"总理?难道是孙中山总理?"

儿媳道:"可不是!有一次开会,大家谈起农民要求减租的事,有人说连租种沙田的佃户也抗缴附加捐,这不是把农民运动的矛头指向政府了吗?阿湃当即反驳,说农民要求减租是正当的,政府应该带头做出榜样;至于经费,可以另外设法筹措。听他这么一说,孙总理便问,农民既然种沙田亏本,为什么不另谋别业?阿湃也不知道回旋,便直通通地顶过去说,土地对于农民就像池塘的水对于鱼,如果水干了,鱼便不得不困在池塘里,哪能到别的池塘去?"

听儿媳这么说,母亲的手哆嗦了一下。她竭力掩饰着慌张,哑着嗓音虚弱地说:"唉……阿湃的性子……一点也没变……"

素屏道:"是啊,他像牛一样卖力地工作,可脾气也像牛一样,总是得罪人!"

母亲心事重重地询问:"那阿湃啥时候回家?"

儿媳道:"他一时半会回不来。他说广东各地都要建农会,需要大量的干部到农村去,所以他想搞个农民运动讲习所。"

"啥叫讲习所?"母亲十分好奇。

"就是像学堂那样的地方,只是学员上几个月就能结业,学的都是和农民有关的问题。现在,阿湃又是请教学人员,又是拟订教学计划,经常是白天在广州城里奔波,半夜回来趴在桌子上写计划。"

"哦!那他哪里有时间回家!"

母亲有些失望。她以为儿子在广州做官,日子会过得舒适些,没想到会忙成那样。

素屏道:"妈,他不是不想回家看您。本来,他想把周主任安顿好了就回家一趟,可现在,他又要挤出时间来写书。"

第十章　营救农友

母亲的心里好受了很多:"谁是周主任?"

素屏道:"就是周恩来!他9月初从法国留学回来后,阿湃专门到长堤天一码头去接他。他才二十六岁,就已经是黄埔军校的政治部主任了,真正是年轻有为!"

母亲不觉好奇:"那他是不是像武松那样高大,武功很厉害?"

素屏"扑哧"一下笑了出来:"他比阿湃高一些,也是中等身材,骨骼小而结实,可他比阿湃俊多了,两道眉毛像墨笔画出来的,眼睛又黑又大。他为人处世既温和又冷静,不像阿湃那么咋咋呼呼。"

母亲不禁担忧起来:"那周主任是不是不喜欢阿湃?"

素屏又笑了起来:"喜欢得很!他们总是一聊就聊到深夜,还会一起大笑。阿湃很崇敬他,还把自己的房间让给他住,他搬到了别处。"

母亲如释重负地吁了一口气:"阿湃就是这样的人……"

素屏道:"阿湃总是说他下乡的那些事,说他怎么找您借粗布衣,怎么拿留声机到榕树下,怎么把田契一张张烧掉,听得周主任哈哈大笑;周主任说的都是他在法国的事。他说法国可不像传说中的那么浪漫,很多人都住在贫民窟,工人干一天活才能挣十法郎,买的面包刚刚够糊嘴。如果遇上经济危机,工人就会像垃圾一样,被工厂主丢到大街上。"

母亲听得非常仔细:"哎呀,那他们的日子还不如农民,农民还有地!"

素屏点头道:"所以,阿湃总说工人是最有革命性的!当工人和农民汇在一起后,就像小溪汇进了大河,大河再汇到大海那样,革命才能成功。周主任说阿湃讲得好,让他把下乡的事都写下来,让更多的人知道。"

母亲的心里跌宕起伏:"下乡的事有那么重要?还要写成书?"

素屏望着母亲说:"其实,阿湃去年就开始写了,可草稿在'七五'农潮时被毁了。后来,他为了给讲习所的学员上课,就写了个小讲义,大家听了都说好;现在,周主任让他多写一点,写长一点,争取能出一本书。等出书的时候,他来题写书名。这样一鼓动,阿湃便来了劲。最近,他每天都写到半夜,说争取明年就写完。"

在母亲眼前,即刻浮现出一幅画面:儿子趴在桌前,长条状的背部就像一块大树桩,一动不动。她知道,儿子是那种极认真的人,只要定下目标,便会想尽一切办法完成。

她叮嘱儿媳:"工作要紧,身体也要紧!你可要多操点心!"

儿媳点头道:"妈,饮食起居我自会打理好的,您就放心吧。"

母亲笑道:"放心!放心!"

第十一章 贵客登门

"来客了！来客了！"

1925年2月底的一天，彭汉垣从公平镇赶回海城镇后，先回了一趟家。他走进母亲的上房后，神情激动地说："妈，四弟要回来了！"

母亲露出了微笑，就像个小女孩，兴奋的表情溢于言表："老三，这是真的吗？"

彭汉垣道："绝对是真的！您还得帮他拾掇拾掇屋子。"

母亲爽快地答应着："那没问题。"

彭汉垣又说："妈，这一次，您可得多拾掇出几间屋子来，因为来家里住的不只是四弟，还有几位贵客。"

母亲知道，这就是阿湃的风格。她点头道："哦，哪里来的贵客啊？"

老三回答："这一次，四弟是和东征军一起来的，所以有些领导可能要住在咱家！我已经备了十头大肥猪准备犒劳部队，还要发动农民敲锣打鼓地去欢迎他们，我寻思着，也许两天农会就能恢复起来……"

母亲听了这连珠炮般的话语后，越发高兴起来："那敢情好啊！不过，东征军是咋回事？"

老三解释道："妈，您不知道，就在今年年初，陈炯明在外国势力的支持下，纠集了一批人准备进攻广州，推翻广东革命政府。革命政府哪能答应！他们决定东征去讨伐陈炯明，主力部队是黄埔军校的师生。"

母亲不觉有些担心："学生仔能打得过军阀吗？"

彭汉垣道："那些学生仔和旧军阀可大不相同，他们各个都想报国，在战场上能出生入死，哪能打不过呢！那陈军就像野蛮的土匪，不是奸淫掳掠,就是杀人放火,农民都气得很。听说东征军要经过白云、鹅埠、赤石、梅陇一带,农民便到处插着农会的旗子表示欢迎,还摆茶摆水,大喊'革命万岁'!"

母亲笑了起来:"农民都这么热情啊!"

彭汉垣点头道:"有的农民还加入了冲锋队,有的农民自愿当向导、侦探和帮工,他们说,只要能打败陈军,干什么都行!"

母亲道:"真好啊!"

等老三出门后,母亲便开始打扫卫生,铺床叠被。她走路时的样子很轻盈,因为她的步子,连同她的衣裳和举止,甚至她的呼吸,都很轻很轻。她干得满头大汗,浑身却沸腾热血。一想到阿湃就要回家了,那种满满当当的充盈感让她备感幸福。唉,不管儿子翻了多少座山,跨了多少条河,在母亲心里,儿子还是那个需要照顾的孩子。

干活时,母亲的脑海里不断浮现出自己生产时的一幕幕。作为产妇所经历的痛,是一般人难以体会的,就像是有人不断用匕首刺下体。当她实在无法忍受时,便死死地咬住衣袖,以防止自己尖叫出来。可是,那些"啊,啊"还是忍不住泄露了出来。

虽然阿湃不是她的第一个孩子,可是那种撕心裂肺的痛感,依旧十分强烈。

事实上,任何一次分娩对母亲来说,都是第一次。

好在阿湃是个强壮的男婴。当她把身体凑上前后,那眼皮半张的婴孩闻着味就张开了嘴,狠狠地叼住了乳头。那一刻,她嗅到了孩子身上那股特殊的味道:热烘烘的汗味掺着甜丝丝的奶味。那种味道,似乎一直都保留在母亲的鼻腔中。

现在,当母亲将床单捋平时,内心里激荡着疼爱、怜惜和自豪。阿湃已经长大了,可长大后的阿湃,依旧是母亲的孩子。

母亲像一阵轻风,让所到之处都变得整洁起来:灰尘扫掉了,桌子擦干净了,床也铺好了。她又进了厨房,开始准备做咸茶。

她从柜子上拿出内壁有锯齿纹的牙钵,放入茶叶后,用半米长的擂槌又碾又转;当茶叶被完全捣碎后,加入熟花生米、芝麻和薄荷叶,继

第十一章 贵客登门

续又碾又转；最后，她把糨糊状的汁液倒入一个个茶碗中。等到客人来了后，她再给碗里加上炒米和咸盐，倒入开水后就能喝了。

母亲忙碌地干着活，并不觉得累。

阿湃！能让母亲开心的秘密钥匙，就是阿湃！母亲思念儿子的时间，实在是太久太久了。

这天晚上，儿子果然带来了几位客人。

他们都身着戎装，气宇轩昂，举止洒脱。当母亲看到贵客后，不禁大吃一惊。虽然，她已经做好了待客的准备，可她却万万没想到，客人中还有两位高鼻深目的外国人。儿子赶忙向母亲介绍："这位是苏联军事顾问鲍罗廷将军，这位是加伦将军，这位是谭平山先生，这位是周恩来先生……"

母亲凝视着周恩来，发现他比自己想象中的还要俊朗。他就像是从电影画报里走下来的人一样，完美得不像真人。他的肩膀虽然不宽，但身体却很结实；他的腿虽然不长，但个子并不矮；他的鼻梁很高，唇线分明，一对黑色的眸子能吸光，就像两条长长的隧道。他"啪"地向母亲敬了一个礼，然后又鞠了一个躬。母亲赶忙回礼。

儿子说："周恩来先生现在是黄埔军校的教导主任！"

母亲马上表示感谢："谢谢周主任！犬子在您的教诲下，才有了今日的成绩……"

周恩来微笑着说："老人家，您可千万不要这么说。阿湃大我两岁，是我的好兄弟。您姓周，我也姓周，所以您也是我的母亲。以后，您就叫我'恩来'好了。"

母亲连忙点头道："恩来好！恩来好！"

周恩来也微笑着说："母亲好！母亲好！"

彭湃也笑了起来："哎呀！好妈妈，您今天可赚大了！像周主任这么出色的好儿子，那可是打着灯笼都难找啊！"

周恩来摆手道："哪里，哪里，是我赚了才对！若不是母亲您深明大义，鼎力支持，阿湃哪能做出火烧田契、建立农会的事！这些可都是前无古人后无来者的壮举啊！以前在广州时，阿湃总向我炫耀他有一位好母亲；现在，您也是我的母亲了，看阿湃还有什么得意的资本！"

彭湃爽朗地笑了："母亲，以后您不再是我的母亲了，而是我们的母亲！"

母亲笑着点头道："你们都是好孩子！我愿意当你们的母亲！你们革命不是为了自己，是为了天底下的穷人。我也是穷人出身，知道穷人的辛苦，所以我支持你们！"

周恩来点头道："母亲，您真有大气魄！"

彭湃说："好妈妈，您今天得了个好儿子，是不是要把那号称'海丰第一'的咸茶端出来庆祝一下呢？"

母亲道："早都准备好了！我这就端出来！"

当热腾腾的咸茶端来后，男人们端起茶碗，大口大口地喝了起来，个个都像贪嘴的孩子，眼里闪着喜悦的光芒。听着那些吸溜吸溜的声音，母亲满心愉悦。

周恩来喝完一碗后，不觉点头称赞："香！真香啊！"

彭湃笑了起来："恩来，我没骗你吧？在广州时我就说过，我母亲的咸茶是'海丰第一'！"

周恩来即刻正色道："湃兄，你错了！"

大家一听，全都睁大了眼。这时，母亲也有些手足无措。她知道周恩来曾留学法国，应该喝过世上最好的茶，自己这土里土气的乡下茶，自然入不了他的法眼。

周恩来笑眯眯地说："这咸茶的味道自然是第一，可'你母亲'也是'我母亲'啊，所以，你错了！"

原来如此！

众人大笑时，母亲也灿烂地笑了起来。她对这位剑眉星目的男子感觉越来越好。当他称自己为"母亲"时，那亲切的声音就像他是自己失散多年的孩子。她想，如果恩来能在家多住几天，能多喝几顿咸茶就好了。

当母亲在厨房忙着准备晚饭时，客厅里的谈话声不时会传到她的耳畔。

第十一章 贵客登门

原来，他们正商量3月3日开会的事。

儿子说，可能会有三万多人参加海丰全县农民欢迎东征军的大会；儿子还说，要请中共中央委员谭平山和苏联顾问加伦将军发表讲话；儿子又说，一定要在这次大会上宣布"恢复农会"。听到这里，母亲忍不住用衣袖擦了一下眼角。想起"七五"农潮后，她整日在厨房忙着做吃食，又提着食盒送到监狱门口，一送就是半年多。现在，农会能光明正大地恢复了，真是一件大好事。

母亲听到儿子说："如果农会得以恢复，那每天至少有上千人来加入农会！"

当有人表示异议时，儿子的声音变得高亢起来："你们知道吗？农会被解散后，还有三百多农民秘密地加入了农会！现在有了政府支持，农民肯定会踊跃加入的！"儿子还说了他的计划："农会恢复之后，还要成立工会、妇女协会、少年先锋队，我们要将所有能团结的力量都团结起来！"

母亲听着听着，发现讨论的声音不知为何低沉了下来。突然，儿子的声音不仅变得高昂起来，还带着他惯有的坚决和果断："一定要建立自己的武装力量！一定要成立海丰农民自卫军！我们可以选那些思想觉悟高、身强力壮的农民组成这支队伍。我建议，让李劳工担任总队长，林甦担任党代表。"

这时，母亲听到周恩来的声音："我同意彭湃同志的建议。我可以选派黄埔军校的吴振民、卢德铭等军官担任教官，对农民自卫军进行军事训练，提高他们的战斗力。"

儿子热烈地说："那就太好了！"

突然，响起了一阵敲门声；接着，一群人脚步杂沓地走了进来。原来，知道"彭湃同志"回来了，人们纷纷赶来慰问。母亲惊诧地发现，访客实在太多了，上一拨还没走，下一拨又来了。原来，这些人不仅来自海丰的各乡村，还有从陆丰、惠阳和惠来赶来的人。

母亲简直不能相信：儿子回来后的这几天，前后来访的人数大约有七八千之多！

这段时间,母亲除了要料理客人的饮食起居,还要照管三岁的孙子彭干仁。原来,儿媳被党组织派去南丰、民生、平民三个布厂开展工作。干仁是母亲用米糊喂大的,所以对母亲很亲昵。祖孙俩在一起又说又笑,一天很快就过去了。晚上,当儿媳回来后,会和母亲谈起女工的事。

儿媳说:"为了让女工能组织起来,自己解放自己,我先到纺纱车间找女工谈心,向她们介绍苏联人民过着自由而幸福的生活。"

母亲不禁好奇:"她们愿意听吗?"

儿媳道:"愿意!我跟她们说,要想过上幸福的生活,就要有共产党的领导。她们就问我,共产党是什么。"

母亲不觉好奇:"那你是怎么回答的?"

素屏笑着说:"我就说,共产党就是帮人解除痛苦,让人挣脱束缚的党。可那些女工又问我,啥叫'束缚'。"

母亲不觉好笑:"那你又是怎么回答的?"

儿媳说:"我就给她们打比方。我说,好比你们这么小小年纪就出来做工,在工厂受资本家管辖,这还不说,还没有一点人身自由,这就叫'束缚'。女工听了马上两眼放光,说懂了。"

母亲笑了起来:"这个比方打得好!"

儿媳说:"我还给她们说,苏联有共产党,有共青团,海丰也有,像你们这样的年龄可以加入青年团,你们想加入吗?她们说想。我又说,给人知道了,要杀头的,你们怕不怕?她们说,平日给人欺负,不如给人杀死!"

母亲大吃一惊:"这些女工可真有骨气啊!"

儿媳道:"可不是!我还对她们说,想参加青年团的人,不可抹粉,要老实,生产要积极,又要肯帮助人,这样才能有群众威信。她们各个都点头,说能做得到!"

母亲的脸色凝重了起来:"唉,海丰女人的日子,实在是太苦了……"

儿媳道:"妈,她们其实都是极聪明的人,只是没条件学习,也不知道怎么革命。现在,她们有了组织,心里可高兴了!她们还发明了自己才能懂的行话!"

母亲瞪大眼睛:"行话?就像海边渔民说的海角话那样?"

儿媳点头:"是呢!如果到郊外开会,她们就说,走,去摘苦刺心!如果到工友家开会,她们就说,走,去喝咸茶!"

六月的午后,阳光暴烈,蝉声吱吱,黏稠的空气里裹着一丝丝的海腥味。

简短的睡眠突然来临,事先并没有通知母亲。她昏沉沉倒在床上,很快便睡着了,像一台机器暂停了下来。

自儿子回家后,她的身体被快节奏弄得筋疲力尽。

无论来的是怎样的客人,母亲都会用温柔的笑容和亲切的话语接待他们。她眼里那星星般的光芒,让客人倍觉安心。每一天,她的手指都灵巧地活动着,让屋子变得整洁有序,让饭菜变得有荤有素。现在,她睡着了,像一尊观音菩萨的雕像。

和所有的母亲一样,她也有秘密,然而她的秘密并不难猜。

在母亲所养育的这些孩子里,她最疼爱的孩子便是阿湃。

一般情况下,她总是控制着自己,尽量不让这种爱过于外露,不要引起别人的注意。但其实,她根本做不到。自有了儿子阿湃,空气里就像熏了檀香,母亲总感觉身心舒畅。虽然儿子早出晚归,很少提及工作的事,但只要听到他嗵嗵的脚步和爽朗的笑声,母亲便会有种强烈的满足感。

母亲的午睡很快就被打断了——儿子带着一位朋友来家里做客。

这位年轻人看起来二十岁出头,穿着学生军装,瘦高笔挺,黑发浓密,鼻梁上戴着一副黑框眼镜,既文质彬彬又英气十足。

儿子笑着对母亲介绍:"妈,他就是聂绀弩,就是那个经常说'我不在内'的怪人。"

聂绀弩向母亲行礼道:"大妈好。"

母亲笑了:"什么怪人?我看很正常嘛!"

儿子道:"好妈妈,您要是能给我们喝点'海丰第一'的咸茶,我就告诉您他怪在哪里。"

母亲转身进入厨房,开始有节奏地擂茶。她听到客厅里被两个年轻人忽高忽低的声音填满了。他们就像在进行一场辩论赛,你一句、我一句,语气热烈而尖锐。

"要废除原有的乡里约正的旧制,还要取消苛政,禁鸦片,禁蓄婢,兴修马路……"

"对!还要整顿警察,取消'伙头鸡''三下盖'这些恶习……"

"学员不光要懂政治学的知识,还要懂社会学和经济学的知识……"

"对!每天两个小时的军事训练后,周末要到农村进行社会调查……"

"还要加上劳动!自己如果不干活,根本不会明白农民所受的苦……"

"学员毕业后,一部分留在海丰工作,还要派些人去陆丰、五华、普宁、揭阳、潮安、饶平……"

母亲原本觉得儿子总像一团火,喜欢大声地发表自己的意见,可那个年轻人似乎更坦率更直爽。说到兴奋时,他总是忍不住嚷出一个"对"字。听着听着,母亲有些忐忑不安,怕他们因为争执而生气。然而,等她端茶出来后,发现两个人虽然语调高亢,但脸上都挂着满满的笑意。

聂绀弩端起茶碗后赶忙说:"大妈,给您添麻烦了,谢谢!"

儿子笑了起来:"妈,您看他现在的样子,是不是觉得彬彬有礼?可他的学生都叫'怪人'!"

母亲宽厚地微笑着:"哪里怪了?我看很正常啊!"

儿子道:"妈,您有所不知!绀弩虽然是湖北金山人,可他曾在马来亚的吉隆坡和缅甸的仰光都工作过,可谓见多识广。去年,他考入黄埔军校后,很快便成为优秀学员,所以周主任才把他和他的几个同学派到海丰来搞培训!周主任还特地拨了四十支步枪给我们呢!"

聂绀弩的脸上即刻浮现出古怪的笑意:"哈哈,你更喜欢枪而不是我们吧？"

儿子道："都喜欢！都喜欢！"

母亲赶忙打圆场："你去过外国，真厉害！可你看着年龄不大啊？"

聂绀弩回答："大妈，我今年二十一岁。"

儿子说："妈，他虽然年轻，可已经是我们讲习所的革命文学教员！他是个大才子！他发表在《陆安日报》上的那些自由体诗和杂文，文辞犀利，思想深邃，见解独到，常常会有一些惊人之语，令读者过目不忘，拍案叫绝！"

聂绀弩摆摆手："哪里，湃兄才是思想深邃，见解独到，我就是写了点小感想而已。"

儿子说："好妈妈，绀弩的这些小感想，一般人可想不出来！他读书多，视野宽，爱思考，所以一下子就看穿虚伪和不公平的事！他是真正的大才子，我自愧不如！"

母亲赶忙说："绀弩，那你以后要多帮帮阿湃，不管是工作，还是生活……"

陡然间，儿子爆发出爽朗的笑声："好妈妈，绀弩在工作中帮我就可以了，至于生活上嘛，他能把自己帮好就不错了！"

母亲奇怪："这话怎么说？"

儿子说："妈，您有所不知，绀弩的生活毫无规律，书桌和床头到处是烟头和烟灰；他又太聪明，对看不惯的事总是忍不住讽刺一下，行为做派和海丰人完全不同，所以有些人觉得他很怪……"

母亲吁了一口气："烟头和烟灰有啥好怕的？以后让夫人收拾就好了！"

儿子拍手道："好妈妈，您说得极是！绀弩已经找到收拾烟头和烟灰的人！"

母亲不觉欣喜："那敢情好！可不知是谁家的姑娘这么有福？"

聂绀弩连忙摆手道："哎呀，还不一定能成……"

儿子道："讲习所有位女学员叫敖琼的，您可记得？"

"敖琼？"母亲摇摇头。

儿子提醒母亲："那您记不记得五一劳动节的事？"

母亲道："那我可记得清清楚楚！那一天，街上有两万多人吧！你在台上喊'拿起来'，农会会员就把手里的尖串都举了起来，密密麻麻一大片；你又喊'放下去'，大家便把尖刀放下去，就像啥都没有。你说：'这说明什么？说明我们的力量很强大！'大家都喊'劳工万岁'。后来，大家还唱了'革命歌'和'劳动歌'呢！"

儿子笑了起来："好妈妈，您记不记得开会后的游行？"

母亲道："我跟在队伍后面游了好几条街，回来后小腿疼了半天！"

聂绀弩道："大妈，那您记不记得走在游行队伍最前面的那些女学员？"

母亲的眼睛亮了起来："哎呀，那哪里能忘！她们各个都剪着短发，头上戴着胡仔笠，脚上穿着千里马草鞋，腿上缠着绿绑带，腰上系着褐色的皮带，皮带里还插着小短枪，手里摇着小红旗，看着比男人还爽利呢！"

聂绀弩笑了起来："伯母，您看得可真仔细！"

母亲道："我哪里用得着仔细看，只要看一眼，一辈子都忘不了啊！女人剪短发，缠绑带，佩着枪，这可是做梦都不敢想的事啊！"

聂绀弩道："您知不知道，有个老人家堵在路中间，跳起脚来骂女学员'不守妇道'……"

母亲瞪大眼睛："有这回事？我一直都跟在后面，所以没看见。"

聂绀弩道："哎呀，那老人家气得浑身发抖，山羊胡子还一翘一翘的。"

母亲不觉好奇："那女学员们是不是都羞得低下了头？"

聂绀弩放声大笑："没有！她们根本不看他，直接从他身旁走了过去，嘴里还大喊着'劳工万岁'。"

母亲的脸庞泛起红晕："喊得好！"

儿子道："好妈妈，您知道他啰啰唆唆说这么多，到底是为了啥吗？"

母亲的眼睛弯成月牙："莫不是有你喜欢的女学员在里面？"

儿子拍手道："好妈妈，您真聪明！敖琼就走在最前面！她是高等女子学校的毕业生，人长得美，又十分聪明，性格也活泼，还很能干，又给东征军送慰问品，又参加白话剧的演出，还是新学生社的社员。"

母亲点点头："怪不得绀弩会喜欢！"

儿子道："绀弩和她在讲习所认识后，一起学习，一起训练，一起下乡，一起散步，现在已经变得形影不离；敖琼想解除父母定下的婚约，可她的父母却不同意，绀弩正在为这个事苦恼呢！"

母亲轻声询问："那该怎么办？"

儿子道："妈，您就放心吧，敖琼能处理好这件事。六月份，海丰妇女解放协会成立了，她是执行委员，她还加入了共产主义青年团，革命性很强，所以她一定能做通父母的工作！"

听了这话，聂绀弩也振作了起来："妇女解放协会的宣言说，要反帝反封建，反对资本家压迫，实行八小时工作制，男女同工同酬，反对蓄奴纳妾，反对溺弃女婴，反对妓馆……"

母亲大声说："反对得好！"

儿子也拍手道："好妈妈，我还要请您帮个忙呢！"

母亲以为是让她找敖琼父母说和，便犯了难："哎呀，我不认识敖家的大人啊！"

儿子道："敖家的事让绀弩自己去办好了，我说的是彭家的事。"

母亲不解："彭家有什么事？"

儿子道："您刚才也听到了，连妇女解放协会的宣言里都呼吁要实行八小时工作制，男女同工同酬。我想请您和二哥谈一下，让他的平民织布厂先执行八小时工作制……"

母亲有些犹豫："让我和达伍谈？"

母亲的心里打起了小鼓——彭达伍在彭家有着极为特殊的地位。虽然彭银是长孙，可由于他是过继来的，所以并不管家，"彭名合"的经营及家中的大小事务，皆由老二彭达伍操持。虽然彭达伍是个稳重踏实、知书达理的人，但他毕竟是王氏所生，和自己隔着一层。

儿子凝视着母亲说："妈，咱们海丰的农民运动一直搞得很好，可工人运动就差了很多，这样可不行！您给二哥说的时候，还要加上这样一条：给生活贫困的工人增加工资，给因参加革命活动而误工的工人发放补贴。您要对二哥说，要顺势而为，不能逆势而行。"

母亲奇怪："那你自己说岂不更好？"

儿子道："好妈妈，这您就不懂了。您给二哥说，那是长辈的一个建议，他可以听，也可以不听，这样他便有一个思考的时间；若我去说，是弟弟给哥哥提建议，他会感觉没面子，即便采用了这个建议，心里也会不痛快。"

母亲不觉深为感慨，儿子在摔摔打打中变得成熟了起来。现在的他，早已不像少年时期那般直率尖锐，而更圆融周到了。她点头道："那我就试试看？"

儿子诚恳地说："妈，试试看可不行，您一定要办成。您想想看，如果有了第一家，就不愁没有第二家，这样咱们海丰所有的工厂便都能实现八小时工作制。只有把工人、农民和受压迫的人都组织起来，拧成一股绳，革命才能胜利！"

聂绀弩激动地拍手道："对！就是这个理！"

儿子热烈地望着母亲："好妈妈，我们肩负着破坏旧世界、创造新世界的使命，这可是伟大的历史使命！如果我们落后了，犹豫了，那就是对伟大使命的背叛！所以，我们一定要尽最大的力量去完成能完成的事！"

儿子的脑袋里像藏着一个小火炉。从那火炉里释放出来的能量，让母亲的身子发热发烫。

这个男人虽然是从她的肚腩里长出的果实，是她把他喂养大的，可现在他却变成了精神母亲，而母亲则变成了孩子。

好日子总是转瞬即逝。

没过几日，儿子便匆匆赶来向母亲辞行。儿子走后，海丰城的气氛变得古怪了起来。

母亲整日提心吊胆，一会儿听说有个村子被烧了，一会儿又听说有个农民被杀了。虽然她整日在厨房里干着繁重的活，眼角周围出现了很多皱纹，手指也变得粗糙黝黑，可她并不在意。她觉得只有在卖力干活时，才能驱散心中的忧郁。

忙碌一天后，她累到骨头发疼。倒在床上，她希望一闭眼就能进入梦乡。然而，这件貌似轻松的事办起来并不容易。在她的脑海里，总会浮现出儿子的面孔。就在不久前，他还坐在椅子上，热烈地讲述着什么。可现在，这一切都像是一场梦。

然而，她坚信儿子一定会回来的。

果然，这一次被母亲猜中了。

东征军第二次来到海丰的时间，是10月22日。这天晚上，儿子推开母亲的房门："妈，这几个月让您受苦了！"

母亲赶忙询问："不苦不苦。你怎么样？累不累？要不要喝一碗咸茶？"

儿子朗声道："好妈妈，您的咸茶让我想了一路！"

当儿子端起茶碗后，母亲的目光又变得充实了起来。她知道这样做是不对的：父母不该过于宠溺自己的孩子，那样会带来可怕的灾难。然而在她眼里，阿湃就像亮晶晶的宝石，怎么看都看不够。她说："他们都说你们不会回来了，可我说你们一定会再来的！"

儿子说："好妈妈，我们肯定会回来的！"

母亲道："上次你走得那么匆忙，到底是为了啥？"

儿子道："妈，有个桂系军阀叫刘震寰，还有一个滇系军阀叫杨希闵，他们趁东征军离开广州后就发动了叛乱，妄图颠覆革命政府，所以东征军便回师广州。那一次，我带了三百多个农民自卫军，很快就平定了叛乱。"

母亲道："你们一走，这里就有人开始杀人放火了！"

儿子道："我知道，东征军一走，陈祖贻（陈月波的儿子）那帮土豪劣绅就高兴起来了！他们和窝在闽粤赣边界的陈炯明部队勾结起来，对农民进行反攻倒算，不仅烧了二三十个乡，还打死了五六个农会干部和群众！"

母亲深深地叹了一口气："唉，这些可恶的狗东西！"

儿子的声音也低沉了起来："妈，我最好的同志李劳工也牺牲了！他没有接到撤退的通知，所以孤军奋战，最后被地主民团给抓住了！他才二十四岁！"

"李劳工？"母亲的心猛地往下一沉。

儿子道："我在广州时就说，国民政府一定要进行第二次东征，要彻底荡平反动势力。如果政府坐视不救，东江人民就会对革命政府大失所望，而革命群众也会牺牲在反革命派的手中。只有马上出兵潮梅，收复东江，才能把东江人民解放出来，革命政府也才能有对外发展的余地。"

母亲道："政府同意了你的想法？"

儿子道："在我的据理力争下，国民革命军举行了第二次东征。东征军是攻下了惠州后才来到海丰的。"

母亲点头道："那你们准备怎么干？"

儿子说："妈，我想先把各区乡的农民协会恢复起来。我预计，海丰城的未来将是一个政治清明、物价低廉、路不拾遗、夜不闭户、地主不敢收租、农民收获归自己的好地方！"

母亲道："如果能实现，那就太好了！"

儿子道："一定能实现的！"

第十二章　儿子回家

"妈，阿湃要回家了！"1927年11月初的一天，儿媳欣喜地对母亲说。

母亲瞪大了双眼："当真？"看到儿媳点头，她的嘴角便弯了起来。

儿媳对婆婆说："妈，咱们家也做'红龟桃'吧！听说为了迎接起义军进城，妇女协会发动全城的女人都在家做'红龟桃'！"

母亲道："嗨，那有什么难！在米粉里加上红颜色，放在笼屉上一蒸就成了啊！"

儿媳面露难色："妈，这几天我要给起义军送水、送饭、洗衣服，还要给伤病员敷药……"

母亲说："做'红龟桃'的事你就别管了！你把干仁也交给我！"

儿媳道："听说爸爸要回来，干仁可高兴了，他还一个劲地猜爸爸会带什么礼物回家！"

母亲道："阿湃那么忙，哪里有空买礼物？"

儿媳道："妈，我出门后买个小东西，就说是他爸爸送给他的……"

母亲道："这可是个好主意！"

儿媳道："妈，您是位母亲，可我也是位母亲啊！"

母亲点头道："不管孩子多大了，可孩子还是孩子！"

儿媳用热烈的眼神看着婆婆："所以，母亲们要相互帮助，才能把她们的孩子带好！"

对于这笔交易，母亲似乎很乐意达成。她慷慨地说："一言为定！"

两位母亲对视一眼，会心地笑了起来。

母亲询问:"也不知阿湃能在家待多久?自从去年年初他去了汕头,当那个潮梅海陆丰办事处的主任,他回家的次数就越来越少了!"

儿媳道:"是啊,1926年他可是忙了一整年。年初时,省农民协会为加强农民运动,把全省划成七个地区,潮梅海陆丰这块就交给了阿湃。他到了汕头后,又是调查,又是筹划,一点点开始干,已经干得像模像样了。五月份,他到广州参加第二次农民代表大会时,还介绍了经验。可是,农民工作哪里有那么好干!8月和9月,花县和五华连续发生了地主民团勾结土匪焚劫村庄、屠杀农民的事,阿湃又忙处理;到年底时,汕头总工会的委员长杨石魂居然被人绑架,阿湃又忙着营救。唉,他哪里闲过一天!"

母亲道:"去年一整年过得真快,可今年好像比去年过得还要快!你看这一眨眼,又到年底了!"

儿媳道:"今年,阿湃也没闲着。3月,他去武汉参加'五大'的会议后就留在武汉工作了,可那里的形势也很紧张。8月,他参加了南昌起义后,又到香港。这一次,他就是从香港过来的。"

母亲轻轻地叹了一口气:"他啊,就像个火炉子,啥时候都热气腾腾的。"

母亲一直在等儿子回家。

现在的等,和以往的等不一样。以往,她不知道儿子的归期,总感觉那一刻远在天边;可现在,她知道儿子回家的脚步越来越近。也许是明天,也许是后天。这样想的时候,她显得有些急躁。对母亲来说,见到儿子是她在这个世界上最难以言说的快乐。没有任何事,能和这件事相提并论。母亲正在慢慢变老:眼皮越来越下垂,精力越来越不济,头脑越来越昏沉。可是一想到儿子马上就要回家,她又充满了力量。

几天后的一个夜晚,儿子推开了母亲的房门。母亲正坐在椅子上打盹,整个人迷迷糊糊的,所以她以为眼前的人影是幻觉。

儿子马上握住了母亲的双手:"好妈妈,革命快成功了!"

母亲发现儿子的眼睛格外明亮,整个人都在发光,不觉惊诧:"啊?真的?"

第十二章　儿子回家

儿子亢奋地说："这一次，我是作为东江特委书记回来的，我要负责创建海陆丰红色政权，这可是个大任务！"

母亲问："那你又要忙起来了？"

儿子一挥手："嗨，忙算什么！比起南昌起义遇到的困难，这些都算不了什么！"

母亲让儿子坐下，轻声说："南昌起义是怎么回事？"

儿子沉默了起来。他思考了一下，然后说："妈，我得先给您说点别的事，您才能理解起义的事。"

母亲惊诧地问询："有这么复杂吗？"

儿子点头道："3月下旬，我作为'五大'的代表到武汉开会时，全国的农民运动发展得非常好，有组织的农民有一千万人，而广东、湖南、湖北、江西都已成立了省农民协会，还有十多个省也成立了省农协筹备处。可那时，我就感觉山雨欲来风满楼。"

看到儿子的脸色阴沉下来后，母亲的心也惴惴不安起来。

"果不其然，国民党亮出了屠刀！4月12日，蒋介石在上海发动政变；7月15日，汪精卫又在武汉做出'分共'决定。您知道吗？在国共合作时期，共产党员的身份和住所都是公开的。现在，国民党拿着名单开始抓人杀人了！"

儿子那黑色的瞳孔里放射出异常明亮的光芒，像是被突然注入了某种强大的力量。他的声音在轻微地颤抖着："我们共产党人的数量从六万降到了一万！再这样下去，就要亡党！所以，要先隐蔽起来，保存实力，等待时机再说！"

母亲的心跳变得剧烈了起来，好像看到了一条蛇竖立起自己的尾巴。泪水几乎涌出了眼眶，可她却强忍着，不愿显现出一个弱者的姿态。

儿子的声音高亢起来："是他们先举起了屠刀，而我们只是还击！所以，党中央决定发动南昌起义时，我是举双手赞成的！周恩来是前敌委员会书记，我和谭平山等人是前敌委员会的委员。到8月1日时，战斗打响了，有两万多人协同作战，打了五个多小时，歼敌一万多，取得了重大胜利！"

　　母亲张大了嘴巴，却不知该说什么话。她的面色发白，整个身子在哆嗦。她不敢相信，儿子真的投入了战争！她只是木木地点着头："胜利就好！"

　　儿子却认真地解释："好妈妈，您知道吗？这一次的胜利和以往都不同，这可是我们共产党人向国民党反动派开的第一枪！"

　　母亲的胸腔像是塞了一块巨石，感觉沉甸甸起来。她忍不住轻声询问："那，国共不合作了？"

　　儿子一挥胳膊："人家都要赶尽杀绝了，再谈合作就是迂腐！果不其然，南昌起义后，他们调动了大队人马杀过来，要把我们碾碎在南昌城！"

　　母亲大喘一口气："那怎么办？"

　　儿子却笑了起来："哈哈，我们又不是树，等着让他们来碾来压啊！我们有腿，可以走啊！所以我们决定南下广东，占领汕头后取得国际援助，再夺回广州，建立广东革命根据地，然后再北伐，取得全国胜利！"

　　母亲的呼吸凝重了起来。她定定神，试图将目光集中到儿子脸上。可是，她感觉眼前的一切都变得虚幻了起来，甚至连儿子说的话也听不见。然而，这个暂停瞬间很快就消失了。她又看见了儿子的面孔，听到了儿子的话语。

　　"妈，您知道吗？当部队在往前走的时候，我的耳边只有草鞋与沙砾摩擦出的沙沙声。那时，我和大家的脑海想的只有一件事：轻便！要是不拿武器，不背包袱，只剩下两手两脚就好了。白天，我们躲在山里走；晚上，我们希望队伍就像一条黑线，完全融进夜色里。在这条黑线里，千万不要掺杂别的色彩，连农民的梭镖队也不行，那样就会暴露行踪的！"

　　母亲的眼前似乎出现了一幅画面：一支蜿蜒的队伍在慢慢向前行进。若从高空俯瞰，那队伍就像一节小树枝。

　　儿子接下去说："我们是沿着江西东部的山区南下的，那条路非常

第十二章 儿子回家

难走,加上天气闷热,很多人都用手巾包住脚伤,有些人还用手捧着溪水喝。休息时,大家虽然一堆一堆地聚着,但却连说话的力气都没有,只是用眼神来交流。有些人坚持不住,就当了逃兵。"

母亲变得紧张起来:"真有逃兵啊?"

儿子点头道:"当然有!我都抓住过!"

母亲的心揪了起来:"那你们怎么对待逃兵?"

儿子一挥胳膊:"当场枪毙!"

母亲惊诧地叫了一声:"啊!是不是太严厉了?"

可儿子却耸耸肩:"在战场上,最不能容忍的事就是逃跑!"

母亲内心的不安越发强烈,但她却找不到合适的词汇来表达,只是嘟囔着说:"哎呀……哎呀……"

儿子马上转换了话题:"我看这样不行,得要提振提振士气!要不,还没走到广东,人就全倒下了!"

母亲不解:"啥叫提振士气?"

儿子道:"就像炉膛里的火快灭了,赶快要扇风。那风虽然看不见,但却很关键。"

母亲点点头,这个她懂。

儿子道:"为了提振士气,我可没少想招。那些北方兵走不惯山路,可我却一点也不怕。我就跑到队伍的最前面,装成瘸子,一拐一拐地走路,逗他们笑;我还写了很多小纸片,挂在路边的树枝上,鼓励他们往前走。那些看到纸片的人,都会咧开嘴笑起来。"

母亲询问:"你都写了些啥?"

儿子道:"怎么好玩怎么写!'同志,快快走,走到广东吃月饼!''你的爱人在前面等你,你还不快快走吗?''哼!你走不动了吗?勇敢一点,快走!'我还在这些'妙文'下画上牛、狗、羊之类的小动物。原本,他们都愁苦得要死,看到了这些小纸片,便笑了起来,笑过后就有劲了!"

母亲努力聆听着儿子的解释,努力理解每一个字眼所表达的含义。

儿子说:"休息的时候,我就指挥大家一起唱《国际歌》,还唱东江山歌,也唱广东戏。他们唱累了,我就用怪声怪调唱情歌,什么'妹妹爱郎郎不在',这样一唱,大家就又笑了。只要笑起来,就有劲了。"

母亲点头道:"这倒是个好办法!"

突然,儿子变得调皮起来:"妈,您知道吗?这一路走下来,我得了两个绰号!"

母亲的心情也轻松了起来:"你们还会起绰号?"

儿子笑了:"行军太苦了,大家就用起绰号来解闷。他们有的人叫我'野猫',有的人叫我'快乐之神'。不管叫什么,我都响亮地答应!"

母亲感叹道:"这一路,你们可真是辛苦了"

儿子一摆手:"妈,我不算辛苦,最辛苦的人是周主任。"

"他怎么了?"母亲的脑海里即刻浮现出那两道浓黑的剑眉。

"周主任真是死里逃生!"

原来,当起义军解放了汕头后,大家一致决定取下国民党的旗帜,挂上自己的红旗。10月3日,当大家在普宁流沙镇开会时,敌人闻讯追来。

儿子道:"妈,您知道吗?这帮人实在可恶!他们的个子差不多一样高,穿着一模一样的衣服,走起路来像狼一样听不到声音。他们把在操场和课堂里学到的那些,都搬到了战场上。他们个个都是凶狠的杀手,无论是瞄准或射击,都有一定的姿势;那子弹在空气中划出的弧形,都是最准确的角度。"

母亲变得紧张了起来:"那你们怎么办?"

儿子道:"我们当然要回击!我们要利用复杂的地形,让每一颗子弹在射出之前,都能有被正确瞄准的余裕时间。每一声枪响,都是战士们从'静'到'动'的一次努力!"

母亲一声不吭,只是静静地凝视着儿子。一股怜悯的柔情充满了她的胸腔,令她透不过气来。她费力地说出了一句话:"有没有人倒下?"

儿子平静地回答:"自然是有的。"

母亲的心痛了起来:"那你们不难过吗?"

第十二章　儿子回家

儿子道："哪能不难过？可是，这又算得了什么！只要参加了革命，就是拿死来做出路的，这个大家都知道。战斗不能停，射击也不能停。"

母亲不知如何接话，只觉得喉头哽咽，呼吸难受。

儿子道："起义军被打散了，大家躲到了各处，周主任的情况十分危急，因为他染上了疟疾。他的脸色铁青，颧骨泛着红光，胃口差极了，连稀粥都喝不下去。他发着四十度的高烧，整个人神志不清，可还喃喃地喊着'冲啊'！"

母亲的呼吸急促了起来："哎呀，那你们赶快救他呀！"

儿子道："我安排了汕头的杨石魂把周恩来、叶挺、聂荣臻他们几个护送到香港。最后，那小子还真把这个事给办成了！"

母亲道："就是去年年底被人绑架后，你救出来的那个杨石魂？"

儿子道："是啊，他就是我在汕头的好兄弟。这一次，他可给革命立了大功！"

原来，杨石魂先让大家化装成贫民，又安排农会会员用担架抬着周恩来走。穿过大南山后，他们便隐蔽在金厢黄厝寮村。那个村子里有三十来户人家，都是可靠的革命群众。在那里，杨石魂请来中医为周恩来看病。考虑到敌人会马上追来，他们便抬着周恩来上了一条有竹篷的木帆船。

儿子比画着说："那船舱只有这么大，周主任被抬进去后，根本没剩多少空间。所以，杨石魂、叶挺、聂荣臻和船工他们几个人，只能挤在船舷上。开船后，偏又遇上了东风。风像一把大蒲扇，搅得海水直扑腾。小船就像一片叶子贴着浪尖上，一会儿在波峰，一会儿在谷底。船里的人被颠得坐不稳，很有可能被甩进大海！"

"啊！"母亲的脸色越发惨白。

"那他们……"她说话的声音很慢吞，像是害怕听到回答。

儿子的声音也低沉了下来："他们看船晃得这么厉害，赶忙用绳子将自己捆在桅杆上。那个时候，可是真正的'命悬一线'啊！"

母亲用衣袖擦拭着眼角，不断地点着头。

"他们熬了一个白天后又到了夜里。这时候,海面一片黝黑,比白天更吓人。到了后半夜,一弯月牙升起来时,船工才说过了匪船出没的地方,大家都安全了。"

母亲忙问:"那周主任怎么样了?"

儿子道:"他在香港养好了伤,已经安全回到了上海!"

母亲点头道:"那就好!"

儿子道:"好妈妈,我还得感谢您!"

母亲不禁纳罕:"我没做什么贡献啊!"

儿子道:"感谢您给了我一个好身体,所以我又能当'野猫',又能当'快乐之神'!"

母亲的心情舒缓了许多:"你这孩子,就会说笑!"

儿子感慨道:"好妈妈,这次行军我才知道,身体真是革命的本钱。本钱不硬,干不了革命!"

母亲像是想起了什么:"阿湃,这次你回家,能不能多住几天?"

儿子点头道:"这一次要多住些时日,因为要干的工作很多!"

母亲纳罕:"你前面说要创建红色政权,这话怎么讲?"

儿子道:"好妈妈,看到一个重要时机到来,真正的革命者怎能让它空空地过去!这段时间,广东军阀张发奎和李济深的冲突已由暗斗变成了明争。所以十月底时,红二师和工农革命武装先占领了海丰的公平镇和梅陇镇,接着又占领了汕尾市和陆丰县。11月1日,当他们准备攻打海丰县时,反动军队居然闻风逃遁,四百名保安员也吓得逃走了。所以,起义军直接把红旗插在了街头。"

母亲道:"我说怎么街上的气氛和原来不一样!"

儿子道:"陆丰已经开了工农兵代表大会,成立了革命政府,咱们海丰也要马上成立革命政府!"

母亲为儿子感到自豪:"这可不是一件小事!"

儿子道:"何止不是小事,还是开天辟地的大事!我们的这个举动,在中国前所未有,即使是在世界上,除苏俄外,也是第一次!这个举动,实开中国无产阶级革命的先声!"

第十二章　儿子回家

这是11月18日的海丰城。

走出家门后，母亲便穿过龙津桥，朝"学宫"方向走去。

她知道，"学宫"（后改名为"红宫"）就是全县工农代表大会的主会场。

母亲发现大街小巷都打扫得干干净净，家家户户的大门旁都贴上了红联，各种办事机构都挂起了红灯、红旗和红纱，马克思路、列宁路和卢森堡路两旁的房屋全都刷成了红色，外墙上还写着金黄色的标语。

母亲发现"学宫"里处处可见红色——那门口贴着一副红色的新对联，那外墙被刷成了红色，那回廊、走道、泮池周围的石栏杆则挂满红布花结，那大殿内的圆柱子也用红布捆扎起来，草地上铺满绿席子和绿松针；她还发现，"学宫"的屋子改变了用途：那前座左右侧的屋子变成了大会秘书处和总务处，二座文庙大成殿则成了会议大厅，而三座五代祠和四座尊经阁则成了工农兵的宿舍；最让母亲惊诧的，是会议大厅的正壁上，悬挂着马克思和列宁的巨幅画像。其实，那两个外国人的模样她早已熟悉，可看到那硕大的画像后，她依旧有些不适。她暗想，不知孔老夫子会不会生气？最后，母亲的目光落在了主席台上——整个大厅的核心位置。她知道等一会儿，将有很多双眼睛会紧紧地盯着这个地方看。

从大厅转出来，母亲走到了后院。

这里人来人往，充满欢快的气氛。只见那些战士一身戎装，气概峥嵘，枪上的刺刀似雪片般银白；那些赤卫队员则披襟阔步，手里的梭镖像星星般闪光；那些妇女队员将大刀横在背上，各个英姿飒爽，气概不输于男人；那些舞狮队、锣鼓队、八音队、曲班队的人都摩拳擦掌，做着登台前的准备。

快到十点时，有人喊了起来："准备开会了！"

母亲和后院的很多人都挤在了大厅旁的廊檐上。她努力地往前看，想找一个能看到主席台的位置。这时，有位年轻人将身体朝后挪了挪，把靠窗的位置让了出来。他亲切地招呼她："大妈，这里能看到主席台！"这是位白净而清秀的青年男子，除了个子又瘦又高外，那浓眉细

153

眼的模样还有点像阿湃。母亲感激地挪到那个位置后，朝他点头致谢。

当军乐队演奏完乐曲后，儿子和三百多名工农兵代表步入会场。一时间，掌声雷动。

身旁的年轻人低声喊了起来："彭湃同志来了！彭湃同志来了！"

母亲不禁好奇："你怎么说'彭湃同志'？"

那年轻人粲然一笑："大妈，这可是咱们东江人对彭湃的尊称。前几天我出城，路边有位老大妈问我，你是不是彭湃同志？我说不是。她就拽着我的胳膊不放，问我彭湃同志在哪里，她要找彭湃同志申冤！"

母亲宽厚地笑了笑，但却尽量让笑变得浅一些。

母亲看到儿子正微笑着向大家点头致意。他的笑就像一把火炬，让整个大厅变得温暖而明亮。儿子依旧穿的是广东特有的大襟学生制服、腊肠裤和草鞋，依旧是中等个、瘦长脸、相貌平常的模样，可他已经成为数十万群众拥护的领袖，被人们尊称为"彭湃同志"。母亲的心中充满了甜蜜的自豪感，可她努力保持着平静。

年轻人道："大妈，你看彭湃同志和别人握手时多有劲，一点也不像书生，简直像个粗鲁的农民！可这粗鲁一点也不让人烦，反而是他热情的表现！唉，我啥时候能和彭湃同志握上一次手！"

当儿子开始讲话时，大厅内顿时鸦雀无声。

儿子用沉稳的声音回顾了中国自辛亥革命以来的历史进程，讲述了工农群众在革命中的作用，还指出了蒋介石、汪精卫背叛革命后应该走的道路。无论是大厅内的代表，还是廊檐上的听众，都凝神屏息，试图将每一个字都印刻在自己的脑海中。

儿子说："广东军阀杨希闵和刘震寰叛变的时候，我工农群众牺牲了无数头颅，才把杨刘赶走。去年，国民革命军北伐，也是靠着我工农群众的力量，得以到达长江流域以至黄河流域。"

之后，他的声音低沉了下来，脸色亦凝重了起来。他指出："当工农提出减租加薪等正当要求时，国民党反动派却说这是叛变，是共产党捣乱。于是，他们到处杀共产党，杀工农群众！"

陡然间，他的声音高昂了起来："在湖北，他们杀了上万人！在湖南、江西和广东,他们也杀了几万人!"

儿子将胳膊一挥:"我们要解除痛苦,唯有团结起来,夺回一切政权,实行土地革命!"

母亲身旁的年轻人忍不住嘀咕道:"土地革命真有那么重要吗?"

儿子像是看穿了人们内心的隐秘,即刻做出解释:"我们要明白,土地是天然的,因为被地主资本家霸占,所以我们连一点田都没有;他们要永久地保护这土地,就组织了一个政府——反动政府;他们还组织一种军队——军阀;而且,他们害怕没有证据,又造出一种契约——田契;通过这些办法,他们把土地整个儿瓜分干净,并划定界限……"

年轻人不觉感叹道:"啊!我还以为土地原本就是地主的呢!"

在母亲眼里,儿子既年轻又健壮,浑身上下都充满了力量。当他站在台上说话时,一股青春的活力便无法抑制地扩散开来,让整个大厅都显得生机勃勃,让所有听到他讲话的人都感觉年轻了许多。

儿子声音洪亮地指出:"共产党是支持土地革命的,因为共产党知道我工农群众要解放,必须把这私有制打破不可。所以,共产党领导大家起来打倒反革命政府!打倒反动军队!杀尽土豪劣绅大地主!把一切田契全都烧掉!只有这样,农民才能得到真正的利益!"

台下的掌声,就像一堆燃烧的木柴发出的"噼啪"声,空气变得灼烫起来。

儿子接着说:"现在,李济深和张发奎因为互争地盘准备作战,李济深的部队虽然多一点,但他人比较戆,一味地残杀工人农民;张发奎的部队虽然少,但他人更厉害一点,能够和工人农民妥协。可是,无论是李济深也好,张发奎也好,都是我们的敌人,我们都要准备着和他们斗争!"

儿子的这些话对母亲来说并不新奇,因为他在家里常和母亲聊天。所以现在,母亲觉得自己已能理解儿子的所思所想了。儿子用更加有力的语调说:"国民党是怎样残杀我工农群众的!远的地方就不必说了,在我们海丰是可以看得出来的:指使民团保安队屠杀革命群众,烧屋抢产,这种种行为,早已暴露了它反革命的面目!我们要免受一切痛苦,就要起来拥护共产党,实行土地革命!"

母亲身旁的年轻人也喊了起来:"拥护共产党,实行土地革命!"

儿子挥舞着胳膊说道:"工农兵团结起来,打倒大地主土豪劣绅!实行土地革命!解除反动武装!土地革命万岁!世界革命万岁!"

年轻人不断地发出感叹:"大妈,您听听!彭湃同志说话的逻辑性多强!多么具有感召力!多么让人信心倍增!他绝对是个演说天才!这样的人物,几百年都不可能再出一个!"

当母亲微笑着准备离开时,有位邻居大爷认出了她,不禁喊起来:"哎呀,这不是彭湃同志的母亲嘛!"

廊檐上的人都睁大了眼,陡然间变得安静了起来。

那位年轻人即刻走上前:"哎呀,大妈,认识您真高兴!我姓林,您就叫我小林吧!请让我和您握一下手!"

母亲伸出了她的手。那双手既不白皙也不细腻,而显得粗糙黝黑。可是,年轻人握住那双手后,激动地说:"大妈,您的儿子是我们的榜样!想想看,那么优秀的彭湃同志,是这双手培养出来的啊!"

"'革命母亲'万岁!"突然,有人大喊了一声。接着,又有几个人也喊了起来:"'革命母亲'万岁!"母亲连忙摆手道:"可不敢乱说!不敢乱说!"可是,呼喊声越来越大,形成了一个旋涡,让母亲感觉晕晕乎乎的。前来和她握手的人一个接着一个,总是络绎不绝,而她则一直微笑着和那些人点头。

母亲既高兴又困惑,幸福的火焰在胸膛里燃烧,而她的双腿早已累得发酸。

像她这样一个出身农家、以妾的身份出嫁、中年守寡、整日窝在厨房里的女人,怎能承受得起这样的尊敬?而她,又的的确确收获了这千金难买的尊敬。现在,她一次次地伸出双手,一次次地通过指尖感受着另一个人传递来的尊敬。

其实,在母亲的内心深处,她并不想当"革命母亲",而只想当阿湃的母亲。当阿湃还未成年时,她觉得自己是世界上最好的母亲;可当阿湃长大后,她总感觉自己做得不够好,无法真正走进儿子的内心;现

第十二章　儿子回家

在，她觉得自己确实是阿湃的母亲，但还需要努力。

看到儿子从大厅里走出后，母亲向他招手："彭湃同志！请你过来一下！"

儿子看到了人群里的母亲，快步走了上来："妈，怎么是您？您怎么不给我说一声就来了？"

小林激动地说："大妈，别忘了我的愿望！"

母亲笑了起来："阿湃，这孩子叫小林，是他给我让了靠窗的地方，我才能看到你们在里面开会。他很崇拜你，想和你握个手！"

彭湃即刻伸出双手："嗨，那有什么难的！"

看到两双手紧紧相握时，周围的人都笑着鼓起了掌！

母亲也笑了起来。平时，她总觉得儿子还很年轻，可和小林站在一起后，儿子已有了中年人的模样：双腿强壮而结实，肩膀宽阔而有力，眼神笃定而坚毅。小林虽然比儿子高出半个头，可笑起来既羞涩又胆怯。母亲不禁慨叹：儿子虽然不再年轻，但却更有魅力了。

转眼间，到了1928年的春节。

拎着年货的母亲从"学宫"往家走时，想起两个多月前，她从家朝"学宫"走去的情形。

此刻的海丰城，处处洋溢着过节的气氛：马克思路和列宁街的红墙上贴着标语，家家户户都挂着红灯笼和红纸花；孩子们手持一根红木棍，高喊着口号奔跑；大人们挑着成筐的鱼、肉、鸡、鸭，喜气洋洋地唱着《国际歌》；年轻人谈论着到哪里看大戏看舞狮；女人们忙着采山花和做糕果；往日里穿长袍着裙子的少爷和小姐，如今都穿上了本地土柳条布做的学生装；皮肤黝黑的工友和农友，拎着满篮的年糕和果品，正准备给军营的士兵送去。

一进家，母亲便进了厨房。今年的团圆饭里，一定要有红圆。

正搓着团子时，儿子掀起门帘走了进来。母亲道："你不去前厅坐着，到这里干什么？"

儿子说："妈，我来给您帮帮忙！"

母亲道:"厨房里哪有男人干的活,你快出去吧!"

儿子道:"那我不干活,跟您说说话好吗?"

母亲道:"哪里有那么多话要说啊!"

儿子端了个小木凳坐在母亲身旁:"妈,分地的事你想不想听?"

母亲马上来了精神,手在面盆里停止了搓动:"分地?真的分地了?"

儿子道:"我们开会通过了八个提案,有改良工人生活案,有取消苛捐杂税案,还有妇女问题案,可哪一个提案都没有没收土地案讨论得热烈!"

母亲的脑子如大海般翻滚着波浪。她慨叹地说:"地是农民的命根子,分地可是个比天还大的事情啊!"

儿子道:"妈,您说得极是。苏维埃政府成立后,我们就说要实现分配田地。可是,有些代表认为这个议案牵扯的问题很多。譬如,那些热心农会而无田耕的同志该怎么办?有的人有余田要雇人耕,而有的人田又不够耕该怎么办?如果家庭人数增加、减少或迁移该怎么办?是不是一次分定后以后就再不分了?分田后的生产收入抽多少交给政府作公益金?红军战士家庭的田又该如何维持?"

母亲惊得张大了嘴:"哎呀,有这么多问题啊!"

儿子道:"是啊,土地问题很复杂很微妙,稍有不慎,便会铸成大错!"

母亲道:"那你们是怎么处理的?"

儿子道:"我提出了分地的四个标准:要按照人数多少分,按照劳动力强弱分,按照家庭经济(有无别的收入)分,按照土地肥瘦分。这个办法大家都说好!"

看母亲点头,儿子接着说:"那些分到地的农民,由政府发给'土地使用证',说明这块地就是他家的。我们还把地主送到县政府的田契全都烧掉了,让农民吃个定心丸。"

母亲感慨道:"土地工作要搞好,妇女工作也不能忘!海丰的妇女实在太苦了!"

儿子说:"这个我知道。我在参加全县妇女代表大会时就说,'现在，你们妇女手上有一对镯子，脚包得很小，走不了路，头上还戴着一顶簪，使你们抬不起头。要反对神权，反对封建礼教，就要从自身做起，把捆住你们的脚镣、手铐拆掉，再把头发进行改装，这样你们才能争取自由'。"

母亲高兴了起来："说得好！"

儿子说："妈，您知道吗？现在妇女参军的积极性可高了！全区的自卫队员一共有两万人，其中一半是妇女。还有四百多位年轻女子组织了个粉枪队，她们头戴蓝布帽，身穿蓝布衣，颈系红领带，背挂竹篓，扎绑腿，穿草鞋，腰带上挂着短枪和匕首，和男人一样威武。她们训练时特别刻苦，现在已经学会了射击，开粉枪，还能用左手提刀杀敌！"

母亲点头道："我知道！那年五一节游行，女学员们就是这种打扮！"

儿子说："妈，我发现了一个特点，原来女子革命的愿望比男人还强！而且，女子很少有当叛徒的！"

母亲慨叹道："那是因为女人吃的苦更多啊！"

儿子点头道："妈，您说得对！现在，我们的队伍又增加了新的力量！"

母亲问："是来了新人吗？"

儿子道："去年年底，广州爆发了起义。经过三天战斗后，有一千两百人进行了整编，成立了中国工农红军第四师（简称'红四师'），师长就是叶镛。今年年初，红四师到达海丰后，我在欢迎大会上讲，'失败算不了什么，我们共产党人，从来不畏困难，失败了再干，跌倒爬起来，革命总有一天会成功的'！"

母亲道："嗯，是这个理！"

儿子说："红四师来了后，和我们一起搞了'年关大暴动'。每当红军解放一个乡镇后，大家便发动群众，打土豪分田地，成立苏维埃革命政权。现在，海陆惠普的红色都连成了一大片！"

母亲道："那今晚一定要吃一碗红圆，以示庆祝！"

儿子道："好妈妈，一碗哪能够！至少要吃三碗！"

第十三章　海丰失守

春雨淅淅沥沥。

1928年的春雨是黑色的。

这一年的春雨可能对莲花山是好的，对龙津河是好的，对公平镇的稻田是好的，对海滩旁的菜园是好的，但对某些人来说，却是不好的。

母亲记得清清楚楚：枪声骤然响起的那一天是3月1日凌晨。

起初，是嗖嗖的枪声；后来，就是轰然炸裂的大炮；之后，则是冲天的火光。嘶喊声、哀号声和噼啪声弥漫半空，让海丰城像一艘触礁的大船。这个可怕的场景持续了整整一天。即便是到了暮色衰残的傍晚，甚至是伸手不见五指的深夜，那零星的枪声依旧响个不停。

这条船已经被硝烟、炮火和杀戮弄得一团糟。可是现在，老天爷又兜头浇下来一盆大雨。那黑色的雨让泥泞的更泥泞，让混乱的更混乱，让愤怒的更愤怒。没有人会为泥泞、混乱和愤怒道歉。现在，人们不敢咒骂枪炮和刺刀、鲜血和伤疤，只能将一腔愤懑撒在那淅淅沥沥的春雨上。

该死的雨！

该死的雨！

该死的雨！

这该死的、持续不断的、不识时务的黑雨从天空纷扬而下，令悲惨的人间越发悲惨。

母亲像被施了麻醉剂般行为迟钝。她想起了去年11月，儿子在"学宫"发言时的样子；她还想起了今年春节，城里的大街小巷都挂起了红灯笼，家家户户都做着红圆。可到了元宵节时，城里的氛围紧张了起来，大有"山雨欲来风满楼""黑云压城城欲倾"的态势。

第十三章 海丰失守

母亲虽然做好了心理准备,但没料到敌人来得这么快。

当那些国民党兵攻入县城后,干的都是他们干熟了的那一套:烧!杀!抢!掠!同时,针对海丰的特殊性,他们还下达了一道搜捕令——"彭家人抓到一个杀一个,一个都不能留,要斩草除根!凡是窝藏者,格杀勿论!"母亲惊诧地意识到,海丰已不再是原来的海丰!现在,儿子带着部队转战到大南山,儿媳随海陆丰苏维埃政府撤退到公平镇的山区,转入了地下斗争,留在家里的人,老的老,小的小。

是走还是留?

母亲变成了掌舵人,必须尽快做出决定。她当然不想离开这栋龙津河畔的小楼,这是她的家啊。可是,这个家已经变得不太平,马上就会被毒蛇、蝎子和臭虫所攻陷。如果死守在家里,那就是死守在一个陷阱里。母亲当机立断:走!她让家里的男人们去香港、澳门或越南逃生,又让三儿媳带着孙女回海城镇娘家,还把六岁的孙子彭干仁藏在山里的一户人家,又让奶妈抱着不满三岁的孙子彭士禄躲到县城附近的庙里,自己则拎着小包准备去公平镇下军田村的娘家。

沿着街边行走的母亲忍不住回头。

她想再看一看那栋白色小楼,她想以研究者的心态凝视那栋建筑物,记住它的每一个细节,以便全都刻在脑海中。然而,一丝慌乱袭上心头,让她的视线蒙眬了起来。她咽了咽口水,感觉嘴里又干又苦。一想到不知何时才能回来,她便无法挪动脚步。

可是突然,她发现自己的眼神越发蒙眬。

定睛细看才知道,那里冒出了一缕缕白烟。随着白烟变成黑烟,红色的火焰蒸腾了起来,让半边天空变得血红。母亲揉了揉眼睛,发现天空像野兽的大嘴,狰狞而恐怖。

啊……真的……是真的……

那么,大门、窗户、房梁、被褥、床单、衣裳……全都成了燃料?

母亲感觉体内涌起一股股热浪,让头脑发晕,双腿发软。

焚烧!他们在焚烧!

火焰是无辜的,它只管跳它的舞。它飞翔,它旋转,它甚至还翻了个筋斗。有罪的是点燃火焰的那双手。那双手曾拿着枪、捏着棍、举着刀。那双手听命于它的主人，到处制造混乱、灰烬和死亡，但却毫无愧意。火焰让母亲变成一个哑巴：她感觉说不出话来；火焰强迫她陷入思考：未来该怎么办？火焰又逼她坚强：加紧脚步，让每一步更为有力。朝下军田村走去时，母亲的心里暗自庆幸：好在还有娘家。

"你们想让我们死，我们偏要活给你们看！"母亲在心里暗想。

原本，"死"是一个多么沉重的字眼，绝不会轻易从人的嘴里吐出，因为如果说不好这个字，那它所反射出来的寒光会扎到自己。然而现在，母亲感觉这个字的危险性在降低。一旦不怕"死"这个字后，生命好像走到了另一个境界。

母亲走啊走，走啊走，走得浑身是汗。

她终于看到了那栋竹林旁的低矮农舍。当黝黑的木门打开后，她像倒空了谷子的麻袋般，瘫软了下去。当母亲躺在床上后，即刻陷入睡眠。在梦里，她看到海丰城变成了漆黑一片：那些宽阔的大街、弯曲的小巷、密麻麻的房屋、一块块农田，全都变成了黑色。

突然，母亲听到了一种声音——"嘟嘟""嘟嘟"。

那声音由远及近。这是一种信号吗？这是发给我的信号吗？母亲在恍惚中努力辨析。"嘟嘟""嘟嘟"。那声音变得越来越大，好像就敲在了自己的耳膜上。母亲陡然惊醒，发现是有人在敲门。虽然那声音很轻很轻，但在黑夜的衬托下，便显得格外清晰。

她蹑手蹑脚地走到门口，轻声询问："谁？"

门外响起熟悉的声音："妈，是我！"

她赶忙打开门，将儿媳一把拉进屋内。她忍不住责备起来："现在风声这么紧，你怎么还敢乱跑！"

素屏委屈地说："妈，我有事和您商量。"

母亲皱起眉头："啥事那么急，非要冒这个险！"

儿媳并没有即刻回答这个问题，而是将母亲的手拉了过来，放在自己的肚腩上。那个部位比别处更肥厚，像个浑圆的西瓜。显然，已经有个胎儿住在了那里——只是不知道是男是女。母亲忙让儿媳坐在凳子上,又端来一碗白开水:"先喝口水再说!"

可儿媳陷入焦虑,根本没心思喝水:"妈,我该咋办?"

母亲完全理解儿媳的忧虑。现在,国民党用一万大洋悬赏阿湃的人头,还说见到彭家人就杀,要斩草除根。这个时候生下孩子,不光孩子危险,儿媳也危险。

素屏为难地说:"妈,这孩子来得真不是时候,可如果不生,我又觉得对不起阿湃。我左右为难……"

阿湃的孩子……孩子的孩子……

母亲调整着呼吸,试图让自己的头脑冷静下来。

奇怪的事情发生了!母亲产生了一种幻觉,她觉得自己比任何时候都更像阿湃的母亲!这是多么神奇的瞬间!一股奶腥味渗透了她浑身上下的每一个细胞。那些挺着肚腩走来走去的日子扑面而来,历历在目。

这世界,最无法嫉妒的人就是孕妇。

看起来,她的身形那么臃肿,她的表情那么平静,可谁能知道她的秘密有多么深刻。一个新生命就要从她的腹部诞生。这个孩子出生后,既属于父母,也属于这个世界。每一个孩子都是老天爷送来的礼物,具有无法解释的神秘性。如果把孩子从女人的生活里抽掉,那她立刻坍塌成一堆残灰碎石。母亲不仅是用乳汁在喂养孩子,还在用自己的鲜血喂养孩子。因为孩子回报给母亲的,是这世界上最神圣的亲情。

现在的儿媳,就像一只被雨打湿翅膀的鸟儿,根本无力高飞。她低垂着脑袋,鬓发散乱,嘴唇泛白,不仅没有一点要做母亲的欣喜,相反她非常害怕,想要终止妊娠。为了掩饰慌张,她端起碗来咽了一口水。沉默出现在了婆婆和儿媳之间。有那么几秒钟,两个人都没有说话,陷入各自的沉思中。后来,儿媳将脑袋抬了起来,用眼神询问婆婆。

母亲要如何抉择?

现在,一切都显得纷乱而嘈杂。然而,母亲却认为这种现象不会持久。很快,这些乱象就会消失,一切都会恢复到正常模样。母亲思忖:算账不能光看眼前,还要看得更长远一些。这个孩子既然来了,就要好好地对待。

"这孩子是咱们彭家的根!敌人要铲除,我们就一定要保下来!"

母亲知道这个决定充满了危险性——孕妇怎么躲过追捕?在哪里生产更安全?孩子出生后怎么办?可她依旧态度坚定。儿媳从婆婆的目光中汲取了力量,将佝偻的腰杆挺了挺。她点了点头:"妈,有您这句话,我的心就定了。为了阿湃,我要把这孩子生下来!"

母亲心疼地说:"素屏,要不咱们一起去澳门避一避,那边的条件好,生孩子也安全。"

可儿媳却果断地摇摇头:"妈,我不能走!"

母亲的目光聚焦在儿媳的腹部:"你现在是双身子,过些时候会更不方便的!"

可儿媳还是摇摇头:"好妈妈,现在是革命的紧要关头,我怎能扔下农友一走了之!我已经加入了共产党,就要把一切都交给党。党有任务给我,我便要努力完成,不能当逃兵!"

"真的不去?"这句话的音量实在是太低了,好像母亲是说给自己听的。

儿媳点点头:"就是牺牲了,我也不能离开海丰。"

母亲张大嘴,睁大眼,仔细地凝视着儿媳。那张原本清秀的脸消瘦了不少,双颊也深深地塌陷了下去,但从眼里射出的光芒,却是炽烈的。母亲点点头:"好,你若不去,我也不去!等你生产时,我还能搭把手。"

儿媳的心即刻被软化了:"妈,有您在,我就什么都不怕了!"

母亲伸手抚摸着对方的手背:"孩子啊,咱们可是一家人!"

当儿媳站起身准备离开时,她又停顿了几秒钟。她不想吓到婆婆,但却觉得有些话必须说:"妈,您可一定要当心!你要时刻留神外面的动静!那些家伙,狡猾得很呢!"

母亲道:"你也要当心!"

儿媳边走边说:"妈,那我走了,您多保重!"

母亲点头道:"走夜路要小心点,可不敢摔跤啊!"

为了表示坚强,母亲试着强颜一笑,但没有笑出来。相反,她居然

第十三章 海丰失守

深深地叹了一口气。

第二天凌晨,母亲刚刚起床,就听到外面有杂沓的脚步声。

那声音密集而混乱,显然是一群青壮年男子才能踩出的声音,应该是国民党兵又在挨家挨户地搜捕彭家人了!现在,要往哪里逃?他们已经进了院子!那一刻,母亲感到有股热气一波波地在腹部涌起,搅动着胃,让她心跳加速,头昏脑涨。

冷静……冷静……只有冷静才能带来好运气……

母亲让自己的呼吸缓慢下来,又用力地眨眨眼。

当她看到侧旁有间快坍塌的围屋后,便快步走了进去。围屋里黑乎乎的,在墙角旮旯里搁着个舂米用的碓具。这时,七岁的堂弟周智银走了进来。他戴着破竹笠,穿着百衲衣,看起来脏乎乎的,但人却很机灵。看到堂姐招手,便赶忙走了过来。母亲俯身对男孩耳语一番后,自己便躺进了碓具中。男孩把衣摆拦腰打了个结后,就抱来一捆捆稻草,密密实实地铺在母亲身上。等铺得有一米多高后,他便跑了出去。

被干草覆盖着的母亲屏住呼吸,让身体一动不动,就像一块河里的石头。她努力控制着自己的气息,以缓慢到无法觉察的力度呼气、吸气,呼气、吸气。在天和地之间,有一根看不见但确实存在的丝线。现在,母亲的性命便维系在那根丝线上。

那是唯一的、绝对不能断的丝线。

母亲严苛地控制着自己:呼气、吸气,呼气、吸气。她不能松懈。一旦神经舒缓了下来,那根丝线便会被扯断。现在,母亲就像躺在手术台上,等待着寒光一闪。有那么几秒钟,她浑身发抖,且抖得厉害,感觉快要熬不住,整个人像河水要决堤。她在心里默默地大喊:"停!停!"她咬紧牙关,控制住全身的抖动,让自己保持僵硬的状态。她能听到院子里的脚步声、呵斥声和噼啪声,但她却一动不动,呼气、吸气,呼气,吸气。

一点一点地呼出恐惧……

一点一点地吸进希望……

等啊等,等啊等。

165

在这种漫长而残酷的重压下,稻田已变成了废墟,大海已变成了荒滩。

一直等到那些纷乱的声音全都消失殆尽后,母亲才慢慢地掀开稻草,从碓具里爬了出来。突然,她感觉后背一阵刺痛。原来,当她在卧躺时已经擦伤了脊背。可那时,她浑身都处于高度的紧张状态,根本没有察觉。现在,神经放松了之后,疼痛便像潮水般涌来。

智银忙问:"堂姐,你很疼吗?"

母亲说:"好智银,去厨房找点米酒来。"

蘸上米酒后,智银帮堂姐揉搓着后背的筋脉。慢慢地,慢慢地,肩膀松弛了下来,疼痛感也没有那么强烈了。

日子就这么一天一天地过去了。

白天,母亲躲在屋里干点家务活;夜晚,她总是睡得不踏实,常被噩梦惊醒。

她常就着月色走出家门,看看村里有啥变化。这个小村是她的故乡,即便闭上眼,她都能找到回家的路。可是,当小村被国民党兵反复"光临"后,母亲也快不认识这个地方了。到处都是杂沓的脚印、燃烧后的木头和破碎的瓦片。一切都和原本不一样了。然而,母亲却不能离开此地。

现在,这个名为"下军田村"的小村,是全世界最安全的地方。

7月初的一天凌晨,天还灰蒙蒙的。

当母亲走出院中时,发现有个身影倏忽一下便闪入院内。她以为是敌人又调回头来"围剿",可定睛一看,却是在"学宫"认识的小林。小林有了很大的变化:脸色变黑了,头发变凌乱了,嘴唇上有了一撇明显的黑胡子。

母亲不禁惊讶:"小林,你怎么找到这里来了?"

小林道:"大妈,自从上次和彭湃同志握了手后,我便加入了农民自卫队。现在,我是彭湃同志的警卫员。您快跟我走,彭湃同志找您有事。"

母亲一下子着急起来:"阿湃还好吗?他没受伤吧?"

第十三章 海丰失守

小林道："他很安全,他让我来找您!大妈,走山路您行吗?"

母亲道："我天天都干活,走点山路怕什么。"

郁郁葱葱的大南山,就像一道绿色屏障,人若钻了进去,就像一滴水融入了大海,根本难以寻觅。母亲跟在小林身后,一点点地往前走。可是,山路到底不像平路,一会儿高,一会儿低,弄得母亲一头汗。到了中午时分,两个人坐在榕树下歇息。母亲将地瓜干递给小林,而小林则将水壶递给母亲。两人边吃边聊时,声音很轻很轻。

母亲满怀好奇："小林,你春节后就跟着阿湃了吗?"

小林道："是的,大妈!元宵节之前,我还跟着彭湃同志到了普宁。"

母亲道："怪不得阿湃在家没住几天就走了!"

小林道："彭湃同志带领红四师十一团到达普宁后,就住在大南山脚下的石什洋村。他借住在一个姓蔡的老乡家里。那屋子普通,院子又窄又小,正厅、卧室和厨房也都不大,房梁上架着木头,地上铺着姜黄色的地砖。房子里摆着木桌、木椅、木床、木柜和一张八仙桌,墙上挂着个斗笠和蓑衣。他在那里住了不少时间。"

母亲好奇："你们待在那里干什么?"

小林道："我们准备攻打和尚寮村和果陇村。那些村子都变成了反动据点,不打不行。打下和尚寮村后,彭湃同志骑着一匹白马回来时,样子可威风了!农民听说后,就带着慰问品等在桥边。一见彭湃同志,农民就往他怀里塞柑橘塞鸡蛋。他说,够了!够了!可农民哪里肯,愣是往他怀里塞了一堆!晚上,听说彭湃同志要在'蔡氏辉祖祠'演说,村里的男女老少都赶来听,还有很多外村人也来了!"

母亲道："外村人来了不是很危险吗?"

小林道："嗨,农民世世代代都住在村里,相互之间都很熟识,若有生面孔,一下子就能辨出来。外村来的人,都是村里人的亲戚朋友。大家都说,彭湃同志讲得太好了!"

母亲的嘴角弯了起来："他都讲了些什么?"

小林说："彭湃同志说:'大家想一想,一个村子里有几个地主,

167

而我们农民又有多少呢？只要农民能齐心，何愁革命不成功！'他还说：'我们这里有三个拳头，一个是惠来农民兄弟，一个是潮普惠人民武装，一个是工农红军。'大家听了，都激动地鼓掌！"

母亲道："可事情怎么就起了变化？"

小林道："元宵节一过，气氛就变得紧张起来。那广东军阀李福林在给蒋介石的电报中说：'海陆丰苏维埃，翘然独峙三个多月，如不及时清剿，祸不浅。'海丰的那些地主豪绅，也发出了垂死的哀号。他们给军阀陈铭枢的请愿书中说：'鱼吁沫以失水，鸟将死而哀鸣，言尽于斯，惟麾下怜而救之，则生世戴德矣。'后来，张发奎和李济深停止了火拼，集结了广东省三分之一的兵力，并配以舰队，分三路向海陆丰进攻。"

母亲紧张得屏住了呼吸，一声不吭。

小林接着说："这些军阀先是攻下了公平镇，又开始攻打海丰城。彭湃同志率领红二师、红四师和赤卫队奋力抵抗。3月1日，海丰陷入敌手后，彭湃同志便带领队伍撤到中峒。可到了月底，中峒也失守了。"

母亲的呼吸变得粗重起来。

"那些逃到香港、广州和汕头的土豪劣绅们都纷纷回到海丰，他们和国民党勾结，对人民进行血腥镇压。他们在县城烧、杀、抢、掠，又焚烧了村里的稻田、仓库和房屋，想让红军饿死。"

母亲道："那你们是怎么上的大南山？"

小林说："本来，我们还攻下了惠来城。可4月初时，惠来城也失守了。东江特委机关和惠来县苏维埃政府，就迁到山区的林樟乡，普宁、潮阳的红军和潮阳赤卫队，也退到了大南山深处的三坑一带。彭湃同志把红军化整为零，分成若干个小分队，配合当地赤卫队分散活动。他想用'敌来我走，敌去我回，坚壁清野，断绝给养'的办法，把敌人拖累拖垮，让他们不得安宁。"

母亲面露担忧之色："躲进大南山行吧？"

小林说："大南山横跨潮阳、普宁和惠来，东西长一百多华里，南北宽七十华里，西北处较低，接连着海丰的莲花山，在军事上有迂回的余地；东南处较高，南邻大海，可以从香港接济枪支弹药；山里又起伏重叠，道路崎岖，便于隐蔽。说起来，大南山可是个天然的大屏障啊！"

母亲依旧十分忧虑："可山里有吃的吗？"

小林道："哪里有！那段时间，几乎天天都在战斗，红军的人数一天比一天少。敌人'围剿'得很厉害，简直是到一村杀一村，到一村烧一村。他们到处抓人，凡和红军有过来往的人，不是活埋就是砍死。"

母亲的脸色变得凝重了起来。

小林道："可人民和红军是一条心的。那些村里的青年、妇女和老人，常冒死往山上送粮食。有时，粮食接济不上，战士就下河抓小鱼，到坡上找野菜。天寒的时候，大家就自己建草房子，晚上盖着稻草过夜。敌人看到草房子就气得跺脚，直接放火烧。可等他们走了，我们又盖了起来。东山烧了西山盖，西山烧了南山盖。"

母亲忍不住点头："哎呀，红军的日子可真苦！"

小林道："山里没有路，如果往下走，就要抓着草根和树枝往下滑。晚上睡觉，要像动物一样藏在草丛中。走动是一件非常危险的事！有时，红军的队伍和敌军非常接近，如果咳嗽一声，就会被发现。可是，居然没有一个人会咳嗽。其实，很多战士都得了肺结核、支气管炎、疟疾和脚气病。"

母亲的眼睛早已变得潮湿。

小林道："在无遮无拦的山里睡觉，总是走深水，过稻田，没有粮食，没有药品，又是饿，又是病。很多人都被杀害了。有些女同志躲在草丛时，就将'何满姑'塞入口中。如果被敌人捉住，就咬烂吞下肚里。她们宁愿死，也不愿被俘虏。"

母亲惊呼了起来："啊！'何满姑'毒得很呢！"

小林道："敌人比老虎还凶残！有一次，大家发现一个用作医院的干草棚被烧了，里面的三十位伤员全都被活活烧死了！"

母亲惊诧地说："他们都是伤员啊！"

小林道："那些家伙们惨无人道，哪管这些！所以，大家都抱着死也不能被俘虏的信念。"

母亲忍不住询问："那……阿湃怎么样？"

小林道："彭湃同志住在一个石洞里，洞口刚好挂着一帘瀑布，从外面看不到洞口，可夜里就难受了。洞里黑漆漆一片，蝙蝠成群地飞进飞出，翅膀拍出吓人的声音。白天，彭湃同志批改公文；有时，他还穿着粗布短衫，背着藏有文件的竹篓走山路。他总是让脚底板不发出任何声音，因为他知道敌人的尖兵有时会把耳朵紧贴在地上，借以分辨半里远的脚步声。"

小林的眼里满是崇拜："彭湃同志真是勇敢。当他作战时，眼睛总会拼命地盯着敌人，好像能把对方的影子看穿。不过，彭湃同志也不是没有缺点。有时，他有些冒进和急躁，还有些理想主义……唉，他实在是太善良了！"

母亲道："他……他的身体如何？"

小林道："原本，他的身体像铁打的一样，可经常断粮，总是挨饿！他不顾天寒地冷，总是赤着脚下山坑去采野菜、摘野果。夜里，没有棉被御寒，只能盖着稻草睡。他的身子虽然日渐清瘦，但精神却很昂扬。可后来，连他也害起了病……"

母亲一下子就慌了神："阿湃生病了？"

小林道："后来，山下的人送了粮和药，彭湃同志的身体已经痊愈了！"

母亲瞪大了眼睛："你没有骗我吧？"

小林道："哎呀，您等一下进了山洞，一瞧就知道了！"

两个人便继续走山路。

事实上，大南山是属于男人的地方，女人最好不要接近。可是，母亲不仅是女人，还是母亲。一想到儿子，她便生发出非凡的能量。一步接着一步，再接着一步，母亲终于来到了那个石洞前。在穿过水帘时，母亲的心有些慌乱。她既想马上看到儿子，又害怕看到儿子。可是，她不能让这种紧张情绪有所呈现，于是她放慢了脚步，努力让自己镇定起来。然而，她的眉头因焦虑而皱了起来。

第十三章 海丰失守

没有任何时刻像此刻这般,让她意识到儿子是自己的亲骨肉。

没有任何时刻像此刻这般,她意识到自己的亲人离死亡那么近。

儿子穿着粗布衫和草鞋,正坐在石头上看文件。他的身体像是缩了水般,变得又小又轻。他的身旁堆着一堆稻草,搁着几个盆盆罐罐。山洞里散发着一股潮湿发霉的气味,这味道让这个洞穴既深邃又沧桑,像存在了几千年。母亲有些愣怔,不知该如何开口。

小林轻声呼唤:"彭湃同志!彭湃同志!"

当儿子抬起头时,母亲注意到他的脸色黝黑了,面孔消瘦得厉害,连下巴也变得很尖,长长的头发凌乱着,有几绺还覆在额头上。他的嘴唇和下巴上覆盖着一层黑胡须,眼睛底下有暗沉的眼袋,像整夜都没有睡觉似的。可是,从那双眼里射出的光芒,依旧是晶亮的。

"妈,您来了!"儿子的声音一点也不像他的。

母亲审视着儿子,既紧张又害怕,同时又充满了怜悯。

儿子将唇边翘起:"妈,您看我这里像不像孙悟空的水帘洞?"

虽然母亲的心里充满了困惑和不解,但这时她又有了种轻松的感觉。她一下子跌坐在石头上:"都这样了,你还能笑得出?"

儿子放下手中的文件,像是看穿了母亲的心思:"好妈妈,革命遇到点困难是很正常的,重要的是要不断地动,不断地动!只要不断地动,终有干成的那一天!小林,你说是不是?"

小林道:"彭湃同志说得对!我去采点野果子,让大妈尝尝山里的美味!"

儿子道:"小心点,别让老虎把你当成了点心!"

见小林出去后,母亲忙拉住儿子的手说:"阿湃,你瘦多了!"

儿子却摆手说:"还好,还好。"

母亲的声音变得哽咽起来:"你住在这样的地方,能不生病吗?你应该多休养休养,再别看那些文件了!"

儿子握住了母亲的手,语气极为认真:"妈,这次辛苦您了,可有个重要的事……"

母亲道:"这点山路算不得什么……"

儿子并没有接话。陡然间，空气里有一种古怪的沉默。儿子看得出来，母亲正忍受着痛苦的煎熬，可她努力克制着，像什么事都没有发生，什么都不说。儿子的声音变得极温柔："妈，素屏和孩子们都好吧？"

母亲道："我让干仁躲到了山上，又把士禄藏在了准提阁，素屏这个月就要生了，可还忙着在工作。"

儿子点头道："家里的事让您费心了！"

母亲道："你就放心吧。"

儿子张了张嘴，喉头又凝住了，眉宇间掠过犹豫之色。然而，他还是定了定神，决定开口："好妈妈，您要先答应我，等一下无论我说什么事，您都要挺得住！"

自从小林来到下军田村找到母亲，她便知道事情不可能那么简单。如果没有天大的事，儿子是不会找自己的。如果搁在过去，她一定会惊恐不安。可现在，在经历了各种磨难之后，母亲的心胸变得坚韧而宽广起来。她感觉自己的体内储存了某种热量，让她在面临大变动时不再瑟瑟发抖。母亲以为自己已做好最坏的打算，可儿子说出来的话，还是让她头晕目眩。

这是真的吗？

她一点都不愿相信！

母亲看到儿子的嘴唇在嚅动，耳畔萦绕着那几个熟悉的名字——"三哥的儿子彭陆""二哥""三哥"——可是，可是，到底发生了什么事，让他们全都不在了？

先是彭陆。

这孩子才十七岁，聪明又幽默，性格和阿湃很像。阿湃带他到广州读书，并在一家书店当店员，以此作为掩护搞地下工作。因被海丰地主告发，彭陆于1928年年初被捕。在遭到百般毒打后，他都不曾屈服。2月28日，敌人将他杀害后，还将尸首抛入珠江。

后来，便是二哥彭达伍和三哥彭汉垣。

3月1日，海丰失守时，彭汉垣正在香港采购物资。闻讯海丰事变，

第十三章 海丰失守

他赶到上海找周恩来。周恩来的意见是，鉴于广东环境恶劣，国民党反动派又到处通缉彭湃兄弟及家属，便建议他不要回广东，留在上海工作。可是他说："我不能为自己的安全一个人留下来。"于是，周恩来便让他回到澳门，以开小店为掩护设立交通站。3月16日，当彭汉垣和彭达伍在澳门选择店址时，在南湾新街被国民党特务盯上，后遭葡萄牙警察逮捕。一周后，他们被引渡到广州警备司令部。因"彭汉垣乃共匪之首""彭达伍购军用物资济匪"的"罪名"，兄弟俩于4月12日被杀害在广州西郊。

刹那间，母亲感觉自己要被黑暗生吞了；刹那间，母亲感觉自己处于失明和失聪的状态中。她的心很疼，有一种想哭的冲动，但她又想抑制住那种冲动。她故意俯身低头，把脸别过去。她害怕自己号啕起来，会把这洞里的蝙蝠都吓得飞起来。

儿子握住母亲的手，轻轻地抚摸着："妈，您想哭就哭出来吧！"

母亲想说点什么，但突然感到一阵恶心，忍不住剧烈地呕吐起来，弄得眼泪鼻涕全都流了出来。母亲感觉有人硬生生地夺走了她的生活——她不再是原来的那个她。当她从石头上站起后，背部有些弯曲，像是被抽掉了脊椎骨。

儿子说："妈，敌人不让我们活，我们更要好好地活！"

母亲虽然在点着头，但胳膊和大腿却木木的，像是假肢。

第十四章　痛失儿媳

从山上回来，母亲便软在了床上。

世界一直都是一个非常不安全的地方，可是突然危险变得那么真实。

自从知道阿湃开始闹革命后，母亲便能时不时地感觉到危险。现在，那危险变成了屠刀，让她的亲人转瞬间成了鬼魂。像染上了某种很厉害的病毒，母亲感觉浑身发烫，每根骨头和每块肌肉都疼，眼皮重得抬不起来。她挣扎着找来一块姜，将外皮削掉后切成片，放在瓦罐里加水熬。她在姜水中加了点红糖，一口气喝下去，额头便渗出了一层汗。用湿毛巾抹了一把脸后，母亲又陷入昏睡。

在梦里，母亲似乎看见了一个人，这个人既像老二又像老三；母亲走近后，却发现他其实是孙子陆儿。然而，当母亲想喊出他的名字时，却发现那张脸变成了阿湃的。那脸上既有血滴又有疤痕，显得十分可怕。陡然间，母亲手里拿着的火龙果跌落了下去，汁液染在了白衫上。于是她想，也许阿湃脸上是火龙果的汁液，便走过去想要看个究竟。可这时，她感觉整个身子变得僵硬起来，骨头里像灌了水泥，嘴里则像含了一块石头。她想逃，但却一直瘫痪着；她想喊，但喉咙里什么声音都没有。她终于大喊一声"啊"——就像分娩的最后一刻。

当她从梦里醒来，发现自己早已泪流满面。她就这样躺着，睡睡醒醒，醒醒睡睡。

半个月后，当她挣扎着从床上爬起来后，发现一切都变了。"好妈妈，敌人不让我们活，我们更要好好地活！"她想起了儿子那坚定的话语。一定要好好地活，要不，就对不起那些已死去的人。那些人并没有走远，他们的灵魂还飘荡在半空，每时每刻都能看到活着的人。

第十四章　痛失儿媳

7月底的一个傍晚，有人直愣愣地推门走了进来。

母亲一看，居然是和儿媳在一起的女通讯员黎玉。她说："大妈，你快准备一下，素屏要生了。"

母亲朝她身后望去："素屏呢？"

"她在后面走，让我先来给您送个信。"

母亲让堂弟周智银赶快去村里找接生婆，自己和黎玉一起去接儿媳。看到素屏时，母亲的眼睛即刻湿了起来。儿媳头盘发髻，身穿黑衣，戴着竹笠，和海丰的任何一位农妇一模一样，可她曾是个纤纤素手、盈盈大眼的大家闺秀啊。现在，儿媳左手撑着腰，右手抚在肚脯上，颤颤巍巍地往前挪步。母亲和黎玉一人撑住一只胳膊，将她搀到了家。母亲让儿媳赶快躺在床上，又拧了块热毛巾擦她的额头。

在母亲的心里，翻滚着一股强烈的爱意。

她爱自己的这个儿媳，甚至比她的亲生母亲更爱她。因为在她的身上，有自己儿子的骨肉。现在，婆媳紧密地连成了一个整体，是因为他们都爱着同一个男人。

母亲看到儿媳疼得浑身发抖，就像躺在一堆燃烧的木柴上。素屏浑身扭动着，但却不敢喊出来，所以整个人憋得要爆炸了。那隆起的腹部像一座高山，而在山的里面，正进行着一场可怕的战斗。那里也有"啪啪"的枪声、"隆隆"的炮声、"噼啪"的燃烧声。她能不能从这场战争中逃生而出，全靠她的运气。

看到儿媳在一阵痉挛后昏了过去后，母亲连忙呼唤："素屏……回来……素屏……回来……"她要把晕过去的儿媳喊回来。"素屏……回来……素屏……回来……"

母亲看到儿媳的脸越来越苍白，手似乎也萎缩了起来。当她感觉儿媳全身的血似乎要流失殆尽时，突然自己也头晕了起来，像有千万只蜜蜂在围着她的脑袋飞。时间到了吗？生命已走到终点了吗？可母亲不愿放弃，继续握住儿媳的手，俯身在她的耳畔呼唤："素屏……回来……素屏……回来……"

素屏太疲乏了，一步路都不想往前走。可是，她的悲观情绪却被那

等待的母亲 <<……

一声声呼唤击碎。"回来……回来……"这声音提醒着她,她还有任务没有完成,不能倒下。于是,她又动身往前走。

终于,午夜时分,传来了一声声啼哭。

这孩子,明知道外面的世界如此危险,可还是脱离开母腹,来到了人间。

得知这是大妹与阿湃的后代,乡亲们奔走相告。大家不顾天黑路窄,纷纷前来道喜。他们将米、面、鸡蛋和红糖塞进母亲的手里:"给孩子吃!给孩子吃!"

凌晨时,当一位老人到村前如厕时,发现山道上晃动着许多人影。原来,敌人接到情报后,专程来这个小村围捕女共党。黎玉组织群众撤退,母亲则抱着婴儿搀着素屏躲进了后山的一片荆棘丛。

敌人将没来得及撤退的村民集中起来,大声询问:"女共党在哪里?"

可是,没有一个人出声。于是,他们便开始了搜山。

怀抱婴儿的母亲紧张得不敢喘气。听到敌人的脚步越逼越近,她的心也提到了嗓子眼:"好孩子,这个时候,你可千万不敢哭呀!"母亲在心里默默地祈祷。

突然,她的头顶上传来一个男人粗声粗气的说话声:"会不会躲到树丛里呢?"

另一个人应和道:"有可能!"

"那怎么办?"

"搜!使劲地搜!"

于是,树丛上方响起了"吧嗒""吧嗒"的声响。原来,是敌人拿着步枪的枪托朝荆棘丛砸来砸去。

就在那当儿,母亲的额头"扑通"一下被砸中了!

她感觉眼冒金星,浑身一抖,抱着婴儿的胳膊险些松开。可是,她咬紧牙关,愣是没发出一点响动。那时的她,哪里顾得上自己!她庆幸那枪托砸在了自己的脑袋上,而没有伤到婴儿和产妇。

终于,那些窸窸窣窣的声音远去了,母亲长长地喘了一口气。

第十四章　痛失儿媳

她走出树丛后，赶忙打开褓褓，看到婴儿一直在酣睡，娇嫩的面孔像个小小的红苹果。这时，儿媳扭过身子，忍不住抽泣起来。母亲忙安慰道："素屏，你应该笑才对啊！你看这孩子多么聪明，一出生，就救了咱们俩！"

儿媳一听，破涕为笑。

婆媳俩相互搀扶着，慢慢地走回下军田村。母亲安顿产妇躺下休息，自己赶忙到厨房烧水熬粥。她边干活边思忖：这样下去可不行，敌人还会再来，儿媳和孙子的性命都很危险！

看着儿媳喝完粥后，母亲心疼地说："你还是月婆子，哪能经得起这样折腾。"

儿媳道："妈，我们共产党人都是铁打的，什么折腾都能经得起。"

母亲伸手将儿媳额头的刘海捋顺了："你啊，月子里得了病可不好治，得到下一个月子时才能治啊！"

素屏虽然微笑着，可心里却有种下沉的感觉。她看出母亲眼里的犹疑后，觉得自己应该比母亲更早一点说出那句话来："妈，这孩子就交给您了，我也不能在这里久留。现在我是'匪首之妻''在册的女共党''妇女解放协会主任'，随时都会被捕。我得先隐蔽起来，等局势好一些了，再和孩子团聚。"

母亲点头道："你这一走，不知何时才能见啊。"

素屏撩起衣衫，给儿子最后一次哺乳。看着那嚅动的小嘴，她虽然微笑着，但脸颊上却挂着两行泪。孩子吃饱后，满足地睡着了，脖颈处散发出一股浓郁的奶香。素屏抱着孩子闻了又闻。她端详着婴儿，像一个从未看过自己镜中形象的人，如今拿着镜子放在眼前，怎么看都看不够。

看着看着，她"扑哧"一声笑了出来："这孩子真会长，又像阿湃又像我。"

看着儿媳的笑容，母亲却忍不住想哭。

这是一件多么悲哀的事：一位母亲刚刚拼死生下了她的孩子，可她却被迫要和孩子分离。

人世间的哪种酷刑，比得上将母子活活拆散？

但母亲知道，她不能在这个时候落泪。她打起精神，提高嗓门，尽量让自己显得精神抖擞："素屏，孩子给我，你就放心吧。"

儿媳将婴儿交到母亲手里："妈，就叫他'赤红'吧，让他记住海陆丰的赤色革命。"

下床后，儿媳整理了一下衣衫，将头发梳整齐后，便和黎玉一起离开了下军田村。望着儿媳远去的背影，母亲喉头哽咽，可是她不能哭。抱着孙子的母亲，神情凝重。她立誓要保护这个小生命。她要为他寻到一个可靠的收养人家。思来想去，她想到了李如碧大娘。

李大娘是个寡妇，是彭承训的大嫂，日常生活全靠承训接济。承训是彭湃的堂弟，为人忠厚，乐善好施。当母亲对承训谈了自己的想法后，他爽快地答应了。当母亲将婴儿交给彭承训时，将襁褓中的婴儿看了又看。那孩子有着一身暗红色的皮肤，乌黑的头发，薄薄的眼皮，小小的指头皱巴巴的，呼吸细若游丝。

母亲慎重地说："承训，交给你了！"

男人接过孩子道："台风过后必回南，夜色虽黑定有晓。"

母亲泪眼婆娑地点点头。

当李大娘抱起婴儿后，那孩子却哭闹个不停——大娘没有奶水，而刚出生的婴儿还不能喝面糊或米糊。大娘便抱着孩子求哺乳期的女人给他喂两口奶："行行好！行行好！"就这样，从东家转到西家，这个名叫"赤红"（后来改名为"彭洪"）的孩子慢慢地长大了。

刚刚安顿好孙子，可儿媳又出了事。

9月19日，由于叛徒告密，素屏在平岗镇被反动民团围捕后，解送到县城监狱。她的身份让敌人异常亢奋——若能让"匪首之妻"招供，那便可邀功请赏了！可是，面对敌人的拷打，素屏拒不交出农会和党组织的名单。素屏的娘家人怜惜她年轻子幼，便用钱去疏通关系。敌人说："只要她写一张声明书，宣布与彭湃离婚，便可保她性命。"可素萍坚决不从。

第十四章　痛失儿媳

于是，敌人对她的拷打便升了级。

当尖锐的铁丝穿过双乳，当烧红的铁板烙烫着下体，当腿下的砖块一点点升高，那女人发出的呻吟，能让周遭的一起化为灰烬，能吵醒睡在坟墓里的死人。那呻吟让行刑人五官狰狞，浑身发冷，喉头干燥。

9月21日，海丰的天空灰暗而阴沉，大暴雨已经在酝酿之中了。

大街上挤满了看热闹的人。母亲穿着黑衣黑裤，戴着竹笠，也挤在熙攘的人流中。

突然，有人大喊了起来："共匪苏维埃妇女主席来了！共匪苏维埃妇女主席来了！"

一股寒意蹿遍母亲的全身，让她手臂上的每一根汗毛都竖了起来。她瞪大眼睛，看到儿媳被麻绳五花大绑地捆着，背后还插着标签。她那头浓密的长发被剪短后，一绺绺地搭在脑袋上，混合着血水；曾经白皙的脸庞，如今黑一团紫一块，嘴角和眼角处都有黑红色的伤疤；她的衣服上沾满泥污，扯出了一道道绛红色的长口子；在她的脖颈、手臂和脚踝处，露出一块块青黑斑点，大小不一。然而，她眼里的光却很平静，没有一丝一毫的惧怕。

母亲的脑海中闪出那个新嫁娘的模样：双眼皮、宝石眼、葱管鼻、花瓣唇……美得让人不能呼吸。母亲不能相信，这两个模样的人都是素屏，而觉得她们是完全不同的两个人。

她们像两颗种子，虽然并排种在相同的土壤里，但却受到了不同阳光的照耀，不同水分的滋润，最终长成了两个完全不同的模样。

行刑的时刻到了。

听到儿媳喊出"只要农会万岁，我甘愿受罪"时，母亲的身体颤抖了起来。她做好了接受一切苦难的准备，可还是被眼前的一幕给镇住了。枪声响过后，倒在地上的儿媳挣扎了几下便不再动弹。可敌人还是不解恨，居然拿着尖尖的竹签去戳尸首。随着那锐物东一下西一下地扎下去，新的鲜血便又汩汩地冒了出来，和曾经的旧伤混在一起，让那具躯体像裹了一层黑红相间的纱布。

母亲将两手捏成拳，攥得紧紧的。她感觉肺在燃烧，心在狂跳，而

179

双臂却无力地垂在身侧。陡然间,她又清醒了过来,四处寻找后,看到了一张熟稔的面孔。当那男人认出了母亲后,略显吃惊。听到母亲的几句话后,他便赶忙对身旁的女人说了句话。两个人摘下斗笠后,发疯似的冲出人群。他们一边用斗笠阻挡着尖锐的竹签,一边大喊:"收尸了!收尸了!"

当那口薄薄的棺材被埋进土里时,积蓄了许久的大暴雨终于落了下来。

雨滴穿过云层,落在了赤红的泥土上;雨滴穿过云层,落在了蔚蓝的海面上;雨滴穿过云层,落在了青翠的竹林中;雨滴穿过云层,落在了黑色的瓦片上。

雨滴穿过云层,落在了母亲的脸颊上。

上海!上海原来是这个样子!

1929年7月,在上海火车站前,闪过了一辆辆人力车:它们的外形一模一样,甚至连飞奔的速度也一模一样。

母亲和干仁坐的那辆人力车也在飞奔。

那人力车躲过了熙攘的人群,躲过了小汽车、公交车和电车,从大街穿过后又钻入小巷。坐在车上的母亲瞪大眼睛,若有所思。她从未见过这么多的西式建筑,它们就像一头头混凝土巨兽。她原本认为海丰已经很大了,可和这些密麻麻的高楼相比,海丰简直微不足道。

如果海丰像一艘船,那么上海就像一座迷宫。

上海是城市中的城市,是城市的模板。

人力车像风一样从街上刮过,母亲的眼神要努力跟上这个速度。她用胳膊紧紧地搂着孙子,鼻腔里满是陌生的味道。那些硕大的楼房挤挤挨挨,那些拥挤的人群密密麻麻,那些弯曲的巷子左冲右突……为什么出现在这里的一切,都显得吊诡而骇异?她一点都不觉得这座城市有条不紊,反而觉得混乱慌张。出现在这里的每一个人,都显得匆匆忙忙,怒火冲天,好像在为自己是穷人而生气。最可怕的,还有那些躲在暗处的眼睛,像鬼火一样忽明忽暗。这些眼睛的主人,各个心肠狠毒。

第十四章 痛失儿媳

他们专门抓人、打人、杀人。

藏着这些眼睛的城市，怎么能让人安心居住？

母亲不知道儿子为什么来到这座城市。凭一个母亲的本能，她能嗅到此地弥散的危险因子。这个发现让她如鲠在喉，浑身难受。

最后，人力车在静安寺路万袜里的一栋两层楼的房门前停下了。母亲看到了微笑的儿子。此时的他，穿着白衬衣、西装裤和黑皮鞋，浓密的黑发梳成三七开的分头，浑身干净而整洁。母亲的脑海中不禁浮现出另一个形象：粗布衫、黝黑的脸色、尖下巴、长头发、嘴唇上一层黑胡须、暗沉的眼袋。儿子就像孙悟空，能上天，也能入地。

"妈，您辛苦！"儿子接过母亲手里的箱子说，"走，咱们上楼！"

母亲的手已经不是原来的那双手：手指很粗，关节突出，皮肤粗糙。母亲伸手拽住孙子的手，跟在儿子身后上了楼。不知道为什么，只要看见儿子，哪怕是他的背影，母亲的心里就会荡漾起一股柔情。这是她在这个世界上最珍爱的宝贝。她因为爱他，所以不仅爱他的躯体，也爱他的信念。因为这爱，儿子又让母亲获得了重生：母亲变成了另一个人。现在，两个母亲叠加在了一起，共同出现在儿子眼前：一个是他亲爱的母亲，另一个是他亲密的战友。

到了楼上，儿子请母亲坐下，又端来一杯茶："妈，路上还顺利吧？"

可母亲并不想马上喝茶。她感觉有个任务还没完成。她催促着身旁的那个男孩："干仁啊，快叫爸爸！"

可孩子垂下脑袋，一声不吭。他非常害羞，小身体在轻微地颤抖。他的体形像一根竹竿，露在袖口外的双手瘦骨嶙峋。母亲的心里很着急，恨不得这孩子马上扑到父亲的怀中。可是，她却白费力气。儿子用无限柔情凝视着那孩子，并不催他。看孩子不想抬头，他便转身从桌上的盘子中取了一块糖，塞进了孩子的手中："吃吧！可甜了！这可是专门留给你的！"

干仁终于抬起头，努力地剥开糖纸。他和父亲长得很像，也是瘦长脸，也是长眉圆眼和高鼻，只是他的皮肤有些苍白。儿子张开双臂，将

181

孩子抱了起来。孩子没料到，惊住了。可很快，他就意识到发生了什么事。于是，他放弃了挣扎。儿子搂着孩子转了一圈后，才把他放了下来。

在这个世界上，干仁最熟悉的人就是母亲和祖母。现在，父亲离他那么近，连胡茬都蹭到了他的下巴上，让他既兴奋又紧张。他瞪着眼睛，盯着父亲看，可小嘴依旧抿得紧紧的。

"哎呀，一年多没见，干仁长高了不少！"

母亲在一旁催促着："叫爸爸啊！"

干仁刚刚放松的神经又紧张了起来。

爸爸……彭湃的儿子……抓住匪首之子……小心点臭小子……

干仁还那么小，就知道自己不能随便说话，否则就会没命的，因为自己是彭湃的儿子。所以现在，他想叫一声"爸爸"，可是恐惧还没有完全消散，他无法正确地发出那个音节。见孩子一声不吭，儿子爽朗地笑了起来："干仁已经小声地叫过了，是不是？奶奶的耳朵不好使，没听到，可爸爸已经听见了啊！"

于是，干仁感激地看着爸爸。

爸爸拉着干仁的手说："困了吧？爸爸带你去睡一张软软的床好吗？"

虽然孩子脸上的笑意很明显，可他依旧一声不吭。但没关系，他已紧紧地握住了爸爸的手。那父子俩走进屋子的背影几乎一模一样，只是一个大，一个小。

当儿子返回客厅后，声音低沉了起来："妈，现在上海的形势很紧张，你们能安全到达，真是太好了。"

母亲说："我拉着干仁站在火车站的拐角，四下里看了许久。那些探子的外表没什么特别，可眼珠子总是左转右转的，和一般人不一样。我找的那个拉车的，一看就是个老实人。"

儿子的眼光里充满赞许："妈，您真厉害！您现在的斗争经验已经很丰富了！"

母亲感觉儿子今天比平日更温柔。她轻声说："不是我厉害，是他

第十四章 痛失儿媳

们把我变成这个样子的!其实,我一点也不害怕他们,只是觉得恶心!那些黑心肠的家伙,都是吃人不吐骨头的野兽,哪能和他们讲理!"

儿子点头道:"妈,您说得极是!"

母亲的心头涌起一阵伤感,声音也哽咽了起来:"阿湃,素屏走了……我是看着她走的……她是好样的……没丢你的人……"

儿子和平常一样,显得很平静,眼神没有任何波澜,只是眼睛变得更大了,眼皮在微微颤抖。

母亲知道儿子的内心在流血。如果有可能,儿子希望那被捆绑的人是自己,而不是自己的妻子。可是,他却努力隐忍着,不让自己变得泪如泉涌。他不仅是丈夫,还是儿子,也是父亲,更是战士。现在,痛苦正折磨着他,让他像赤足走在玻璃碴子上。虽然他的心被拧绞着,可他却浑身僵硬,眼中无泪。他正忍受着人世间最残酷的刑法——已经痛到了极致,但却不能表现出来。

母亲的声音更轻了:"那帮畜生,连干仁也不放过。他才六岁,就被抓去坐牢!幸亏,他和杨旺的姐姐关在同一个监牢。杨素琴托人给我带话,我才知道!我四处找人求人,费尽周折才把干仁救出来!他现在胆子那么小,都是因为受了惊!"

儿子若有所思:"杨旺是我的好兄弟,我只知道他去年8月底牺牲了,可不知道他姐姐也坐了牢。"

母亲道:"杨素琴是9月被抓的,判了两个月监禁。她在狱里见到干仁后,并不知道他是你的儿子。有一天,干仁在她手里写了两个字,问她懂不懂,她便轻声说:'干仁。'干仁眨着眼说:'不要告诉别人。'过了几天,几个国民党兵在监房外小声议论:'这么小,又不能枪毙,干脆做个包给他吃。'杨素琴赶忙叮嘱干仁:'外面拿包给你吃,你可绝不能吃啊。'"

儿子的眼里烧起火焰:"这帮畜生!"

母亲擦了擦眼角道:"我接到消息后,想来想去,便找你妹夫钟维华帮忙,他又央求了同宗亲戚钟秀南。后来,钟秀南通过疏通关系,才将干仁保释出来。这孩子回家后,就变得不怎么爱说话了。"

183

儿子的脸上掠过了一阵风，目光也沉郁了起来。

母亲说："那段时间，他晚上总是睡不踏实，半夜会惊醒。有时候，他会躲在桌子下面不出来；有时候，又会藏在门背后偷偷地哭……"

在儿子的眼神里，出现了一种慈爱的光芒。那种光芒，此前母亲亦很少见到。

母亲提高了音量说："哎呀，我带了那么多孩子，知道他是怎么回事！我每天都拉着他和我一起干活，听我说话。我总说你小时候的故事，什么'剪娘伞'啦，什么'敲石像鼻子'啦，他听着听着就笑了起来。现在，他又能吃又能睡，就是不爱说话。"

儿子不知道母亲经历了这么多。他的内心涌起了一股滚烫的感激之情："好妈妈，您已经成熟了！您已经是一个真正的革命者了！"

母亲强忍着喜悦的笑，脸上的表情因为激动而显得十分可爱。她的口气里透着一丝自豪："可我不懂的事情还很多……"

儿子以一种前所未有的亲切口气说道："好妈妈，您已经比很多人懂得多了！"

母亲的心里充满了甜蜜的喜悦，但又生出了一种小心翼翼的不安。她非常珍惜这种喜悦——她希望自己和儿子能更加紧密。她知道儿子一直在往前走，她想追上他的步伐；但她也十分清楚：这一切都很危险、很危险。

母亲和儿子的关系是那么古怪。

曾经，母亲觉得儿子很神秘；现在，儿子又觉得母亲很神秘。

现在的母亲，既天真又老练，既像年轻人，又像中年人；现在的母亲，似乎已摆脱了年龄的束缚，变得宽厚而敦实。

母亲对儿子在上海的生活十分好奇："你在这里过得怎么样？"

儿子用一种全新的语调说："妈，去年11月中旬，我遵照党中央的指示，和红四师的党代表袁裕一起离开了大南山。我先到了汕头，后来去了香港，最后才来到上海。开始，我住在大西路（今延安中路）的百禄里，后来才搬到了这里。楼下的那家人是我们的同志，公开身份是我

第十四章 痛失儿媳

的房东。我叫王子安,是一位商人。"

儿子的声音铿锵有力,透着沉着和坚定,这让母亲像吃了一颗定心丸。

儿子又说:"现在,我的生意很忙,可还得经常去诊所看病,只不过,大夫是周恩来同志。"

母亲微笑着,心情放松了许多。

儿子道:"我又要做生意,又要看病,还要和叛徒及特务玩'捉迷藏'。有时候,开一个会要变换好几个地点;有时候,出一次门要化好几次装。"

当儿子用平静的口吻讲述这些遭遇时,母亲是骇然的。他怎么能像讲述别人的事那样坦然?那些事都充满了危险啊!可是,这就是我的儿子。母亲带着欣赏的眼光观察着这个男人。她不能相信,这个人就是她的孩子。虽然她的乳汁曾流入到这个人的口中,而现在他却将另一种液体灌注到了母亲的血管中。

儿子的语调里添加了一丝欣喜:"妈,组织上可能会派我到苏联去。到时候,我就把干仁也带上!"

母亲虽然觉得苏联是个很远很远的地方,但她却用力地点着头:"要去就快去!"

母亲在上海只住了三天就要走了。

她选择在黎明时分离开。这是一个介于黑暗和天明之间的时间段。一切似乎都能看得清,但一切又都显得朦朦胧胧。贪睡的人还赖在床上,早起的人毕竟是少数。所以,这个时间段最为安全。母亲来到干仁的床边,凝视那张沉睡的孩子的脸——她用目光和孙子告别。现在,这孩子已逐接纳了父亲,也慢慢开始说话了。可是这一别,不知何时才能再见!她慢慢地起身,轻手轻脚地关上了房门。

母亲看看儿子时,眼里满是温情:"阿湃,你也要多注意安全。"

儿子点头道:"妈,您路上小心。"

看着儿子那双漆黑的眼眸,母亲的心突突地跳着,几乎无法呼吸。和儿子分别过很多次,每一次她都会感觉心痛,可是这一次的痛感却尤

185

为强烈。她不知自己为何会有这种反应，只觉胸腔憋闷，呼吸困难。一旦离开了儿子，他的存在便只能退化成一张照片或几封信纸。可是，母亲却不得不离开儿子。离开儿子后的母亲，就是苦行僧，每一分每一秒都承受着痛苦的折磨。

不知为什么，她又说出了那句话："要是能去苏联，那就早点去，别耽搁！"

好像有一股无形的力量在推着她，让她这样脱口而出。

那是第一次，母亲感受到了那种无形的力量。

事实上，那种无形之力比有形之力强大得多。在它的推动下，人们貌似在胡言乱语，可许久之后，当人们回过神来，才发现那时的自己并非癫狂。

第十五章　儿子遇难

9月，虽然北方已秋高气爽，但中国澳门的天气依旧燠热、潮湿和焦躁。

这天上午，空气烫得人皮肤发疼；到了下午，彤云密布；傍晚时分，暴雨将至。

在田里割草的母亲急匆匆地往家走，怕被淋成落汤鸡。远远地，她看到有个男人在那栋低矮的土屋前徘徊着，徘徊着，不觉纳罕。看起来，那人的个头并不矮，体形也算挺拔。等走近后细看，却是小林。和第一次见面时的青涩相比，现在的小林干练而沉稳。尽管他的嘴角露出了一丝笑容，但母亲却感觉那是从愁容改变而来的极为勉强的笑容。

小林的到来是匪夷所思的；小林的笑容也是匪夷所思的；小林进了屋子后即刻收起笑容更是匪夷所思的。这么想小林是不对的，因为没有任何人做出这样的规定：笑容必须持续到对方认为你真的在笑。

"小林啊，你怎么来了？"母亲的声音很柔和，好像对方是一张薄纸，大声说话会像风一样把他刮跑，"你是有什么任务吗？"

母亲抱着侥幸心理。虽然在不断的斗争中，她的承受力早已变强，可是现在她还是觉得心慌。她感觉今天的经历十分吊诡：上午的天气过于闷热，下午的云彩过于浓厚，傍晚的暴雨过于迟钝，深夜的笑容过于仓促。于是，她的心"怦怦"地跳了起来，声音大得好像整个屋子都能听见。

"大妈……您还好吗……"小林的声音听起来很奇怪，嘶哑而陌生。

"还好！还好！"母亲点着头，顺手把一绺额前散发捋到了耳后。

"您先坐，"小林说，"您先坐……"他的语调十分犹豫。

母亲顺从地坐在了一张小凳上，艰难地吞了口唾沫，嘴里突然变得很干。可小林却没有坐，而是沉默地踱着步。他的目光落在墙壁上，避免和坐着的母亲有眼神接触。终于，他停住脚步，将一张苍白而憔悴的面孔转向母亲。

母亲显得筋疲力尽。突然，她干脆地说："你说吧！你说吧！"

可小林却吞吞吐吐，好像要为他即将说出的话而感到悔恨："彭湃同志，他……他不能来看您了！"

"等等，等等，等等！你说阿湃不能来看我了是什么意思？"

小林的面颊涨得通红。他不再说话，就那么凝视着母亲。

一阵短暂而刺心的沉默出现了。

母亲的眼前浮现出了另一张面孔：瘦长的脸颊，细眉高鼻，一口洁白而整齐的牙齿，一双儿童才有的、完全不设防的眼睛。母亲的心脏跳动着，就像表针在有节奏地移动。母亲希望跳动的速度和移动的速度能保持一致，但一切都变了。

"他……他，他牺牲了……"

母亲感觉眼前一黑，像跌进了一个深井，什么都看不见，什么都听不见，怎么喊都没有用。一切都不存在了，世界变成了死寂的荒原。一切都是黑色的，连自己也是黑色的一部分。母亲的头皮发紧，胸腔像要裂开，心脏在噼啪乱跳，嘴里像吃了黄连，胃里翻搅着恶心。

"你胡说！你胡说！"她完全失去了表情。

"大妈！彭湃同志牺牲了！"小林的目光看起来冷酷而苍老。

一盆冰水从头顶浇灌而下，燃烧的心开始熄火。母亲感觉周身发凉，寒气阵阵。可是，她的面孔上始终没有一滴泪。她正用超强的耐力，将沸腾的海水控制在堤坝之内。

在母亲的一生中，从没有哪个时刻，像现在这么孤独。

她有六个亲生的孩子，但她对他们的爱却是不一样的。作为母亲，她早已意识到这是不公平的，但也知道这是不可避免的。在她所有的孩子中，她最爱的就是阿湃。这是她的命，她无法抗拒；所以现在，她必须接受这个结果，这也是她的命。

第十五章 儿子遇难

当小林用一种清晰、准确、不带任何感情色彩的方式描述着整个事件的过程时,就像一位画家用铅笔勾素描,那些线条平稳而准确,有着一种中立风格。母亲聆听着,试图拼凑出事件的全貌。然而,她却像走入了迷宫,看到四处都是拐弯,都是陷阱。

错了,错了,都错了;从一开始就错了,但却再也无法修改。

母亲就那样聆听着,不喊叫、不咒骂、不掉一滴眼泪。

那是8月24日下午4点。

当彭湃装扮成商人王子安,走进沪西区新闸路经远里十二号楼的二楼房间时,并没有意识到危险的存在。这是他的秘书白鑫的住处,但其实白鑫已经叛变。白鑫有个亲戚曾参加南昌起义,在南下到广东的途中试图逃跑,被彭湃就地正法,故而白鑫对彭湃一直心存不满。这一天,彭湃和另外四个男人见面后,便"打起了麻将"。可没多久,放哨的人便惊诧地发现:敌人来了!五辆红皮钢甲车戛然停下后,弄堂口便扑进一批法租界巡捕。他们端着枪,直接朝石库房子冲去,而那房门却是虚掩的!他们将"打麻将"的五个人全都戴上手铐,用枪抵着押下了楼。

8月26日,租界法官将这五个人引渡给国民党当局。上海市公安局派出军警,将他们押到水仙庙看守所。当敌人对彭湃进行审讯时,他只承认自己是王子安。到8月27日下午第二次庭审时,敌人找来原伪汕头市市长方乃斌出庭指认。彭湃见身份已暴露,便索性说:"我就是彭湃,你们要怎样就怎样!"当法官让彭湃讲述自己的"罪行"时,他滔滔不绝地讲了一个多小时——从成立六人农会到火烧田契,从"七五"农潮到在广州办讲习所,从革命军东征到建立海陆丰苏维埃,从转战大南山到黄浦江畔的斗争。他说:"今天你们可以审讯我,侮辱我,而我只能痛斥你们这些叛徒,杀害人民的刽子手,帝国主义的走狗。在不远的将来,当我们最终胜利时,你们这帮胆小鬼坐在被审席上,面对人民,甚至不敢说一句为自己辩解的话!"

8月28日凌晨,彭湃被转入上海龙华国民党淞沪警备司令部监狱。周恩来获悉后,派营救人员到枫林桥截车,可人们等候许久,未见有囚车经过,后来才知,车早已过去。龙华监狱是出了名的"活地狱"——

许多人都惨死在这里。彭湃的身体虽被关押着,但精神却十分昂扬。他不断地向关押他的上等兵和同囚室的犯官宣传,揭露国民党的罪行,后来那上等兵和犯官皆被他感动,成为他与外面联系的交通员;彭湃还向狱中难友宣传,和大家一起唱《国际歌》《少年先锋队队歌》,把"活地狱"变成了慷慨激昂的战场。

8月30日清晨,彭湃给党中央写的第一封信,提出了营救的种种设想。他说:"尽量设法做到五人通通免除死刑;如果不能做到,则只好牺牲我和另一个人,设法救出其他三人。"就在这一天,敌人对他实施了酷刑:先让他坐"老虎凳",又倒吊着挂在半空,再用火烧棍烫赤裸的胸脯,以及用夹着铅线的皮鞭抽打脊背。那些打手们瞪着血红的眼,他们肆无忌惮,浑身都散发着怒气和无处发泄的精力。

温热的血一股股流淌了出来,让彭湃的身体像是着了火后又泡在大海里。可是,他居然唱起了《国际歌》:"起来,不愿做奴隶的人们⋯⋯"他根本不在乎那些又急又重的击打,而只沉湎在高亢的旋律中。这旋律让打手们更加狂暴,他们使出全力挥舞鞭子,发出"噼啪""噼啪"的响声。

"起来——起来——起来——"

当歌声被黑暗吞没后,彭湃闭上了眼皮。他不知自己昏迷了多久:也许是几分钟,也许是几十分钟。现在,时间变成了沉默的石头;现在,身体变成了冒烟的焦炭。可是,当一盆水泼过来,他的眼皮刚刚睁开后,那毒打又再次开始了。大堆大堆的篝火燃烧了起来,火焰与阴影一起跳动,红色与黑色扭成一团。彭湃再次昏迷了过去。

毒打——昏迷——清醒;再次毒打——再次昏迷——再次清醒。

彭湃一连昏迷了九次,最后被弄得体无完肤,像个从红油漆里捞出来的人。

被押回囚室后,看守送来一桌酒饭。他知道死期已届,便一脚踢翻了这"赏饭"!在最后的一封信中,他这样写道:"我等此次被白害,已是无法挽救⋯⋯兄弟们不要因为弟等牺牲而伤心⋯⋯"大约一个小时后,敌人便对彭湃等四人行刑。当走出狱门时,彭湃向狱友们说了最后赠言，令狱友皆失声痛哭，也令看守为之掩面。当他从一位衣衫褴褛的狱友身旁走过时，还把自己的外套脱下来送给他。行刑是秘密的，枪毙的地点并没有出司令部，足可见敌人的心虚和畏惧。狱友们听得清清楚楚——在枪声响起之前，他还在高声歌唱。

"起来——起来——起来——"

痛心不已的周恩来含泪写下了悼念文章："谁不知广东有彭湃？谁不知彭湃是中国农民运动的领袖？"

阿湃死了……阿湃再也回不了家了……阿湃再也不会笑着说"好妈妈"了……

母亲感觉自己虽然活着，但却遍身瘫痪。她那张开的眼睛里，什么都看不见；她那顺畅的鼻孔中，没有一丝气息；她那完好的双腿和双脚，像石柱般无法移动。片刻之后，疼痛来了。一种旷世的疼痛袭击着她的五脏六腑。那苦痛涌动着，像春天开裂的冰河。

她浑身颤抖着发出一声低吼："啊……"

一种可怕的安静随后降临。到处都是沉默的黑色：黑色的天，黑色的地，黑色的呼吸，黑色的时间。陡然间，一道闪电撕破了黑暗。在电光石火间，母亲像是记起了什么："哎呀！干仁呢？干仁怎么样？"

小林难过地低下了头："干仁……干仁失踪了……"

"啊?！"母亲的心跳到喉头后，又被匕首切成了碎块。

已经一团糟了，便可以将哭诉和哀号全都省略了。母亲果断地将小林打发走后，便软软地躺在了床上。她的肺像一架破旧的风箱，"呼哧""呼哧"地响着。

就在那个瞬间，母亲变老了。

像灯芯离不开灯油，母亲是离不开儿子的；所以现在，母亲的肉体还在，那内里已经崩塌。因为，儿子的死亡就是母亲的死亡；甚至，儿子的死亡，大于母亲自己的死亡。

现在的母亲，像是喝了大量的麻醉药，处在迷迷糊糊的状态中。她的眼神枯萎，嘴唇紧闭，手脚僵硬，像躺在坟墓中。

她无法原谅自己——她觉得自己对儿子的死负有一定的责任。儿子不满社会的腐败和黑暗,思想日趋革命,而母亲对儿子的"行动"却采取了默许的态度。她明知儿子处境危险,却深信儿子的行为是合乎正义的,所以从没有制止和规劝。

所以,她认为自己也是有罪的。

她想起了老二彭达伍、老三彭汉垣、老三的儿子彭陆、儿媳蔡素屏……他们和老四彭湃一样,都是主动作为牺牲品而贡献出自己的。虽然作为母亲的她,并没有说过一句让他们去牺牲的话,可她清清楚楚地知道,他们那自我牺牲的冲动,是从她这里得到启示的。

儿子已经不在了,可她还苟活着。虽然活着,但却总有种尖锐的痛感。那痛感是不可能消失的,只能沉在身体的最里面。母亲就这样挨过了一天又一天。随着时间的推移,疼痛变成了哀伤,哀伤变成了沉默,沉默变成了孤寂。如果灵魂没有重新喘过气来,那肉体便永远都不会康复。

日复一日,日复一日。

深夜时分,月亮从云层后钻了出来,将皎洁的光芒洒在了她的身上。

"好妈妈,坚强些,重新开始吧!"母亲好像听到了儿子的呢喃,可睁眼一看,屋里却空空荡荡。当她抚摸自己的耳垂时,感觉那里很烫很烫。那一刻,月光下的母亲就像一尊大理石雕像。

"为了阿湃,我要活下去!"

从这位花白头发的老人眼里,射出了两道滚烫的目光。既然生活还在继续,那她的路就没有走到尽头。于是,母亲爬起身来,开始扫地擦灰,折叠衣衫,择菜淘米。

新的一天开始了。

现在,挽救儿子的唯一办法,便是让儿子的生命在母亲的身体里继续活下去;现在,母亲不仅仅是她自己,还是她和儿子的合体;现在,人生的规律颠倒了过来:以前是母亲孕育了儿子,现在轮到儿子孕育母亲了。

澳门,澳门。

第十五章 儿子遇难

1930年的中国澳门,没有闪烁的霓虹灯,没有繁华的大马路,到处都是破旧的房屋、泥泞的小巷。由于电力缺乏,到了夜晚,整座城市变成了黑乎乎的一片。即便第二天太阳升起,天空也像一块旧抹布。

在澳门郊区的田野里,母亲正在和一群女人割草。

阿湃的死亡,在母亲身上产生了巨大的震荡。这个打击不仅损害了她的健康,还改变了她的生活方式。现在的母亲,和住在龙津河畔二层小白楼的那个人,已截然不同。好像有一把利剑,一下子切断了母亲和她的过去的生活。现在,她头发花白,脸色黝黑,眼角和嘴角布满密密的皱纹,手心很粗,双眉会用劲地蹙着。

现在,母亲就是一个在田里割草的老妇人。

她像一根芦苇,台风席卷而来时,她便俯下腰肢;当台风过后,她便又挺起了腰肢。对她来说,暴风雨是正常气候,她既能承受得住高温的炙烤,也能承受得住暴雨的浇灌。在她的嘴角,总是挂着一缕淡淡的微笑——那微笑里透着忧郁。她不会轻易放弃希望的,因为现在的日子虽然难,但也是用儿子的鲜血滋养出来的。

母亲面容的变化会让外人大吃一惊,但却不会让七儿媳杨华吃惊,因为现在,她几乎天天都和母亲在一起。突然,儿媳发出一声尖叫:"哎呀!不好!"

原来,她踩到了马蜂窝。眼瞅着马蜂"嗡嗡"地炸开,母亲拉着她就跑。可是,她俩跑到哪里,马蜂就跟到哪里,围着她们狂叮不已。

这时,有位老大娘大喊:"蹲下!蹲下!"

母亲恍然大悟,忙拽着儿媳蹲了下来。她们低下头,用胳膊将脑袋环住。等蜜蜂成群地飞过后,母亲"扑通"一下跌坐在地上。当儿媳拽起她的裤腿时,发现腿上已肿起了很多小包。在儿媳的搀扶下,母亲一瘸一拐地朝那间窄小低矮的屋子走去。

这时,一个五岁左右的男孩从屋里走出。他大喊了起来:"奶奶,你怎么了?"

杨华马上说:"士禄,快去搬个凳子来。"

男孩搬来凳子后,又从屋里拿出条毛巾。那毛巾黑乎乎的,早已看

193

不出原来的颜色。男孩心疼地说："奶奶，疼不疼？要是疼，您就哭出来吧？"

祖母露出温厚的笑容："士禄啊，奶奶不能哭，哭了会让别人笑话的！"

孙子点头道："奶奶，那您就好好休息，以后砍柴割草、糊火柴盒、做炮仗的活，都交给我吧！"

祖母点头道："士禄长大了，能当家了！"

在小士禄的眼里，祖母始终都是一个神秘的人。有时，他感觉离祖母很近很近，可有时又觉得离祖母很远很远。他知道祖母是世上最善良的人，可他却读不懂祖母的眼神。她总是沉浸在往事里，什么都不说。士禄有些害怕祖母，但又格外依恋她。现在，他既没有可以仰仗的父亲，也没有可以撒娇的母亲；现在，祖母就是他的一切。

儿媳系上围裙后对母亲说："妈，组织上让我们到香港去，这样可以配合阿述的工作。"

母亲用眼神制止住儿媳的讲话，转头对士禄说："好孩子，你去帮奶奶糊纸盒吧！"

看到男孩像旋风一样飞走后，母亲道："当着孩子的面，不要说太多。他那双小耳朵里，什么都会听到的。现在澳门的日子不好过，香港的日子也难啊！"

儿媳道："妈，咱们到了香港后，先住在老五家，组织上每个月会接济一点生活费，你可以到柯麟医生家帮佣，我可以到胶鞋厂做工，这样便于掩护印刷工作。"

听到母亲叹息了一声后，儿媳又说："妈，是我们不孝，让您这快六十的人还要出去帮佣……"

母亲拍了拍儿媳的手："干点活算什么，我不怕！我就是心疼这孩子！"母亲的眼里起了雾，"士禄没了娘又没了爹……"她用手背擦了擦眼角，"干仁失踪了，凶多吉少！咱们再怎么难，也得把士禄养大成人！"

母亲的母性被重新焕发了起来。现在，她要承担起养育这个孩子——她儿子的儿子的职责。现在,她不仅是这孩子的祖母,还是他的母亲,以及父亲。

这孩子是彭家的根啊!

1927年3月1日,当海丰城失守后,彭家那栋两层小楼便被烧毁,而国民党下达的搜捕令说"彭家人抓到一个杀一个,一个都不能留,要斩草除根"。那时的海丰城,就像一块释放着毒气的沼泽地,根本没法活人。母亲叮嘱奶妈王婵,让她先抱着三岁的小士禄到附近的老母庵躲起来。后来,士禄又被送到离县城较远的村子里。

1930年,当小士禄跟着七婶杨华来到澳门后,他抱着祖母便号啕了起来。祖母将他揽在怀里,用温暖的手掌抚摸着他的头发,让他慢慢地平静下来。看着孙子一天天长大,祖母的心里满满当当。当这孩子询问有关自己父母的事时,祖母总会认真回答。虽然她的讲述是片段式的,但对男孩也是一种安慰。他渐渐地有了一种英雄气概:"我是彭湃的儿子!"

1931年,祖母带着孙子、儿媳一起来到香港的老五家。士禄总是帮祖母做饭、扫地、洗衣服、倒痰盂。1931年夏天,在香港做地下工作的老七彭述来到老五家,说要把小士禄送到"他爸爸那里"去。于是,士禄便和祖母告了别。原来,组织上调彭述到大南山工作,这样他便可以顺路把士禄带回大陆,安排人送他去中央苏区。1933年秋天,敌人疯狂"围剿"大南山。在一次敌众我寡的战斗中,年仅二十八岁的彭述牺牲了。当消息传来后,妻子杨华号啕大哭,几欲昏厥。

去苏区的两位同志牺牲后,小士禄便在二十多户群众家里生活。有一户人家住在山顶,他便叫那家的女主人为"山顶阿妈";另一户人家是红军陈永俊哥哥的家,他便叫陈母潘舜贞为"姑妈"。就在1933年农历七月十五凌晨,由于叛徒的出卖,小士禄和潘姑妈都被捕了。当八岁的他被关在潮安县监狱的女牢房后,居然看到了曾经抚养过他的"山顶阿妈",原来她是先被捕的。"真有幸"!小士禄居然有两位母亲守护着坐牢,生怕他受饥受寒。潘姑妈既善良又坚强,忍受着酷刑的折磨,宁可把牢底坐穿,也不供认士禄就是彭湃的儿子。

这两位为他坐牢的女人，和他没有任何血缘关系，却像他的亲生母亲！

那时，男女牢房共有几百位难友，大家见小士禄衣衫破旧，便凑钱给他做了套新衣裳。于是，小士禄便穿上了"百家衣"。几个月后，士禄哭别了两位母亲，被单独押至汕头的石炮台监狱。在这里，有人给他拍了张照片——一头黑发，懵懂的脸庞，短布衫，七分裤，赤着脚。当这张照片被刊登在《民国日报》上时，还醒目地注明"共匪彭湃之子被我九师捕获"等字样。

1934年，他被转入广州感化院监狱受"感化"一年。1935年被释放后，他又回到潮安过起了流浪生活。1936年夏季，乡公所来了几个兵，再次把他抓走。这一次，他们直接把他关在了潮安县监狱的男监。女监的人看到士禄后，就把姑妈叫了过来。姑妈一见他就急哭了："阿弟，你怎么又给抓来了！"过了几天，狱警将士禄带出男监，在天井处见到了姑妈。他俩被莫名其妙地带到了法庭上。在那里，坐着一位白发苍苍的老太婆。

士禄定睛一看：那不是祖母吗？

原来，当祖母在报纸上看到士禄的消息后，便开始营救。1934年，当士禄被押在广州感化院时，祖母找人疏通关系，要求释放这个未成年人。当她赶到感化院来探望时，院方不让见，说等释放时再通知她。可是，等小士禄被释放后，祖母又来晚了。祖孙俩阴差阳错地走散了。这一次，得知士禄又被关在潮安监狱后，祖母忙来营救，所以才出现了祖孙法庭相见的事。

此时此刻，祖母和孙子的目光相遇了。

其实，在他还没有看到她时，她就已经看到他了。

小士禄不知该怎么办！那不是陌生人，而是嫡亲的祖母啊！

祖母的头发几乎全白了，棕色的脸孔上添了很多皱纹，身体颤颤巍巍的，像一阵风就能吹倒。唯一没变的，是祖母的眼神——那种特别坚定的眼神。这眼神，曾深情地凝视过自己，士禄怎能忘记！

现在，笃定沉稳的祖母有些慌乱，一见孙子便喊了起来："士禄，士禄，我的乖孙！"

她想走过去拥抱那孩子，但肩膀却被两个狱警按了下去。

坐在大堂的法官摇晃着手中的铃铛，大声说："肃静！肃静！请保持法庭肃静！"

小士禄瞪大了眼睛——原来，这就是法庭！可是，为什么自己和姑妈会被带到法庭？为什么祖母会出现在法庭？现在，这个男孩感觉脑子里蒸腾出很多热气，整个人变得晕晕乎乎。他想大喊一声"祖母"，然后扑进她的怀中，可是他张了张嘴，却没有发出任何声响。

虽然士禄还只是个小男孩，可这几年隐姓埋名、四处流浪的经历让他早已懂得，他的身份对爱他的人来说，常常是一种灭顶之灾！他不敢随便承认自己是彭士禄，是彭湃的儿子，是祖母的孙子！不，这种承认会带来杀身之祸！所以，当他想大喊"祖母"时，即刻将嘴紧紧闭上，就像那里有条拉链被拉了起来。然而，他却忍不住浑身发抖。

事实上，这次祖母是有备而来。

她的手里拿着一封信——彭泽民写给当时在汕头政府任职（但未暴露）的陈卓凡，请他想办法营救小士禄。陈卓凡既是彭湃在日本读书时的同学，也是彭湃的好朋友。他调动关系进行疏通后，告诉母亲："可以放人，但需要通过法律手续。"就这样，才出现了士禄和祖母法庭见面的这一幕。

可是，士禄和姑妈并不知道其中的原委。

在法庭上，祖母指着士禄说："这是我的孙子！"

而姑妈不同意，硬说："他是我的侄子！"

法官指着祖母问士禄："她是不是你的祖母？"

士禄害怕这是个阴谋，也害怕姑妈因此受到牵连，所以咬着牙摇头说："不是。"

祖母大吃一惊，颤巍巍地站起来，瞪大眼睛说："你这个臭小子，怎么不认我？"

姑妈不知道这位老人就是士禄的祖母，也站了起来说："这孩子是我侄子，是我兄弟死后托付给我的，谁也别想带走！"

祖母顿了顿，平静地说："我有证据！"她说："我孙子的右脚大趾顶上有一个指头大的血痣，一戳便变白，一放开就恢复了原样。"

当法官让士禄脱鞋查验后，果然如祖母所说！然而，姑妈就是不认账，一口咬定士禄是她侄子，而士禄也附和着说，她不是我祖母。祖母气坏了，给了孙子一个大嘴巴："你这小子，为啥不认我！"

姑妈张开双臂护住士禄："你凭什么打人？"

两个人在法庭上你争我夺，谁都不肯让步。最后，法官只好宣布休庭，将姑妈和士禄押回牢房。刚一出法庭的门，姑妈就低声询问："阿弟，她到底是不是你祖母？"

看到士禄点点头，姑妈乐了："我看也是。可你为什么不认呢？"

士禄说："我要是认了，会不会连累她？再说，我要是走了，谁来照顾你？"

姑妈说："乖小弟，你有这个心就好。下次过堂，你一定要认，出去了可以读书，只要你不忘记姑妈就好。"

在第二次过堂时，法官问姑妈："人家证据确凿，你还有什么可说的？"

祖母盯着姑妈，想看她到底要说什么，可这一次姑妈却默默地低下了头——原来，地下党组织已将祖母营救士禄的消息传给了姑妈。看到姑妈不吭声，祖母知道有戏了！

她走过来，拉着士禄的手说："快叫祖母。"

士禄张了张嘴，可不知为什么，就是叫不出声。这时，姑妈在一旁催促："阿弟，快叫啊！"终于，男孩鼓起勇气，大声地喊了出来："祖母！"

祖母一把抱住了孩子，不禁热泪滚滚。

姑妈用衣袖擦着眼泪道："老人家，孩子交给你了，赶紧让他念书吧。"

祖母拉住姑妈的手说："大妹子，这些年辛苦你了，我们全家都感激你的大恩大德。"说着，祖母就要给姑妈磕头，可姑妈一把扶住了祖母："老人家，这可使不得。"

第十五章　儿子遇难

　　祖母把身上所有的钱都掏了出来，塞给姑妈，而姑妈说什么都不要。于是，两个人便推来搡去。最后，祖母生气了："你是小士禄的姑妈，就是我的女儿，我们是一家人！你如果不要这个钱，就是不认我这个亲人！"姑妈推辞不过，便把钱收下了。

　　法官当场宣判——小士禄归祖母领回。

　　看到狱警走了过来，反扣着姑妈的手推搡她时，小士禄的心像刀绞般难受。他跑到姑妈面前，"扑通"一声跪倒在地，抱住姑妈的腿就号啕起来。姑妈赶忙弯下身，将孩子扶了起来。最后，士禄哭着向姑妈告了别，跟着祖母离开了法庭。

　　当祖母和士禄乘火车来到汕头的陈卓凡家里时，陈先生叫人把世禄带去洗澡和理发，还给他买了一套新衣服和新鞋子。看到孙子从一个小脏孩变成一位小绅士后，祖母笑得合不拢嘴。

　　陈卓凡不禁陷入回忆——当年，他和彭湃一起住在东京的基督教青年会馆。那时，彭湃埋头研究基督教。陈卓凡不信教，所以午饭后要回房睡觉，可彭湃还是来敲门。他说："你未入门，所以无兴趣。"陈卓凡还是坚持不去。彭湃于是妥协地说："你就来听二十分钟好不好？要不，十分钟？"彭湃说话的样子，依旧活灵活现地保存在陈卓凡的记忆中，可是他却已英年早逝，陈卓凡不禁唏嘘嗟叹！

　　他拿出一些钱交给祖母："老伯母，本来应该留你和世侄在这里多休息几日，但汕头也是是非之地。潮安今日放了士禄，只怕明日又要变卦，对世侄不利。所以，你们还是赶快离开的好。"陈家人买好了船票，并叫来一辆人力车。于是，祖孙二人来到码头后，当晚便乘船到了香港。

第十六章　士禄的"小学"

一回到香港，母亲就让士禄吃饱喝足后，赶快去睡觉。

"让他睡，别喊他，他需要睡眠……"现在，母亲需要保持冷静和克制，避免不理智的热情。

当她凝视这孩子时，发现他又黑又瘦，眼神里充满了胆怯和狐疑。她费劲地思考：用什么法子才能治愈他？最终，她选择了最朴素、最保守的法子：吃饱、睡足。先让孩子的身体获得休息，然后再慢慢地打开他的心结。不能着急，得慢慢来。母亲发现，这个曾和自己生活在一起的男孩，如今已变成了一个陌生人。现在，只有当这孩子熟睡后，她才感觉和他很亲近。一连几个星期，母亲只是催促着让他吃喝，然后再去睡觉。听到孩子有节奏的呼吸声后，她才真切地感受到：士禄是回家了。

她知道自己要等待，要耐心地等待。

她在等待着和孙子建立起亲密关系后，他讲述出自己所经历的一切。

在此之前，她不能追问。

母亲的外表比原来更苍老，但她的内里却比原来更博大、更宽阔。当她和阿湃相处时，她就像胶水，总是试图将自己和儿子粘在一起。那个时候，在母亲和儿子之间，根本容不下第三者；而现在，面对孙子时，母亲让自己与他拉开距离，变成一个沉默的观察者，保持一种必要的疏离感。祖孙俩同居一室时，经常一言不发，安静得有些诡异。然而，当母亲开口后，话语总是干脆利落，简单明了。大多数时候，母亲都将她的爱意掩藏起来，不要外泄。到了夜晚，等孩子睡着后，她会意味深长地凝视他。只有在那个时候，她才觉得与他更为亲近。她倾听着

第十六章 士禄的"小学"

孩子的呼吸,感觉那均匀的节奏是世上最美妙的音乐。

母亲惊诧地发现,一旦她不再过于勉强自己时,另一个新的自己便诞生了。

现在,母亲是一位新母亲:更冷静、更节制、更内敛。

当阿湃走了之后,她的心便变得空空荡荡;而现在,这个孩子填补了那些空白之地。所以,她感激这孩子,让她在人生历程中做了第二次母亲。

终于,母亲等到了与孩子和解的时刻。

小士禄的记忆是破碎的,东一块,西一块,而他努力想要拼凑出一个完整的图案。可他实在太小了,根本没能力看到那幅图的全貌,只能对图中的某个局部略知一二。所以,当他断断续续讲述时,很多事情都南辕北辙,而他身处其中,根本搞不明白。这时,母亲要像缝纫女工,手里拿着针和线,将那一片片记忆连缀起来;同时,她要将孩子的记忆与自己的记忆进行比对,再寻找出端倪,慢慢向上回溯,最终顺藤摸瓜,知晓全貌。终于,母亲逐渐明白了从1931年到1936年,士禄到底经历了什么。

在别的男孩上小学的阶段,这个男孩也在社会上经历了他的"小学"。

1931年的那一天,当老七彭述带着六岁的士禄坐船来到汕头后,从码头走了几十里地,沿潮汕铁路走到潮安县庵埠镇的一个小村。他们走进了一间大房子,里面聚着二三十位男人,各个都带着驳壳枪。那些男人对着士禄微笑,没有一个人瞪眼。不久,七叔对小士禄说他要出去上厕所。小士禄等啊等,等啊等,总不见七叔回来,于是便号啕大哭起来。

这时,那些高高大大的叔叔们便来哄他,将他带到一户人家去住。这男孩还没完全适应这家人的生活,便又被带到了另一家。就这样,一家住一个礼拜,小士禄大约在二三十户人家里居住过。凡是中年妇女他一律叫"阿妈",凡是中年男子他一律叫"阿爸"。

士禄虽然小,但他已从大人的眼神里获悉,自己的身份是一个天大

201

的秘密，得要好好保护才行！现在，他是一个侥幸的幸存者。可是，那些追杀他的人像狼一样，四处都有，留给他的生存空间是有限的。要知道，那些被叫成"阿妈"和"阿爸"的人，随时都可能会被杀头。这让他体会到一种刻骨的恐惧。他能活下来，完全靠那些陌生人的忠诚。

1932年的冬天，党组织希望将小士禄送到中央苏区——江西瑞金。这时，林甦和张国星要去瑞金开中共苏维埃第二次代表大会，党组织便让他们把士禄一起带上。那时，江西与广东有水路相通。小士禄被带到汕头金砂乡韩江支流的一条小河边，住在一位姓杨的渔夫家。渔夫爸爸有个儿子，个头比士禄高，士禄就叫他"哥哥"。

那天晚上，杨家的门"吱呀"一声开了，进来两位叔叔，一位个子高，一位个子矮。原来，高个子是张国星，矮个子是林甦。两位叔叔都很喜欢小士禄，尤其是林甦，对士禄更是疼爱有加。林叔叔教士禄如何应对路途中的盘查。他说："如果发现有可疑情况，你就说渔夫是你的阿爸，渔夫的儿子是你的阿哥。阿爸和阿哥出海打鱼，顺便把你送到外婆家。至于我们俩，是半路搭船的商人，你根本不认识。"

小船沿着村前的小河向前行驶。当小船驶到骝隍时，他们原本想加速冲过去，却被岸上端着枪的人呵斥住："开船的，靠岸检查！不靠岸就开枪！"

原来，因这里是去苏区的必经之道，所以敌人设了重兵把守。几个敌人到了船上后，东瞅瞅西看看，眼神像飞刀乱舞。他们还伸手敲船篷，又蹲下去敲船板。当他们发现船舱里有一道泥灰缝时，便使劲地抠啊抠。不一会儿，他们便抠出了一张字条——党组织为林甦和张国星到苏区开会写的介绍信。

"共产党！快快！绑起来！"

突然间，一切都变得剑拔弩张起来。那些人大喊着，脸部表情扭曲，奔跑时脚步稀里哗啦。小士禄低下头看着自己的脚尖，不明白眼前发生的这一切，也不知道自己该做些什么。他只能愣愣地站在那里，一声不吭。

当四个大人被五花大绑地押走后，小士禄的哭喊声却没人理会。

第十六章 士禄的"小学"

这孩子被孤零零地丢在了河边。他体会到了一种可怕的孤独。他发现自己就像一粒沙子般渺小,无力而脆弱,随便一阵风就能吹得找不到踪迹。他惊慌失措,但不知道该怎么办。虽然他明白自己身处险境,但却只能原地不动。到了下午,渔夫父子被放了回来,却不见那两个叔叔。显然,中央苏区是去不成了,渔夫便按原路返回了家。

听到士禄讲述这段经历时,祖母瞪大了眼睛,喘着粗气,感觉一股寒意蹿遍全身。

她说:"那个矮个子的林甦叔叔,是你爸爸的好朋友。他们曾一起走山路去找过陈炯明。他戴着个近视眼镜,是不是?你爸爸去世后,他伤心欲绝,整日整夜地工作,头发长到遮住耳朵都不去理!他是用'披发'的方式来表示对你爸爸的悼念。他还写过纪念文章呢……"

当士禄回到渔夫爸爸家的第二天,陈永俊哥哥就来了。他将士禄接到了自己的家——陈村。士禄称哥哥的母亲潘舜贞为"姑妈",称哥哥的妹妹为"姐姐"。陈家没有一分地,全部生活都靠绣"潮绣"。每当领到活计,姑妈和妹妹就没日没夜地伏在绣花绷子上,连头都不抬一下。看她们这么忙这么累,士禄也想帮忙。姑妈拗不过他,便找了一个最小的花绷子,在白布上用墨线勾出一朵小花,让他学着绣手巾。士禄的眼睛好亮,心灵手巧,很快便学会了。士禄在陈家一住就是一年。

到1933年的农历七月十六,事情发生了变化。黎明时,陈家被国民党兵给包围住了。他们将小士禄和姑妈逮捕后,关进了潮安县监狱的女监。在牢房中,士禄突然看到了"山顶阿妈"。她一见士禄便问:"阿弟,你怎么来了?"

这位"山顶阿妈"和姑妈并不认识。

就这样,在女监中,小士禄和两位妈妈一起坐牢。

刚入牢房时,小士禄衣衫褴褛。当大家知道他的身份后,便发动了一次捐款。全监狱三百多人共捐得十元钱。大家用这些钱给士禄做了一套衣服,余钱让姑妈保存着。

那一天,忽然有人带士禄走出潮安监狱。他被一名军官押上火车后到了汕头,在一个貌似"警备司令部"的地方住了两三个月。这时已接近冬天，士禄的身上生了虱子，痒得很。不久，他又被转到了汕头的石炮台监狱。

整个炮台是一个巨大的圆环形，双层夹墙中的炮巷就是一个个牢房。这个地方就是一个阎罗殿——铁窗外就是大海，寒风中夹杂着海浪的呜咽，阴森可怖。这里的生活极为清苦：每餐只有一小碗霉米饭，里面常夹着沙子和石粒；菜根本没有油水，还有虫子。到了冬天没有被子盖，经常没有水洗脸。很多人都生了疥疮，小士禄也被感染上了，浑身又痛又痒，还流着脓。如果有人死了，便直接抛进大海。

虽然小士禄在石炮台监狱没有被饿死，但到了广州感化院监狱后，却差一点病死。整整两个礼拜，他都发着高烧，说着胡话，不断抽搐。多亏跟他头挨头睡觉的一位红军小哥哥，跑上跑下地替他端饭倒水，照顾他，他才慢慢熬了过来。晚上，士禄觉得头脑清醒了一些，想去上厕所，但又不想惊动别人，便硬撑着下了床，试图站起来。

可是，大事不好！

他发现自己的双腿像棉花一般，根本没有力气，软软地耷拉着。当他试图想走路时，"扑通"一声，整个人都摔倒在地。歇了一会儿，他扶着墙站了起来，可是刚一迈步，又跌倒在地。原来，士禄在那场大病之后，落下了后遗症——双腿瘫痪！还是那位红军小哥哥，背着他上厕所，背着他去吃饭。

这一天，士禄正披着麻袋片在牢房里冷得发抖。有个人进来后，摆弄着一个蒙着黑布的木匣子。那人也不管士禄冷不冷，硬是让他把麻袋片拿下来，露出一身粗布衣裤，于是，士禄的胳膊、小腿和双脚都赤裸了出来。那人用指头把他的头发梳了一番，然后跑过去钻进黑布，只听"咔嚓"一声响，吓了士禄一跳。那人从黑布里钻出来后说："回去吧，照完了。"

这是士禄第一次照相。

正因为这张照片，才让祖母知道了他被捕的事情。

在感化院住了一年后，士禄和别人一起被集体释放。当他讲述到这里时，祖母失声大叫："乖孙啊，感化院通知了我，我赶到门口时已经

第十六章 士禄的"小学"

不见一个人了！"

阴差阳错，祖孙俩再次分离！

当小士禄和一群人坐上轮船往汕头驶去时，他犯了愁：自己该到哪里去？

当船停靠在香港时，士禄跑到甲板上眺望岸上的那片灯光，不由得想起在香港的亲人。在这片灯海里，哪一盏灯是属于祖母的呢？他想溜上岸去找祖母。可是，七叔带他离开时他才六岁，根本记不住路。再说，这么多年过去了，祖母也不一定就住在原来的地方。到了汕头后，小士禄提着小藤篮随着人群一窝蜂地上了岸。

举目无亲的他，循着记忆走到了金砂乡，来到了姑妈家。可是，家里并没有姐姐，而姑妈还在监狱里，只有婶母靠乞讨过日子。士禄将两元遣散费交给了婶母后，便跟着她一起靠要饭度日。过了一段时间，婶母带着他去投靠了她的大姐夫。大姐夫是个打石头的，生活十分艰苦。为了让家里有燃料，士禄每天都上山去割草。虽然沙粗石尖，可他的脚底板已磨得很厚，根本不怕疼。

就这样挨到了1936年夏天，他居然再次被捕，被押到了潮安县监狱的男监。在这里，他发现潘姑妈还被关在女监中。在这里的法庭上，他看到了祖母。

那一刻，他想扯开喉咙大喊："祖——母——！"

可是，他张了张嘴，却没有发出任何声响。

这就是彭士禄惊心动魄、九死一生的"小学"。

在香港，母亲让士禄去免费的教会学校——圣约翰学院——上学。

因为是全英文授课，所以士禄每天都要背英语单词。看到孩子喃喃地背诵，母亲的嘴角泛起笑容。

1939年秋天，当学校放暑假后，母亲因一桩急事要赶回海丰办理，便将士禄托付给彭泽民照管。彭泽民是农工民主党主席，当时在香港挂名当医生。他对彭士禄十分疼爱，常向他讲述彭湃的斗争事迹。他说："广东的东江抗日游击队是共产党领导的，打仗很勇敢。"

殊不知，说者无意，听者有心。

等待的母亲 <<……

　　士禄便和堂弟彭科（老二彭达伍之子）商量，一起去参加东江抗日游击队！可那时，他才十四岁。然而，他急于想成为一名"游击队队员"，似乎这样才能配得上"彭湃的儿子"这个头衔。他觉得那些英文单词既陈旧又落伍，他想到更广阔的天地中去扛枪打仗，浴血奋战。

　　他当然崇拜父亲。

　　每一次，当他从别人注视他的目光里，都能读到一种特别的尊敬。而现在，他过的生活和父亲的生活太不协调，所以他想要来一点改变。他像夜晚扑火的飞蛾，虽然翅膀还很脆弱，但却勇敢地奔向光明。于是，这两位少年便偷偷买了船票，辗转到达惠阳的坪山，找到了在东江纵队当队长的堂哥彭雄。他俩被吸收进特务队后，还领到了一支枪。当彭士禄将枪揽在怀里时，就像孙悟空抱着金箍棒，欢喜得抓耳挠腮。无论是站岗、放哨，或操练，他一刻都不肯把枪放下，甚至连睡觉都把枪搂在怀里。拿着枪的他，感觉自己和父亲更加靠近了。

　　可是，由于水土不服，士禄患上了严重的疟疾。他瘫软在床，整个人陷入了昏迷。他的身上一会儿冷，一会儿热，像刚从煤窑走出又进了冰窟窿。高烧中的少年甚至还出现了幻觉：他看到远处的山路上有个人在等他，于是他一步步朝前走，想要靠近那个人。他以为那人就是父亲，可他一个趔趄跌倒后又爬了起来，摇摇晃晃地走到那人面前时，却发现是祖母。她穿着件黑色大褂，单薄而瘦弱，身子向前倾，竭力往远处看。当他俩的目光对视到一起后，少年的身体开始剧烈地摇晃起来。他的双腿陷入泥浆不能自拔，于是大喊起来："祖母！祖母！"

　　这少年不知道，当他身患重病时，远方的祖母彻夜不眠，默默祈祷："士禄，你可要挺住！"母亲的心里涌动着难言的悲痛。唉，儿子和儿媳都已牺牲，干仁又失踪了，士禄可千万不能再出事！

　　这个孩子，是她孩子的孩子，是她骨肉的骨肉；这个孩子，就像大海涨潮后留在沙滩上的贝壳，是老天爷赐予的礼物。可现在，海滩上不仅没有了贝壳，连大海也不见了踪影，只有一股浓烈的咸风在吹拂。母亲喃喃地说："老天爷，如果需要惩罚就惩罚我吧，放过我那可怜的孙子。他已吃尽了苦头，不能让他再受罪了！"

第十六章 士禄的"小学"

没过多久，彭士禄和彭科便回到了香港。原来，彭泽民托党组织找到了他们，并把他们送回了香港。当母亲看到士禄后，她的眼神就不再移动了：瘦削的身材，铁青的面孔，眉头下的眼珠子紧张地转动着，嘴唇被咬得发白，乱蓬蓬的头发和脏乎乎的衣衫。母亲心里的那块石头落了地。她深深地叹了一口气，用平静的声音招呼孙子们来吃饭。

母亲发现士禄变了。除非迫不得已，他几乎不怎么开口说话；如果不小心绊倒并划伤自己，他会压抑住哭声，用手捂住伤口，踮着脚跑到远处后，才会释放出痛苦的哭声；他总是一个人躲在屋里，即便别人敲门也不愿出来。

现在，士禄的外貌和阿湃越来越像，但性子却完全不同——由于长期生活在紧张状态中，士禄是个敏感而内向的人；他的内心似乎充满了隐藏的火气，随时随地都能爆发一场地震；而阿湃自幼生活优渥，加上祖父的庇护和母亲的照料，所以他显得快活而明亮，具有很强的亲和力。

母亲惊诧地发现，其实自己并不了解阿湃。

现在，当她拿士禄和阿湃对比时，阿湃的特点才显现了出来。唉，直到现在，母亲才发现，阿湃是一个快活的人。无论谁和他在一起，都能沾染上那种快活的气息。只要天一亮，他便开始忙碌起来，像鸟儿要在空中滑行那般，他总是显得兴致勃勃。儿子是明亮的，而孙子是晦涩的。孙子的童年破碎而暗淡，这让他过早地见识了黑暗。所以，孙子总是呼吸急促，神经紧张。然而，孙子的这一部分性格，其实也是儿子的性格，只是儿子掩饰得十分巧妙，没有被母亲发现而已；现在，通过观察孙子，母亲越发地了解了儿子。

现在，母亲要以超强的耐心和冷静来面对孙子，才能建立起一种崭新的"母子关系"。

在母亲的瞳孔里，释放出钢铁一般的光芒。

她努力地喂养着孙子，希望饱腹感能消解他的紧张。她似乎看不见这孩子的缺点，而只把他当成一个普通人对待。她用自己的行动做示范，绝不多言。她相信孩子是聪明的，会调整自己的行为罗盘。

半年后,士禄被秘密地送到了重庆。

士禄并不知道,自己的行为一直受到周恩来的关注。他多次派地下党员到香港和粤东地区寻找士禄,但因线索中断而无果。抗日战争爆发后,他又派副将龙飞虎到香港去接彭士禄。在重庆的八路军办事处,周恩来和彭士禄相见了!当他握着这位十四岁少年的手时,双眼饱含深情:"士禄啊,我终于找到你了!"

这时的周恩来,下巴上留着很长的胡子,上身穿着一件夹克衫,下身是西裤,显得英气逼人,但又和蔼可亲。他轻轻地抚摸着士禄的脑袋说:"1924年我到广州时,是你父亲到码头接的我,他还把自己的房间让给我了,他很会开玩笑,你应该向他学习。他虽然是大地主出身,但却烧了田契,变成了无产者。现在,你要去延安,要服从组织安排,好好学习!"

1940年,周恩来派龙飞虎把彭士禄送到了延安。在那里,士禄的日子是无拘无束的,他既不用担心吃、穿、住,还有老师和同学们陪伴。可是,士禄却显得落落寡欢,并不合群:因为不会讲普通话,因为流浪和坐牢。他虽然穿上了灰军衣,变成了小战士,但脸上总是流露出一丝忧郁。每逢周末或节假日,学生们都会成为中央首长家里的座上宾。可嬉闹的人群里,很少能看到士禄,他总是一个人留在学校读书。当周恩来发现士禄不合群时,便找他谈心,给他讲他父亲的故事,还鼓励他和同学们一起玩。

改变是逐渐发生的。

最终,彭士禄成长为一个帅气的年轻人。虽然他的个头不算高,但却结实而健壮。他的额头光洁,鼻梁高挺,牙齿洁白而整齐,头发黝黑而浓密。他继承了他父亲的机敏头脑,但他却更内敛。当别人知道他是彭湃的儿子时,对他充满了好奇。可是,当别人对他提的问题越多时,他便越沉默。他并不想随随便便地谈及父母。不,他不想说父母是如何遇难的,也不想说自己是如何流浪的,更不想说在石炮台监狱和广州感化院的那些事。这些事是他的秘密,他想要把它们全都封存起来。他既不为自己的过去感到羞愧,也不想成为别人的谈资。他只想和大家一样平平常常。

转眼就到了1941年12月。

当香港沦陷后，日本人在这个被称为"东方之珠"的地方肆意横行，作恶多端。曾经的安全之地，如今已无法让人安眠。可怕的崩坏如同可怕的疾病，不仅悄然降临，而且蔓延开来。若想不染病，只有离开。

1942年，当母亲重返海丰时，已七十一岁。

然而，故乡却没有她的栖身之处。

自1928年3月1日，一把大火烧了龙津河畔的白色小楼和"得趣书室"后，母亲便没有了家。这次回来，她发现地基里的砖，都被人偷偷挖走了，只剩一片黑乎乎的泥地。

但她并不觉得孤单。

虽然这里是一片焦土，但母亲却能感受到儿子的气息。这里的每一条巷子里，都曾晃动过儿子的身影；这里的每一个乡村，都曾飘荡过儿子演讲的声音；这里的"红场"上曾会聚过六七万农民，当他们听到儿子说"举起来"后，便让几万根尖刀闪成一片银色的海浪。

当有人发现那单薄的身影是彭湃母亲后，便走过来和她拉话。人们越聚越多，叽叽喳喳。有位老年男子说："先前阿湃就是能干！现在的海丰可找不出这样的人才了！"有位中年男人说："要是湃弟勿死，俺们早就有好日子过了！"另一位男子说："总有一天，雷公会替湃兄报仇的！"母亲的嘴角挂着一缕淡淡的笑容。儿子可不希望看到一个期期艾艾、哭哭啼啼的母亲。所以，当母亲在点头时，会适度地扬起下巴，会让嘴角弯曲起来。

母亲就这样开启了她的新生活。

没有地方住，她便借远房寡妇大婶的草房栖身；没有床睡觉，她便借来床板躺下；没有地方烧饭，她便用三块泥砖垒起灶台；没有燃料，她便到处捡拾树枝；没有炉灶，她便用瓦锅又烧水又煮饭。有时实在揭不开锅，她便到亲戚或族人家里求一餐。等她要走时，手里拎着的是人们塞给她的大米、小麦和番薯。

1943年5月，有人火急火燎地敲响了草房的门。

母亲打开门后,看到了十五岁的孙子彭锡明。这个年轻人虽然体格健壮,但神情焦躁。他不安地搓着一双手,眼神慌张。他是来求祖母帮忙的。看起来,祖母是个个子矮小、瘦削单薄、皱纹横生的老太太,可她似乎具有非凡的能量,能应付各种可怕的事情。

"我阿妈被抓走了!客栈也被烧了!"

"别着急,进屋慢慢说。"母亲嘟囔着说。

原来,为了给海丰地下党送情报,儿媳杨华带着孙子彭锡明开辟了一个交通站。他们在赤石区大安洞田心坑搭起茅寮,开了间"合利客栈",还兼营酿酒、养猪和耕田。由于叛徒的告密,二十多个保安团的人荷枪实弹地围住了客栈,抓住了杨华,斥责她曾接济过曾生(东江纵队司令员)的部队。虽然杨华反驳说自己孤儿寡母谋生,只图薄利养家,根本没见过什么曾生,可敌人不信,不仅抓走了杨华,还抢了客栈的十多袋谷子,又一把火烧了茅寮。

孙子在急促的讲述中,已经省略了很多细节。他实在是太着急了,只能这样概述,因为实际发生的事远比这些句子更复杂。

"知道了,不着急……"祖母的声调不紧不慢。

可孙子却控制不住恐惧:"我阿妈不能死啊!他们可什么事都能干得出来!"

祖母拍了拍孙子的手背,陷入思考。她将脑海里潜藏的名字一个个取出,细细辨识。她有一套属于自己的判断体系。

思忖再三,她让孙子去找彭蔚之帮忙。

彭蔚之不仅是彭湃在海丰中学的同学,还是他的好朋友。1924年年初,当老三彭汉垣担任海丰县县长时,他便聘彭蔚之担任主任秘书;1928年3月,当彭湃家的屋子被烧时,彭蔚之的屋子也遭拆毁。彭蔚之逃出海丰后,辗转到了东莞、顺德等地。1937年年底,他返回海丰后,兴办了盐运公司和布厂。

在彭蔚之的担保下,杨华被释放了出来。彭蔚之还给了母亲两千元"国币",让她买些吃食。可是,母亲将这些钱全都给了儿媳,让她重新搭寮开铺,继续做她的"生意"。

第十七章　贵客来访

1949年10月1日的中国，到处都响起了欢呼声：解放了，解放了。

是的。那连年的战争、轰炸、逃难和饥荒，都一去不复返了。

现在，解放军浩浩荡荡地南下，已进入了海丰城。骑兵部队的骏马在奔跑，炮兵部队的炮车在隆隆向前，疾步行走的步兵背着精良的武器。现在，海丰城的大街上，满眼是招展的红旗、横幅和标语，满耳是锣鼓声、欢呼声和口号声。

作为中国农民运动的发源地，海丰曾被人们誉为"小莫斯科"。这座岭南最进步的海滨之城，曾燃起多么热烈的革命之火。可是，这座城在二十世纪二十年代末时，曾笼罩着地狱般的恐怖气息：无数革命者的鲜血涌流了出来，许多成立农会的乡村遭到了惨重的劫杀。

而现在，随着喧闹的欢呼声，这座城市正一分一秒、刻不容缓地变得簇新。

看着解放军进城的盛况，母亲不觉热泪盈眶。她的脑海里浮现出一幅画面：在儿子那瘦长的脸上，总是浮动着一丝笑意；当他笑起来时，总是能看到洁白而整齐的牙齿；而他的眼神，总是如钻石般闪光。儿子曾说，"新中国一定会诞生的"。而现在，当预言变成现实时，他却没能看到！让母亲欣慰的是，在解放军的队伍里，有一个她熟悉的身影——彭洪。

虽然儿子没有看到新中国的诞生，但儿子的儿子却替他看到了！

当彭洪出生后，被李如碧大娘收养。六岁时，他进入潮州公馆读书。他长得眉清目秀：丹凤眼和母亲很像，而瓜子脸则和父亲一模一样。作为小学生的彭洪虽然不爱说话，但却喜欢思考。后来，他以全县第一名的成绩考入海丰县立初中，并成为一名地下党员。1945年，他成为东江纵队六支队的一名年轻队员；1946年6月，他从广州来到香港，9月又到甘肃省山丹培黎机械学校学习；1947年6月，他从甘肃返回海丰，加入粤赣湘边纵队第一支队。所以现在，他是跟随第一支队进入海丰县城的。

现在的母亲，虽然额头堆满皱纹，手上的淡紫色静脉十分明显，身形也没有以往柔韧，但她的眼神依旧蓬勃。她的信仰越是坚如磐石，行为便越柔如棉絮。在经过了分离、疾病、烈火和死亡的折磨后，母亲早已大彻大悟。在她的眼里，所有的人都是孩子，都值得呵护；所有的积怨和愤怒，都可以像河水般流走。

现在，母亲过着双重生活——儿子的生活和母亲的生活叠加在一起的生活。

1964年5月14日，母亲看到家门口站着一位个子很高、身形笔挺的男人。

已成作家的聂绀弩从北京来到海丰，既为探望战士遗属，也为追寻自己青年时代的足迹。他知道彭湃家已被烧毁，可眼前的这栋白色小二楼，和记忆中的一模一样。这房子简直是个奇迹：那纯白的外墙、宽大的栏杆、沉重的窗座、厚厚的板门都和过去一样。这不是一栋房子，而是一个梦境。恍惚中，那男人不知身在何处。

虽然他愣怔在门口，可九十三岁的母亲却有着惊人的记忆力："你就是当年那个戴黑眼镜、身穿学生军装的青年军官！"

聂绀弩笑着点头道："大妈，您好啊！我听说敌人烧了您的家，可没想到……"

母亲微笑着说："这是1956年时政府重新建的，和原来的样子差不多。"

母亲带着聂绀弩走进旁边的园子。那里不仅栽种着香蕉树、木瓜树、番石榴树、玉兰树、桂花树、杨桃树和木棉树，还种了不少茉莉花，以及荷兰豆、胡萝卜、莴笋、番茄等；而在园子的一角，还养了猪和鸡。

这个园子是母亲的小天堂。

第十七章 贵客来访

她每天都到这里来干活,总是显得忙忙碌碌。其实,这个园子并没有什么特别的,不过是一些灰色的泥土、交错的树根和舒展的绿叶而已,可母亲却很爱这里。每天早晨她进入园子后,总是用力地呼吸,让清新的空气充满自己的肺;她喜欢跪在泥土里,将两手在植物间搜索,将那些杂草一一拔掉;她还会给地里撒上鸡粪,以确保土地的肥力。母亲失去的东西太多了,简直无法计算,可是当她的双脚踩在泥土上后,她便会获得一种奇怪的踏实感。

土地是一个谜,喜欢土地的女人更是一个谜。

母亲显得很愉快的,所以一点也不显老。她喜欢让自己被泥土那发酵的味道包裹住,她喜欢帮助那些植物快快成长。

看到院墙下放着两个大水桶时,聂绀弩不禁停下了脚步。

母亲解释道:"我家屋子就在路边,来来往往总行人,我便让家人烧两桶茶放在这里,谁渴了就来喝。"

聂绀弩不觉感慨:"哎呀,大妈的觉悟真是高!"

母亲摆摆手:"喝口大碗茶算什么!"

进屋坐定后,聂绀弩坦言:"大妈,我已经去了趟'红宫'和'红场'。三十九年前,我在那里工作,亲眼见到了彭湃、杨其珊、李劳工、林甦等革命先烈的雄姿。现在想来,一切都历历在目。正是这些人筚路蓝缕、披荆斩棘地奋斗,才有了今日之中国啊。"

母亲默默地点着头。

聂绀弩的声音有些哽咽:"大妈,我到现在才知道,敖琼已早离世!"

原来,1931年11月30日,当二十七岁的敖琼被人诬陷,在大安峒遭杀害时,她不断地大喊"冤枉"!母亲的眼前又浮现出了那幅画面——在庆祝五一劳动节的游行队伍中,敖琼等七位女学生头戴胡仔笠,脚蹬六耳草鞋,腿缠绿绑带,腰束褐皮带,插着短枪,手执小旗,英姿飒爽至极!

当母亲询问聂绀弩的状况时,他却唏嘘嗟叹起来。原来,新中国成立后,他担任了人民文学出版社副总编辑兼古典部主任的职务。1957

年,他被划为"右派",下放到黑龙江垦区。1962年,他摘掉"右派"的帽子,返回了北京。他说:"大妈,钟敬文也住在北京,他经常来我家,和我一起交流诗词创作的经验。"

母亲有些惊诧:"敬文啊?以前他常来我家喝咸茶!"

聂绀弩陷入回忆:"1925年时,我担任海丰县一个高等小学校的校长,而敬文在公平镇二级小学里当国文老师,说起来,我们还是同行。那一天,我和文友马醒一起到三十里外的公平镇去看望他,因为我看到《语丝》上有他的文章,所以想和他谈谈。那一天,我们聊得很开心,晚上就住在了他家。第二天分手时,还觉得有话要说。后来,我离开海丰到了广州,又去苏联留学,而敬文也离开海丰,到了广州。"

母亲点头道:"敬文在广州的大街上,还遇到过阿湃!唉,要是阿湃还活着就好了……"

聂绀弩说:"我们都没有忘记彭湃同志!敬文在1947年时,专门写过一篇回忆文章,题目叫《一个生死于理想的人》,写得情真意切。"

母亲好奇地询问:"他都写了些啥?"

聂绀弩回答:"他说彭湃是伟人,故而他身上有一种特质,就是能最大限度地突破自身受的各种限制;他认为彭湃是中国农民忠实的朋友和导师;他还说,彭湃是一个生死于理想的人。他靠着理想活着、工作着,最后也为它而欣然死去。在他的生活中,理想是精魂,是主宰。而那理想本身也因为他的忠诚和毅力,更加呈现光辉,更加增添重量,更加富有吸引人的神力。"

母亲不禁泪眼婆娑起来。

看到老人家陷入伤感,聂绀弩即刻转移话题:"大妈,我是放不下您的咸茶,才又来了海丰啊!"

母亲说:"咸茶当然有,还有好饭好菜!"

说话间,彭洪已下班回家,便邀客人一起吃饭。桌上已摆好了晚餐:咸茶、咸鱼、青菜、瘦肉猪肝淮山汤、番薯粥、米饭。彭洪抱歉地说:"祖母虽然享受国务院颁发的特殊津贴,每个月都能领到生活费和保健费,可她处处从俭,从不铺张浪费。她平常就吃这几样,所以这就是我们家的好饭好菜。"

母亲说:"不劳动怎得食啊!能吃到这些,已经不错啦!"

聂绀弩喝了一口咸茶道:"大妈,三十九年过去了,您的咸茶还是'海丰第一'!"

母亲笑着说:"再多喝点!"

聂绀弩便一口气将一碗咸茶全部喝光。在母亲眼里,这个男人的模样虽然没有太大改变,但整个人像被霜打了般,透着股浓浓的老相。她不觉心疼起来:"不要光喝茶,还要多吃饭!你那么瘦,要多吃点才行!"

听闻这话,那男人的身体一硬,面部像被一根无形的针给刺到了。他放下筷子,忍不住叹了一口气。母亲赶忙用轻柔的声音劝慰:"阿湃说你总是说'我不在内',可是,吃饭不能'我不在内'啊!"

那男人的眼眶已湿润起来:"大妈,这么多年了,从没人对我这么说……"

房间里出现了一阵可怕的寂静。

当这个男人再次发出声音时,那声音好像是从遥远的地方传来的:"大妈,您是阿湃的好母亲,也是我们的好母亲!"

母亲宽和地笑了笑:"你什么时候来,这里都是你的家!"

彭洪见气氛有些凝重,便赶忙拿出几张照片给聂绀弩看。他说:"您看这张,毛主席正握着祖母的手说:'彭湃是我们的好同志,您是彭湃同志的好母亲。'"

原来,母亲已两次进京开会。第一次是1951年"国庆"前夕,她随南方老革命根据地代表团到达北京,参加了"中华人民共和国成立两周年"国庆典礼;第二次是1956年,她出席了"全国烈军属代表大会"。在那次会议上,她见到了毛泽东、周恩来、刘少奇、宋庆龄等党和国家领导人。

彭洪又拿起了另一张照片说:"这就是彭士禄。"

聂绀弩点头道:"像!真像!"

照片上的那个男人和他的父亲具有惊人的相似度——都是瘦长脸、

细眉圆眼、一头浓密的黑发。原来,彭士禄于1951年时被派到苏联喀山化工学院化机系学习,1958年学成归国,现在在核工业部原子能研究所工作,是核潜艇研发的总设计师。

聂绀弩点头道:"彭湃同志的儿子这么有出息,他可以瞑目了!"

彭洪道:"可祖母对我还不满意!她见我总在屋里看报或看文件,对来访的客人不大理会,便批评我说:'你父亲生前一见农民到来,即使正在吃饭也会放下饭碗来接待。你看你是不是有些官僚主义?'"

聂绀弩惊诧起来:"大妈还知道官僚主义?!"

彭洪道:"祖母是人大代表,常到部队、学校、工厂和农村去演讲;她几乎跑遍了县城周围的每一处水利工地,准备交一个'整治龙津河'的提案呢!"

聂绀弩点头道:"到底是彭湃同志的母亲,就是不一样!"

他问彭洪要来纸和笔,当即写下一首《呈彭母》的祝寿诗:

> 风云龙虎彭三杰,宇宙光荣母一家。
> 母意已成儿女志,此心犹着凤凰花。
> 人称九十为眉寿,我以沧桑记岁华。
> 社会主义春不老,孙曾艺圃枣如瓜。

1966年的年初,不仅仅是1966年的开始,还是一场噩梦的开始。

这时,广东省委以海丰县为"试点县"开始了"四清"运动。

到1967年的年初,海丰城里便掀起了一股"大反彭湃"的浪潮。一些地主的后代和一些别有用心的人纠集在一起,上蹿下跳,颠倒黑白。于是,晃眼的阳光变得古怪而不真实,连地上的小草都沾染上了惶恐之气。

以孙敬业为首的一伙人大造舆论,无限上纲,将彭湃污蔑成"地主阶级的孝子贤孙、右倾机会主义分子、杀人不眨眼的刽子手、无耻的叛徒";而彭湃的家属、保护和接济过彭湃家属的人则受到了残酷的迫害;他们还把新华书店里关于彭湃、海丰农民运动、海陆丰革命史料的书统统污蔑为"黑书"予以没收，宣称谁再收藏，就以"反毛泽东思想的革命分子"论罪；他们把"红宫"和"红场"涂成黄色，把"赤坑"和"红草"两个地名也通通改掉。

群众大为惊诧地说："当年还乡团反攻倒算时，就是这样'毁红灭赤'的！"

更令人发指的是，这伙人大肆污蔑白发苍苍的母亲。

他们说："海丰碰到了一个天大的问题，就是海丰是毛泽东思想的天，还是彭老太太的天？是听毛主席的话，还是听彭老太太的话？"

他们说："不砍倒彭老太太这面'黑旗'，毛泽东思想就进不了海丰。彭老太太是地主婆，是慈禧太后，不是革命母亲！她在海丰搞独立王国，过着地主阶级的生活，有工人、警卫员和护士伺候！"

他们组织全县上下对彭老太太进行"大声讨"和"大消毒"，还强迫那些喝过大碗茶的群众直喊"上当"。

此时的母亲，已九十六岁高龄。

当她的大脑发出指令后，身体并不能很好地去执行；当她走路时，脊背已无法挺立成一条直线；当她试图倾听时，总感觉声音来自遥远的地方。她的身体在日益恶化，这让她看起来就像一张薄薄的纸人。她的脖子很瘦，眼皮上有很多皱纹，头发不仅苍白，而且稀疏，牙齿已全部掉光。

11月的一天，在一个大雨滂沱的深夜，六七个身穿雨衣、戴黑帽、挂墨镜的壮汉，突然闯入母亲的住处，把她从床上拉起来后押走。当夜，她被关进海丰县公安局的牢房里。

这个悖天逆道的行为实在是太荒谬了，荒谬到根本不可笑！

进入到那个封闭的小房间后，他们便锁上了门。

母亲的头晕乎乎的，胃也在翻腾，太阳穴疼得让她睁不开眼睛。她像一个盲人，慢慢地摸索着，等待眼睛逐渐适应这里的光线。小房间里散发着潮湿的霉味，听不到一丝声响。这里是全封闭的，除了一张硬板床，什么都没有。一开始，母亲感觉时间过得极其缓慢。她的胃很疼，好像吞下了一块生铁。两三天后，她的眼睛慢慢适应了那种黑暗。然而，出现在母亲眼前的一切事物，都像在磨砂玻璃背后般朦胧。这个空间里有一种古怪的静寂，能将人的骨头压碎。在这里，看不到太阳和浮云，没有微风和青草的味道。

当母亲在这间小黑屋待得越久，她便越理解自己的儿子。

儿子对母亲最大的影响，就是让她从另一个不同的角度看待世界；是儿子帮母亲移动了视线，所以才能以全新的视野来看待生活。虽然母亲一直都觉得儿子很出色，可现在当她身处黑暗的囚室时，才知道儿子是那种极为罕见的、像蓝宝石一样的珍稀人种。直到现在，母亲才真正意识到儿子的价值。

年纪轻轻的儿子就已成了人们的精神领袖。

大家信任他、尊敬他，视他为典范。当人们听他演讲时，全都甘之如饴，对他的话言听计从，绝不怀疑。可对母亲来说，这个人始终都是自己的儿子，她对他的理解始终不能摆脱"他是儿子"这个窠臼。

现在，她似乎看到一个男人在监狱里还唱着《国际歌》。他越是大声地歌唱，那打手们的怒气便越甚，抽打他的鞭子便越用力。可是，即便歌声被嘴里的鲜血淹没，歌唱者都不愿停歇下来。冰冷的枪声响了起来后，母亲看到儿子躺倒在地上。那一刻，时间变得不再重要，所有的事情都变得不再重要；那一刻，月亮躲进了云层，不忍心看这人间惨剧；那一刻，母亲能看到儿子身上的每一块瘀青、每一条疤痕；母亲还看到儿子的灵魂与他的身体分开后，就像风筝一样飘上了天，没有任何阻力出现。

这样的儿子，不仅仅是我的儿子，还是人类的儿子！

为了儿子，我也要活下去！

母亲要求打开紧闭的窗户，不行！要求吃点东西，不给！等待她的，是一场接一场的逼供。她恍然大悟：这伙人是想要逼死她。

"要起来斗争了！"她对自己说。

她用力地拍打着监狱的门，反复大喊："我没吃饱！我没吃饱！"

母亲在这个小黑屋里被关了一百多天。

由于长时间没有阳光照射，长时间吃不饱饭，长时间无法安静睡

第十七章 贵客来访

眠,她已命悬一线。母亲发现,死亡不仅是黑色的,还是浓臭的。当那种强烈的味道飘荡在囚室时,能让人身上的力气一点一滴地流逝而去。母亲日渐枯萎。她双眼浮肿,脸色死灰,浑身滚烫,呼吸急促,呻吟不止。她已陷入一种虚无状态:好像一切的颜色都变成了黑色,所有的声音都归于沉寂。

这最后的一滴水,要回归大海了吗?

那伙人却慌了手脚。这老太太要是真的死在监狱里,他们可不好交代!于是,他们便找来老中医袁武。当老中医看到要医治的人是彭湃的母亲时,大吃一惊。他放低音量,声音温柔地说:"老人家,您……怎么会来这个鬼门关?"

母亲说话的声音断断续续,中间还夹杂着短促的喘息:"袁先生……我……我会不会……死在这里?"

老中医轻轻一笑,那笑让这间屋子的气氛变得温暖起来。他意味深长地摇头说:"不会的,不会的,天就快亮了。"

母亲听到这句双关语后,浑身一热。她醍醐灌顶般地清醒过来,朝老中医点点头。当老中医离开时,两个人沉默地对视了一眼,什么话都没有说。在那间逼仄的黑屋中,母亲一口口地咽着汤药。虽然她的喉咙刺痛,浑身倦怠,可她依旧撑着喝完了全部液体。她想,药的苦味也是生活的一部分。如果她想尽快地走出去,就必须欢迎这些苦味。

1968年3月,当海丰人民和前来串联的大学生得知彭老太被关在监狱时,群情激昂,立即与当时的革委会交涉。迫于群众的压力,那伙人勉强同意放母亲出来。走出监狱时,母亲已薄得像一张纸。她被外面的世界镇住了。从各个角度望去,天空都呈现出一片惊人的湛蓝色。母亲发现,在那蓝色的深处,似乎蕴藏着一股无形但却无穷的力量。

她小心翼翼地迈开步,每一步都像是额外的收获。

说来奇怪,母亲并不觉得孤单。

虽然那伙人给她定下了四条"禁令":不能随便离开桥东的住所,收回她的居民粮油本,取消民政局发给她的生活补贴,不准她看病。可是,等母亲刚一出狱,亲戚族人和乡亲父老便一个个前来探望,送衣的

219

送衣，送粮的送粮。

此时的母亲还不知道，她的孙子彭洪已离开了人世。

这一切是怎么发生的？

1964年7月，彭洪从海丰县调到华南农学院任党委委员、水稻生态研究所副主任。然而，"批斗"的浪潮也席卷了他。看他处境那么艰难，有朋友为他安排好了逃港之路，但他却说："香港我是一定不能去的。我是一名共产党员，绝不能做有损于党的事。到朋友处躲藏，会使他们无端受到牵连和迫害，我良心上也过不去。"他对妻子陈平说："形势越来越恶化了，我可能会被捕入狱。我没有做过任何对不起良心的事，我是问心无愧的！你要做好心理准备。"

1968年8月初，彭洪从广州被"借"到海丰批斗。

他们将他单独关押，牢门紧锁，并配备上全副武装的士兵严加看守。数天后的一次全县特大型游斗中，他们将遍体鳞伤已无法行走的彭洪紧绑在一辆汽车上，头戴用铁条和铁丝做的几十斤重的大高帽，身上涂着黑油墨，在炎炎夏日的暴晒下游斗了数个小时！

9月1日，人们听到彭洪的牢房里传来脚步声和开锁声。不一会儿，他便被押走了。接着，吆喝声、毒打声、跌倒声、惨叫声及呻吟声持续至深夜。第二天，海丰县城出现了关于彭洪"畏罪自杀"的大字报。当天深夜，那伙人悄悄叫来两位农民，在未告知是何人的情况下，将包裹着的彭洪尸体抬出去在野地里埋掉。

这一切，彭洪的家人并不知晓。

从1968年到1978年，只不过是十年时间。在历史的长河里，这十年就像一些细线、几根头发，或镜子里的裂痕。然而，对身处其中的人来说，这十年却如沉重的磨盘。

1978年，海丰的天空终于清朗了。

一切都那么明亮，那么璀璨。

这年的4月5日，习仲勋从北京飞抵广州，开始主持中共广东省委的工作。他力主广东大力平反冤假错案，而"反彭湃"的反革命事件便是第一个被平反的冤案。在这一事件中，死亡了一百六十多人，伤了三千多人。

　　海丰，这片南海边的孤悬之地啊，充满了苦难。

　　现在，终于拨开云雾见了天日；现在，终于可以大声说话了，想说什么就说什么，无须隐蔽，无所顾忌，如云如风。

尾声：革命母亲

人民大会堂是神秘的。

正午时分，在明亮的天空下，那栋建筑就像科幻小说的封面，显得璀璨而庄重。

这是1970年7月15日的下午两点半。此刻，一辆红旗牌轿车停在了大会堂的北门口。从车上走下来的，正是国务院总理周恩来。身穿短袖衬衣，手握黑色公文包的他，正朝"福建厅"走去。他要在那里召开中央专委扩大会议，听取中国第一座核潜艇反应堆运行情况的汇报。

进入大厅后，周恩来在人群中寻找："彭士禄来了没有？"

一个男人立即站了起来回答："总理，我来了。"

周恩来用慈祥的眼光看了看他。那张面孔长而消瘦，头发浓密得像一团黑火，饱满的红紫色嘴唇，眼睛里汇聚着不止一颗星星。那些星星的光芒相互撞击着，异常璀璨。像！相像！这孩子和他的父亲几乎一模一样。

当周恩来朝彭士禄点头微笑后，转身询问身旁的叶剑英："你认识他吗？"

叶剑英毫不犹豫地回答："认识啊！"

周恩来又转身询问另一边的邓小平："你认识他吗？"

"不认识。"

他便把身子朝邓小平那里弯了下："他就是彭湃同志的儿子。"

"哦？！"邓小平点头。

就在这时，"四人帮"的干将黄永胜突然插嘴说："彭湃的母亲在海丰县成了慈禧太后！"

听闻此话，彭士禄的心像雪球般紧缩起来，脊背上出了汗，脑子里噼啪作响，像在下雷暴雨，又好像线路连接不好。曾经，作为"彭湃的儿子"并非一件幸运的事，而意味着牺牲；这个头衔对小男孩来说，是一个过于沉重的帽子。即便长大成人后，这帽子依旧有着异乎寻常的重量。

周恩来朝黄永胜严厉地瞪了一眼，那人便不再吱声。

彭士禄能感觉得到，周恩来的目光犹如一道激光。现在，他努力让自己保持平静，可心跳依旧"怦怦"。慢慢地，他让自己平静了下来。现在，他需要重组自己的力量，谨慎思考，布置策略。他是一个倔强的人。他一直都那么倔强，大概是因为他从小就丧失了父亲，或者，他并不是没有父亲，而是总有一个看不见的父亲来检查他。所以，虽然他的表面是温顺的——笑容柔和、声音低沉、举止谦逊，可他一旦真的较起劲来，则会变得非常倔强。

现在，当他用广东口音普通话给领导汇报时，努力克制着紧张，做到明白晓畅。他要让自己的头脑清晰而冷静，每一句话都踏实而可靠。他像一位钢琴家，可以在头脑里演奏，因为他对谱子已熟稔至极。他知道应该怎么做：一步一步，一件一件。他看起来像一个非常年轻的老人，或者像一个非常老的年轻人。

周恩来听得非常仔细，并认真地询问每一个环节——从反应堆的设计、设备生产，问到设备的安装、调试；从燃料元件、压力壳的质量试验情况，问到蒸汽发生器和主机的运转；从控制棒的可靠程度问到试验试车中的各项安全措施。

汇报中，有同志提出启堆前还要认真进行检查，而彭士禄说："已经检查过了，没有必要再检查了。"但周恩来却说："要听别人的意见，要考虑不同的情况，不要来个不必要。你们说，现在的试验已经过了设计、安装、调试、检测四大关，但是要记住，还有一个试验关！千万不要认为已经有百分之百的把握了，哪一个环节不加注意，试验都要出问题！"

会议结束时，周恩来一再叮嘱："要充分准备，一丝不苟，万无一失，一次成功。"

他决定用自己的专机送专家返回试验基地:"从这儿直接送你们到机场,不回家了,行不行?"

"行!"彭士禄和大家齐声回答。

周恩来笑着说:"我们过去革命哪里有家!走到哪里,哪里就是家!"

离开会场时,周恩来握住彭士禄的手,满含深情地说:"小彭,你的祖母,她不是慈禧太后,她是革命母亲……"

彭士禄的眼圈即刻红了起来。他一声不吭,只是用力地握紧了总理的手。

沉吟了一会儿,周恩来又对彭士禄说:"小彭,无论什么时候,无论走到哪里,你都要记住你是海丰人,你姓彭,是彭湃的儿子,永远不要改名换姓!记住了吗?"

"记住了,总理,我记住了!"彭士禄用力地点着头。

是的,我是彭湃的儿子,我的身上流着彭湃的血,我永远都不会忘记。

8月,当中国第一艘核潜艇试航成功后,彭士禄热泪盈眶。2021年3月22日,当彭士禄在北京去世时,享年九十六岁。作为中国工程院首批及资深院士之一,他这样总结自己的一生:"我一辈子只做了两件事,一是造核潜艇,二是建核电站。"

从1968年年底到1973年,母亲度过了一生中最安静、最安全的五年。

虽然外面的生活十分嘈杂,可母亲总是面色平静,神态安详。

经过了太多的世事沧桑,她已掌握了一种微妙的平衡术。

有什么不能过去的?阿湃走的时候才三十三岁,可母亲却活过了五十岁、七十岁、九十岁……现在,她已接近一百岁。她觉得自己是大赢家,所以对什么事都能慷慨待之。

其实,1968年对母亲来说,绝非太平之年。

这年的6月,当儿媳杨华(彭述的妻子)和孙媳陈平(彭湃之子彭洪之妻)冒着生命危险,冲破各种阻力来到北京后,接待她们的是中央

尾声：革命母亲

"文革"和国务院联合接待站中南组组长李明。当李明听完汇报后，气愤地说："彭湃同志是革命先驱，党已做了结论。彭母已过九十高龄！折磨烈士母亲，该当何罪！"

周恩来总理办公厅获悉后，指示中央联络接待室给广东军区去函，请广州军区派人设法将老人接到广州治病。可是，当时的广州军区被黄永胜一伙把持着。他们不仅不落实周恩来的指示，反而唆使海丰县委派人上京，胁迫国务院办公厅收回信件。

在国务院联合接待站的组织主持下，一场"彭湃母亲是不是地主婆"的大辩论在北京天坛举行。恰如两军对垒，一方是杨华、陈平和社会各界代表；另一方是海丰县委副书记一伙。当杨华和陈平用事实粉碎了谎言，将他们说彭老太太是"地主婆"的阴谋戳穿后，他们便惶惶然逃回海丰。其后，周恩来指示，让广东省民政厅接彭老太太到广州治病。

12月的一个深夜，彭动和彭宗两位年轻人，用自行车将母亲和杨华送到海丰县城附近的车站。最终，母亲和杨华顺利到达了广州。母亲先住进中山医学院第一附属医院做检查治疗，后转到荣军疗养院，出院后由省民政厅接到职工住宅区休养。

虽然母亲的生活平静了下来，可她的内心并不平静，她时刻都惦记着她的家人。在所有的孩子里，她最惦记彭洪。虽然家人从不提及彭洪的名字，可她似乎隐约地感觉到了什么。她让孙媳妇找来彭洪的照片，说自己要看，但却并没有多问。

过了1973年的元旦后，母亲已步入一百零二岁高龄。

她明显地感到身体不大好。事实上，她的身体不好了很久。可现在，她有了房子要塌的预感。现在，她的精力在一点点消失，浑身软绵绵的，有气无力，连喘气都觉得困难；现在，她总是处于昏睡状态；即便偶尔醒来，也无法将眼皮全部打开；现在，如果她想要走几步，便只能用手扶着墙往前挪动，她的腿是浮肿的，耳朵里充斥着血液的轰鸣；现在，她这座老房子就要坍塌成一堆碎石。

现在的她，时不时会陷入思考：如果下军田村不是一个偏僻的海边小村？如果父母没有将五岁的自己送到富人家当婢女？如果自己不是以妾的身份嫁到彭家？如果丈夫没有英年早逝，自己没有守寡，儿子没有流血，那生活会不会有另一番景象？

如果……如果……如果……

这些问题没有答案。因为生活就像一块手工地毯，既交织着偶然的经线，也交织着必然的纬线。在微弱的灯光下，母亲被漂白过的白色床单包裹着，显得格外弱小。她的记忆已变成了碎片，不再具有完整性。

在最后的时刻，她总是能梦到龙津河。

春日的凌晨，淅淅沥沥的雨像轻烟，柔柔地罩在河面上；河畔里的青蛙正"呱呱"地聒噪着，苦初鱼像一道道黑色闪电，倏地穿过水草后便不见了；傍晚时分，女人用棒槌一记记捶打衣裳，孩子们用簸箕筛取河蚬；那小木盆被手腕上绑着的细绳所牵引，人走到哪儿，盆就跟到哪儿。水花四溅，整条河就像一条银色的长龙。

对母亲来说，每一天都是赚来的。如果死亡就要来了，那就来吧，因为她并不害怕；因为，她就要见到阿湃了。阿湃，我的孩子，从我的肚腩里孕育出的孩子，那独一无二的孩子。

最后的时刻，她感觉像有刀子刺入自己的胸部，一阵激烈的疼痛穿透全身。她不得不捏紧拳头，咬紧牙关，以克制那全身的痉挛。那时，母亲的眼睛已经看不见了，但她的耳朵却依然能听见。她的心脏在"扑通""扑通"地跳动。那声音是一级一级的台阶，将会带她走到儿子的身旁。

连接着她与人世间的那根细线，在1973年3月12日时戛然断裂。

当时间走向终点时，这个生命的圆弧便结束了。

现在，母亲变成了一个小小的女婴，正等待着再次被分娩。

主要参考书目

《彭湃年谱》，中共中央党校出版社，2007年。

《彭湃研究史料》（上、下），中共中央党校出版社，2007年。

《彭湃研究论集》（上、下），中共中央党校出版社，2007年。

《彭湃研究》，中共中央党校出版社，2007年。

《彭湃文集》，人民出版社，2013年。

《彭湃传》，人民出版社，1986年。

《彭湃传》，北京出版社，1984年。

《彭湃》，21世纪出版社，2011年。

《怒海澎湃》，花城出版社、漓江出版社，1984年。

《为真理奋斗的彭湃一家》，南方日报出版社，2007年。

《为理想奋斗的彭湃一家》，人民出版社，2017年。

《彭士禄传》，中国青年出版社，2016年。

《赤诚——彭士禄图传》，广州出版社，2019年。

《苏维埃之光》，广东人民出版社，1997年。

《西行漫记》，解放军文艺出版社，2002年。

《海上文学百家文库：丘东平·彭柏山卷》，上海文艺出版社，2010年。

《沉郁的梅冷城》，花城出版社，1988年。

《海丰食研究》，广东旅游出版社，2018年。

《钟敬文笔下的海丰》，广东旅游出版社，2017年。

《萧红大传》，人民文学出版社，2021年。